D1561393

CADILLAC 59

Alvarez Guedes

ATHENA PRESS
LONDRES

CADILLAC 59
Copyright © Alvarez Guedes 2001

ISBN 1 930493 52 5

Publicardo 2003
ATHENA PRESS
Queen's House, 2 Holly Road
Twickenham TW1 4EG
United Kingdom

Impreso para Athena Press

CADILLAC 59

Dedico este libro:
A los que me quieren y me admiran.
Para que disfruten.
Y a los que me odian y me envidian.
Para que se caguen en su madre.

Hay que buscar lo universal,
en la entraāna de lo local.

Miguel de Unamuno

Prólogo
Alvarez Guedes: la alegría como misión

Durante mucho tiempo tuvimos nueve musas; la sana crítica,
que es la décima, apareció más tarde.

Voltaire

Vivo intensamente en cubano. Desesperada, monomaniacamente. Cierta vez me impuse evitarlo y cada mañana repetía: "Hoy hace tantos días, horas, minutos y segundos que no pienso en Cuba". Estudié con gente ilustre: eruditos judíos, especialistas en el arte de la memoria, tibetanos serenos. Ante la universalidad de su pensamiento, llegué a creer que mis temas, cubanos siempre, implicaban una descortesía. Por las noches hablábamos de la disciplina en la Liga Pitagórica, de los misterios eleusinos, de la imaginería sufí, la eternidad y, ya al final, de lo malo que estaba el transporte en Marianao y la extensión de las colas en Luyanó.

Junto con otros dos peregrinos criollos refugiados en el mediterráneo valenciano, fundé la Asociación de Cubanólicos Anónimos donde cada uno podía hablar hasta por los codos de la isla sin molestar a nadie. Quien había confrontado problemas por esa adicción a Cuba, recibía ayuda. Desinteresadamente, valga aclarar. Recuerdo uno, Cheo Gómez, que era todo un desesperado. Había llegado a ser el primer cosmonauta cubano, y perdió el empleo porque no resistía otra misión espacial si la NASA no le permitía experimentar con un plante de dominó en zona de ingravidez. Estuvo concentrado en órbita unos días, y al llegar a tierra gritó ante las cámaras: "¡Vieja, dime algo sobre Cuba!"

A pesar de que puedo estar callado la mayor parte del

tiempo, siempre me ha costado muchísimo esfuerzo hacer investigación sobre temas cubanos. No logro centrarme; si reviso *La discusión, El heraldo de Cuba, El diario de la Marina, Bohemia*, u otra publicación, buscando información temática, acabo leyéndolo y apuntándolo casi todo. Fue así que un día, estudiando la revista *Cuba contemporánea* para escribir un ensayo sobre ese agudo pensador cubano que fue Sixto de Sola, me encontré con el siguiente dato: por su gran destreza en varias modalidades competitivas, Ramón Fonst fue bautizado por Joseph Renaud en *L'Almanach des sports* de 1899 como "El Pico de la Mirándola de los deportes". Enseguida me vino a la mente una avalancha de esos rótulos hiperbólicos con que la agudeza criolla suele nombrar a los creadores que admira: La Unica, El bárbaro del ritmo, El Señor Pelotero; entonces me hice la pregunta acerca de cómo se podría llamar, justamente, con "sympathos" pero sin "guataquería", a ese artista total que es el Sr. Guillermo Alvarez Guedes. Y esta fue mi opción: Guillermo, para sus amigos, Alvarez Guedes, para su público, califica sin dudas como nuestro "antropólogo mayor".

Nadie como él ha penetrado en las claves de la cubanidad, en las entrañas de esa *criatura insólita* que es el cubano. Lo ha elogiado, lo ha sancionado; lo ha celebrado y también amonestado. A través de toda su obra artística (radial, cinematográfica, televisiva, teatral, etc.), ha logrado decir a cada uno: "Mira, este eres tú. Infantil y soberbio; paternalista y desvalido; enraizado y errante; rebelde y aguantón". Lo ha dicho todo con una sinceridad pasmosa y... nos hemos reído de nosotros mismos, que ya es el colmo de la madurez.

Es él solo una institución artístico-diplomática de la convivencia cubana. Ha logrado más diálogo entre las dos orillas que cualquier programa político de reconciliación nacional. En la isla se crece oyendo hablar de "las cosas" de Alvarez Guedes, que "son tremendas", y en el exilio no deja de medir la temperatura psicofísica de la comunidad. Pocos saben que una gran parte de sus chistes se los envían cubanos de la isla; por demás, su programa, *Aquí está Alvarez Guedes*, le completa el intercambio afectivo con la Cuba errante.

Pero Alvarez Guedes es también uno de los pocos creadores cubanos que es reconocido tanto por académicos e intelectuales como por la gente sencilla. Tal vez sea porque elabora verdades profundas con palabras directas. ¿Palabras malas? El profesor Román de la Campa, de la Universidad de Nueva York, ha insistido en la necesidad de estudiar ese "discurso de primer orden" que elabora Alvarez Guedes; y el escritor Gustavo Pérez-Firmat, profesor de la Universidad de Carolina del Norte, le ha dado rango intelectual a su trabajo en un texto titulado "La generación del *ÑO*".

En política, a todo el mundo le consta que es un decidido crítico del régimen cubano; pero tampoco el exilio sale ileso de sus desarmantes observaciones. Por cierto, siempre me ha resultado interesante el hecho de que, a pesar de sus cuestionamientos, jamás un ideólogo del castrismo se haya atrevido a contender a Guillermo Alvarez Guedes. Mi hipótesis es que Fidel Castro, que sabe que no hay en casi medio siglo de totalitarismo un cuento a su favor, que es un *pesao* y que ni canta ni baila, le tiene más miedo a una guerra de chistes que a cualquier otra cosa.

A todo esto suma ahora la entrega de la novela *Cadillac 59*, que se inscribe con mucha naturalidad en el panorama de la narrativa cubana contemporánea. Fiel a su estilo, Alvarez Guedes participa en la revisión artística que los escritores cubanos están haciendo de nuestra cultura e historia. Un bello auto, "el primer Cadillac 59" que rodó en el mundo, ve advenir la revolución e instalarse en el poder los barbudos y, por si fuera poco, asiste a la vida del exilio.

Los lectores encontrarán en este libro, historias de amor y desengaño; retratos de hombres valientes y hombres despreciables; un escándalo con Julio Iglesias; una epopeya; una traición. En fin, casi todo sobre la vida de los cubanos de cualquier lugar.

Muy poco puede añadirse que no sea un "que lo disfruten" a los lectores que abren estas páginas, y una "buena suerte" a este señor que tanto ha hecho por la alegría cubana en medio de tantos sinsabores.

Emilio Ichikawa, Homestead, diciembre del 2000

Mi presencia en el salón de exhibición de Ambar Motors, en Infanta y la calle Veintitrés en el Vedado, duró muy poco. La hija de Adalberto Quiñones, en cuanto me vio se me acercó, abrió mi puerta delantera, se sentó al timón y le dijo a su padre:

—Este es el que me gusta.

—Pero chica, ese colorcito violeta claro que tiene me parece un poco afeminado para mí.

—No seas antiguo, viejo. El color es precisamente lo que más me gusta de él.

Tania siempre había hecho de su padre lo que le daba la gana. Era su única hija. Una hora después, me sacó de la agencia con él sentado al lado. Yo fui el primer Cadillac 59 que se vendió en el mundo, porque los modelos nuevos de todas las fábricas de automóviles de los Estados Unidos se vendían antes en Cuba que en su país de origen.

Ya estábamos en noviembre y la temperatura estaba bastante fresca. Después de dar unas vueltas por el Prado, Tania se dirigió a Galiano. Era viernes, y los portales y las aceras estaban muy concurridos. Por la calle los automóviles —en su mayoría convertibles— rodaban lentamente. Desde que entramos por Neptuno hasta que salimos a Malecón, todas las miradas de los que paseaban por allí, iban dirigidas hacia mí. No es por nada, pero hay que admitir que el modelo del 59 era el más lindo que había salido hasta aquella fecha. Además, el color que me habían dado, violeta claro, era bellísimo. Un poco afeminado, como decía Quiñones, pero distinto a todos los demás carros de todas las marcas. Cuando salimos de Galiano y nos dirigimos a la casa de ellos en Miramar, el millonario constructor de carreteras le dijo a su hija:

—Cógetelo pa' ti. Yo voy a comprarme otro; este llama

mucho la atención.

Eso era cierto, y a Quiñones no le gustaba llamar la atención. Menos en aquellos momentos, en que las transmisiones de Radio Rebelde, desde la Sierra Maestra, se estaban escuchando más que nunca en La Habana, y ya se daba por seguro la caída del régimen de Batista. Muchos apostaban que caería antes de la llegada del 59, y así fue.

Cuando llegamos a la mansión de los Quiñones, Amelia, la madre de Tania, nos estaba esperando. Ella también estuvo de acuerdo en que yo era bellísimo.

—¿Se lo regalaste a ella?

—Tuve que hacerlo. ¿Tú crees que yo puedo salir a la calle en eso?

—Yo, por lo menos, no te iba a dejar.

A Amelia no le hizo ninguna gracia el arbolito de Navidad que Tania había comprado.

—¿No te dije que no lo compraras?

—¿Qué tiene que ver eso, mamá?

—Mucho. ¿Te enteraste que a los Rivero les tiraron ayer piedras, rompiéndoles dos ventanas de la casa, por tener un arbolito puesto en la sala, y que después los amenazaron por teléfono?

Adalberto intervino: —Si esta gente, por tener un arbolito de Navidad en tu casa, hacen todo eso, ¿tú te imaginas si llegan al poder, lo que harán con Cuba?

—Tú estás equivocado, papá. La mayoría de los que forman parte del Movimiento 26 de julio, no están de acuerdo con cosas como esas, pero no se puede impedir que hayan algunos que actúen por su cuenta.

—Serán los mismos que llaman aquí a tu casa, y amenazan a tu mamá casi todas las noches.

—¿Cómo que amenazan a mamá?

—Sí mija, yo no te había dicho nada para que no te preocuparas, pero me han llamado muchas veces en nombre de la revolución, amenazándome.

—¿Y qué te han dicho?

—Muchas cosas, tonterías. Entre ellas que tu padre, por haber sido batistiano, se va a podrir en la cárcel cuando ellos lleguen al poder.

—No les prestes atención a esas cosas mamá. Como les dije ahorita, en todos los movimientos revolucionarios se infiltra gente que no vale la pena. Yo conozco a muchos de ellos, pero entre los que dirigen, no han podido infiltrarse. Esos compañeros míos de la universidad, que casi todos los días se juegan la vida por darle a nuestra patria un gobierno digno, carecen de odios. Lo único que les interesa es el bienestar de su patria.

Amelia, que nunca había hablado de esas cosas con su hija, casi gritó: —¿No me digas que tú perteneces a uno de esos grupos?

—Yo no, mamá. He ayudado a algunos de ellos, pero nada más.

—No se te olvide que esos son los que van a podrir a tu padre en la cárcel.

—Mamá, el hecho de que papá haya trabajado y trabaje para el régimen de Batista, no lo convierte en partidario del dictador. Papá no es batistiano; papá siempre se ha dedicado, con este y otros gobiernos, a realizar obras públicas. Eso es lo que ha hecho toda su vida.

Adalberto, que había escuchado atentamente la conversación entre Amelia y Tania, interrumpió: —Pero parece que tus amigos no piensan así. Para ellos yo soy un ladrón, que debe podrirse en la cárcel.

—Papá, mis amigos no pertenecen a ese grupo que apedrea arbolitos y hace llamadas telefónicas amenazantes.

Amadeo Castilla estaba muy preocupado. El había sido candidato a senador en unas elecciones que había celebrado el gobierno de Batista, y en las que casi no había participado nadie; los cubanos no creían en ellas. Esa noche, 20 de diciembre de 1958, tenía algunos amigos invitados a su casa para comentar lo que estaba pasando en el país, y hacer planes para lo que ya estaba al doblar de la esquina: la caída del régimen. Entre sus invitados se encontraba un alto jefe del ejército, que era el hombre de confianza del presidente desde hacía muchos años, y a quien casi todos los asistentes a la reunión consultaban sus preocupaciones. Llevaban algún rato hablando, sin que nadie se hubiera atrevido a hacerle la pregunta más importante. Alberto Peña, un abogadito que le caía muy bien a Batista, el hombre del jacket, y que desde siempre había disfrutado de puestos importantes dentro del gobierno, se atrevió:

—General, hay algo que les preocupa a todos los cubanos, a los que están aquí, y a los que no están, y es lo siguiente: ¿Batista va a pelear o va a cederles el puesto a los barbudos, abandonando el país cuando estos se acerquen a La Habana?

El General Remberto Pedroso se quitó el tabaco que tenía en la boca, le quitó la ceniza en un cenicero que tenía cerca, tomó un trago del whisky en las rocas que aún no había probado y, mirando fijamente a Albertico, le dijo: —Ten la completa seguridad de que el hombre va a pelear. Prepárense para lo que va a suceder en La Habana.

El timbre del teléfono sonó. Todavía en la sala se guardaba silencio. Silvia, la hija mayor de Amadeo, le dijo desde lejos: —Papá, te llama Oscar Luis. Dice que es urgente.

—Con permiso señores, enseguida estaré con ustedes.

Fue hasta donde estaba el teléfono.

—¿Oigo…? No me digas chico. ¿Cuándo fue eso?

Hizo una pausa.

—¿Y dónde lo tienen…? Bueno, déjame ver lo que puedo hacer.

Colgó el teléfono y se dirigió al grupo. Se acercó al General Pedroso.

—Me acaba de llamar Oscar Luis Benítez. Agarraron a su

hijo Oscarito, y él teme que le pase algo grave, porque le ocuparon casi un arsenal. Lo tienen en la Quinta Estación y me pidió, casi llorando, que lo saquemos de allí.

—¿No le dijiste que su hijito es del carajo?

—Dice él que si se lo entregan, lo sacará del país inmediatamente.

—Cada vez que le hemos tirado la toalla lo ha sacado del país, pero nunca ha podido lograr que se quede afuera y no siga jodiendo.

—Coño, es que Oscar Luis es tan buena persona. ¿Tú crees que se pueda hacer algo?

—Esos son los mismos que nos van a arrancar la cabeza, a ti y a mí.

El resto de los invitados estaba pendiente de la conversación entre Amadeo y el general. Casi todos conocían a Oscar Luis y a su hijo. Remberto Pedroso, después de tomarse otro traguito de whisky, le dijo:

—O.K. Dile a tu amigo que vaya a recoger al hijoeputa de su hijo; yo voy a llamar a Medina, a la Quinta.

Amadeo salió disparado hacia el teléfono para llamar a Oscar Luis, y darle la buena noticia. Pedroso, dirigiéndose a los demás, exclamó:

—¿Una mancha más, qué le importa al tigre?

No estuvo muy concurrida la cena de Nochebuena en casa de mi dueña. Con excepción de Nelly, una amiguita de Tania, todos los comensales eran de la familia. Tuvieron que usarme a mí para traer el lechón asado, y yo que todavía tenía olor a nuevo, cogí una peste a ajo del carajo. Todavía la tengo, y creo que me va a durar mucho más tiempo.

Amelia, que no bebía nunca, se sirvió un poco de vino y, alzando la copa, dijo: —Quiero hacer este brindis por Cuba, para que todo se resuelva pacíficamente y volvamos a vivir en paz.

Adalberto, alzando su copa también, añadió: —Algo muy difícil de lograr, pero bueno. Yo también brindo por eso.

Según me enteré, la cena estaba deliciosa, menos la yuca, que estaba dura como carajo. Como postre, se comieron todas esas cosas que los españoles nos han disparao durante tantos años: avellanas, que no saben a na', nueces, que cuesta mucho trabajo abrirlas y que tampoco saben a na', y los turrones llenos de grasa, y que no son nada del otro mundo. Después, la conversación giró alrededor de lo mismo: ¿Batista va a pelear, o se la va a dejar en la mano a todo el mundo?

Tila, la hermana mayor de Adalberto, tomó la palabra: —Se va —y mirando a su hermano, añadió— y yo, si fuera tú, esperaría el fin de año en Miami.

Tania saltó: —¿Por qué, tía? ¿Es papi algún criminal de guerra? ¿El hecho de que haya trabajado para el gobierno de Batista, lo hace responsable de lo que haya hecho este gobierno?

—Tú no sabes lo que estás diciendo. Esa revolución está infiltrada por los comunistas. ¿Tú conoces a Pablito, el marido de Mariela? Toda su vida ha sido comunista, y es el que más dinero ha recaudado, vendiendo bonos del 26 de julio: ya lo hace por la libre. Yo no sé cómo no se lo han llevado preso; lo veo todos los días en el trabajo, y está orgulloso de la cooperación de ellos con la revolución.

—Ay tía, ¿tú me vas a decir que porque un comunista que se llama Pablito vende bonos del 26 de julio, quiere decir que esta revolución es comunista?

—No, yo no te lo digo, yo te lo garantizo. Si no, tú verás.

Y volviéndose hacia Adalberto, le repitió: —Hazme caso. Vete pa' Miami y espera el 59 allá. Esa gente va a llegar aquí antes del día primero.

Después de Nochebuena, nadie se ocultaba para escuchar Radio Rebelde, la emisora de la Sierra Maestra. Camilo Cienfuegos ya estaba muy cerca de La Habana, y el Che también. Prácticamente les había quitado el mando a los que estaban en el Escambray. Por Radio Rebelde anunciaban, como algo verdaderamente heroico, la toma que había hecho el ejército del Che de Santa Clara. Lo que no decían era cuánto habían pagado por aquel famoso tren, cargado de armas y municiones, que Batista le había enviado a sus hombres en esa zona. De lo único que se hablaba en La Habana era de eso.

Las reservaciones para celebrar el fin de año en los restaurantes y cabarets de la capital no habían disminuido: a los habaneros, que eran muy inconscientes, les importaba muy poco si Camilo estaba cerca, y el Che en Santa Clara. Ellos querían celebrar la llegada del nuevo año, y se cagaban en la noticia. El 31 de diciembre yo me pasé el día en la calle: Tania me bajó la capota temprano, y se fue a putear por toda La Habana. Organizó una fiesta para veinte personas, en la espera del año nuevo en Tropicana, a pesar de que su madre le había rogado que se quedara en casa.

—¿Por qué no te quedas aquí en la casa, e invitas a tus amistades? La situación no puede estar peor.

—'Táte tranquila mamá, no va a pasar nada. ¿Por qué no vienen tú y papá con nosotros?

—¿Estás loca?

Cuando el día 31, a las diez de la noche, llegamos a Tropicana, todo lucía normal menos el parqueo. Allí había un grupo de empleados del cabaret, que incluía a camareros, parqueadores, empleados de la limpieza, etc., que con un radio grande que tenían, escuchaban Radio Rebelde. Se oía clarito: las noticias eran todas a favor de las fuerzas del 26 de julio, dando la impresión de que ellos entrarían en La Habana en cuestión de horas. Los oyentes del parqueo, cada vez que se decía algo a favor del 26 de julio o en contra del gobierno, aplaudían. Como a las once, llegó uno de los que trabajaba allí, y casi gritando les dijo a los demás:

—Batista se fue.

—¿De dónde sacaste eso?

—Coño, me acaba de llamar un amigo mío, que es chofer de un ministro que se fue con él.

—Eso es mentira.

—Coño, te digo que este amigo mío llevó al ministro y a su familia al campamento de Columbia.

—A lo mejor es que van a despedir el año allí.

—¿Despedir el año? Es que se van a ir.

Dentro del cabaret corría la misma bola. En el bar, en la sala de juegos, en el salón, en todas partes se hablaba de lo mismo.

—Oye, dicen que el hombre arrancó.

—¿Y qué pasó con el jacket? ¿Lo dejó?

—Parece que no lo encontró.

—Me equivoqué; yo creí que iba a pelear.

—Yo no, yo sabía que se iba.

Mientras tanto, en la casa de Adalberto Quiñones, cuando dieron las doce, solamente él, Amelia y Dulce —la sirvienta que había estado con ellos durante 23 años— brindaban por la llegada del 1959. Tomaron sidra. Al poquito rato, empezó a sonar el teléfono. Amelia contestó:

—¿Oigo…? Gracias. Ojalá que se cumpla lo que tú dices… Gracias, mi amor.

Otra llamada: —¿Oigo…? Ah sí, un momento. Es para ti, viejo.

—¿Oigo…? ¿Qué pasa, Amadeo?

Desde el otro lado, Amadeo Castilla, muy preocupado: —Oye, dicen que el hombre se fue.

—Hace un rato llamó aquí Pedroso, para decirme que estaban en Columbia, pero no me dijo que se hubieran ido. Solamente me dijo que estaba allí con un grupo de su gente.

—Sí, pero está allí para irse; a lo mejor ya se fueron.

En Tropicana no pasó nada anormal esa noche. Las bolas seguían. Yo, en el parqueo, me enteraba de todo: algunos ya daban por seguro que Batista se había ido. Eran más de las dos de la mañana, cuando uno que trabajaba en la cocina se apareció con la información de que Radio Reloj estaba dando la noticia.

—No vengas con paquetes ahora.

—Ponla coño, pa' que tú veas.

Sintonizaron Radio Reloj durante un rato, pero no dijeron nada.

En casa de Amadeo Castilla, él, su esposa y los quince o veinte invitados que fueron allí a esperar el año, escuchaban Radio Rebelde. Todos los comentarios eran alrededor de la huida de Batista.

—Si fuera verdad, ya esta gente lo estaría diciendo.

—Eso tiene que ser mentira; Batista va a pelear hasta el final.

—¡Qué comemierda eres! ¿Cuánto te quieres jugar a que se va? Si es que no se fue ya.

Lila, la esposa de Amadeo, le gritó a su marido desde el cuarto:

—Papi —ella siempre le decía "papi"— te llama el general.

Todos hicieron silencio menos uno, que dijo bajito: —Ese sí tiene que saberlo.

Se quedaron esperando, porque Amadeo fue a contestar la llamada desde su cuarto.

—Dime, General.

—Se fue el hijoeputa.

—No puede ser.

—Acabo de llegar de Columbia; me enteré muy tarde. Cuando llegué, ya se habían ido.

—¿Qué piensas hacer?

—Me cago en su madre.

—Tú no te puedes quedar aquí.

—Por eso te estoy llamando, pa' que me prestes tu yate.

—¿Pa' que te lo preste? ¿Tú eres bobo? Vámonos juntos, porque a mí seguro que me parten pa' arriba. ¿Tú sabes dónde lo tengo?

—Sí, en Jaimanitas, frente a tu casa.

—A las seis nos vemos allí, ¿te parece?

—A las seis. Ahora voy a llamar a Quiñones, pa' que se vaya con nosotros.

Todavía Tania no había regresado. Amelia creyó que era ella quien estaba llamando cuando sonó el timbre del teléfono. El propio Adalberto, que estaba tan nervioso como su mujer contestó:

—¿Oigo?

—¿Ya tú sabes que el hombre se fue?

—Sí, ya me enteré.

—Acabo de hablar con el General Pedroso, y nos vamos juntos en el yate mío. Te estoy llamando pa' invitarte.

—Gracias, Amadeo, pero yo no tengo por qué irme.

—Yo tampoco, porque no he matado a nadie ni na' de eso, pero me voy porque esta gente le va a meter mano a todo el mundo. Vete con nosotros, y espera en Miami a ver qué pasa. Si la cosa no es tan mala, siempre puedes regresar.

—Déjame pensarlo, Amadeo.

—No tienes mucho tiempo pa' pensarlo, porque nosotros nos vamos a las seis.

—Déjame ver, yo te llamo.

Amelia, que había oído la conversación, comentó: —¿Tú quieres saber mi opinión? Vete.

—¿Por qué?

—Porque tú estás muy identificado con este gobierno.

—Este no ha sido el único gobierno para el que yo he trabajado.

—Lo sé, pero ahora las cosas son distintas. Vete tú, y déjanos a nosotras aquí. A tu familia no van a hacerle nada.

—Déjame pensarlo.

—Eso es lo mismo que le dijiste a Amadeo. Y yo, que te conozco tan bien, sé que no vas a llamarlo para irte con ellos.

Cuando Amadeo salió de su cuarto, se lo comieron a preguntas:

—¿Qué te dijo el general?

—¿Se fue?

Amadeo los contempló en silencio. Cuando vieron la cara de mierda que traía, todos se dieron cuenta que las noticias no eran buenas.

—Hace un rato, se fue.

—Yo lo sabía, coño. Yo sabía que se iba.

—Tú no sabías na', no jodas.

—Sí, ahora todo el mundo sabía.

En medio de la gritería de sus invitados, se impuso la voz de Amadeo.

—Señores por favor, préstenme atención un momento: les pido que se retiren, porque las cosas van a empezar a ponerse malas y hay que planear.

Uno de los invitados dijo bajito: —Este seguro que se va.

Otro, también comentó bajito: —¿Y qué tú quieres, que se quede? ¿Con lo que se ha significado él?

Empezaron a despedirse, a besarse y a desearse feliz año nuevo otra vez. Amadeo, que ya había abierto la puerta de entrada de la casa, los esperaba allí. Estaba desesperado para que se acabaran de ir, y así poder empezar a preparar su fuga. Uno de los invitados, antes de irse, puso en el radio de la sala una de las emisoras locales, que ya estaba dando la noticia de la huida de Batista.

Al día siguiente, como a las nueve de la mañana, el señor Quiñones, acompañado de su esposa Amelia, se sentó al timón mío y salimos rumbo a La Habana. La tranquilidad era absoluta; daba la impresión de que en Cuba no había ocurrido nada. De los cuatro amigos que visitaron, ya dos de ellos se habían refugiado en la Embajada de Venezuela. Los otros dos no estaban en sus casas. Quiñones le comentó a Amelia:

—Me parece que se han precipitado un poco.

—Viejo, ¿por qué no me haces caso y te vas para Miami? Aquí no se sabe lo que va a pasar.

Quiñones no le contestó. Seguimos dando vueltas por La Habana y el Vedado. Como a las once o las doce ya habían grupos que, según ellos, se estaban dedicando a agarrar chivatos. Cerca del cementerio de Colón habían sacado de un solar a un negrito joven, a quien acusaban de delator. El negrito, en medio de la gritería, se defendía diciendo:

—Yo no soy chivato. Yo soy mariguanero.

Quería aclararle bien a los curiosos que observaban su arresto.

Amelia, que vio y oyó todo, le dijo a su marido: —Mejor vámonos para la casa, que ya esto se está poniendo feo.

—Sí, vámonos.

Y regresamos a Miramar. Cuando llegamos, Tania no estaba. Había venido a buscarla Alfredito, un amigo de ella que pertenecía al 26 de julio. Al matrimonio no le gustó nada lo que le había dicho Dulce.

Camilo Cienfuegos y el Che Guevara habían hecho sus entradas en La Habana.

Camilo se instaló en el campamento de Columbia, y el Che en la Cabaña. A mí no me movían del garaje. Quiñones le prohibió a Tania que saliera conmigo.

Decía él, que yo era un carro que llamaba mucho la atención.

El día que Fidel Castro habló por primera vez, después de haber llegado a La Habana, nadie se movió de su casa, para escuchar lo que tenía que decir "el máximo líder". Habló como carajo: no sé, catorce o quince horas cuando menos.

Cuando llevaba como tres o cuatro horas hablando, Adalberto se puso de pie, se preparó un whisky con hielo, y les dijo a Amelia y a los dos amigos suyos que habían ido a su casa a oír el discurso de Fidel: —Mañana voy a empezar a prepararlo todo para irme pa' Miami.

Amelia, casi enfadada, opinó: —Te has dado cuenta un poquito tarde. Debías haberlo hecho cuando te lo dije.

—No es tan tarde chica, esto acaba de empezar.

Ya La Habana estaba llena de barbudos, con rosarios y escapularios colgándoles por todas partes. El Che Guevara había comenzado los fusilamientos en La Cabaña.

La noche que televisaron el juicio del Capitán Sosa Blanco, Tania llegó a la casa acompañada de un barbudo.

—¿A que no lo reconocen?

Sus padres se quedaron contemplando al recién llegado sin hablar. No lo conocían.

—Es Mayito, el sobrino de Dulce. Ahora es el Capitán Aguiar.

Mayito, a quien Adalberto había tratado como a un hijo antes de irse para la Sierra, estaba desconocido: con aquella barba enorme que tenía ahora era imposible reconocerlo. Con el rifle ametralladora todavía en su mano izquierda, le extendió la derecha a Adalberto.

—¿Cómo está, Quiñones?

Adalberto respondió al saludo de su ex-protegido, pero le extrañó que lo hubiese saludado de esa forma. Mayito, siempre que se dirigía a él lo trataba con mucho respeto. Siempre le decía "señor Adalberto".

Amelia, que estaba en el interior de la casa, salió con Dulce a saludar al sobrino de esta. Dulce, con lágrimas en los ojos, abrazó y besó a Mayito durante largo rato.

—Primero te fuiste sin decirme nada y despés, no me mandaste ni una cartica desde la Sierra.

Volvió a abrazarlo.

—Te quiero mucho, Capitán. Dios te bendiga.

Amelia le preguntó: —¿Quieres tomar algo, Mayito? Perdona, ¿quiere tomar algo, Capitán Aguiar? Porque así es como hay que llamarte ahora.

—Si tienen cerveza, me tomo una.

En la televisión seguía viéndose el juicio de Sosa Blanco.

—A ese tipo lo conocí yo. Era un asesino: hay que fusilarlo —dijo Mayito.

El juicio se extendía, y se veía lo preparado que estaba. Todos los testigos en contra del capitán declaraban lo mismo. Hubo una ocasión en que trajeron a una guajira que, según el fiscal acusador, había visto a Sosa cometer un sin número de asesinatos. Cuando la interrogaron, "¿Cómo se llama usted?" contestaba, "A Sosa Blanco," y "¿Dónde vive?" "A Sosa Blanco."

Marrerito se apareció aquel día con un uniforme de miliciano puesto. Sus compañeros de trabajo empezaron a relajearlo.

—Cuádrense, que acaba de hacer su entrada el Comandante Marrero.

—Coño, ¡qué bien te queda la boinita esa!

Marrerito, que siempre había tenido buen carácter, se enfureció:

—Déjense de burlitas, que esto es una cosa muy seria. Y se pueden buscar un problema conmigo.

—Eh, no te pongas así, chico. Estamos jugando contigo.

—Esta revolución no juega con nadie.

—Ya lo veo. Señores, no sigan burlándose del comandante, que nos va a llevar pa'l paredón.

—Pa'l paredón no, pero los puedo acusar de contrarrevolucionarios.

—¿A mí también? —le preguntó Alfredo, el jefe del departamento.

—Sí, a ti también.

—Entonces se te olvidó cuando utilicé mis influencias con amigos míos del gobierno de Batista, para que te sacaran del Buró de Investigaciones. ¿No te acuerdas de eso? ¿No te acuerdas que te estabas cagando cuando llegamos allí? No me jodas, que lo único que hiciste tú por esta revolución fue vender bonos de esos del 26 de julio. ¿No te acuerdas que eso mismo es lo que tú le decías al capitán del buró que te tenía preso? ¿Te acuerdas? A esta gente que no estaba allí, diles lo que te dé la gana, pero a mí no. Me parece que te estoy oyendo: "Yo lo único que hice fue vender bonos. Yo no puse bombas, ni nada de eso."

García, el ayudante de Alfredo, intervino. Tomó a su jefe por un brazo y lo sacó de allí.

—No debiste haberle dicho eso. Este es un hijoeputa, y te puede hacer daño.

—Un comemierda, eso es lo que es. ¿Tú sabes lo que es venir a decir en mi presencia, que puede acusar de contrarrevolucionario a alguno de sus compañeros —que tanto se preocuparon cuando se lo llevaron preso— por bromear con él? ¡Comemierda! Y esta revolución está llena de gente como este. Yo te digo a ti que esto va a ser del carajo. Me dan ganas de entrar ahí y sacarlo a patás por el culo.

—Tranquilízate, que no vas a ganar na' con eso.

—Es más, lo voy a quitar de ese puesto. Todavía soy yo quien manda ahí.

—Alfredo, esto ha cambiado mucho. Tranquilízate, que en cualquier momento te sacan tu pasado batistiano y te joden.

—Yo no fui militar ni un carajo. Lo único que hice fue trabajar para el gobierno.

—Pero te acusan de batistiano y te meten preso. 'Táte tranquilo.

Amelia y Adalberto estaban sentados a la mesa, pero no comían. Ella se secaba las lágrimas con la servilleta, y él trataba de consolarla.

—Y tú sigues encaprichado en quedarte aquí.

—Yo no estoy encaprichado en quedarme aquí, Amelia. Yo sé que tengo que irme, pero antes tengo que arreglar mis cosas.

—¿Qué cosas?

—Lo de las cuentas bancarias, por ejemplo. Están todas congeladas. Estoy esperando por el hijo de Oscar Luis, que es de esa gente y tiene influencia.

—Aquí nadie tiene influencia, Adalberto. Esas cuentas nunca te las van a descongelar. Hazme caso, vete. El próximo paso que van a dar es llevarte preso y condenarte. Vete mañana mismo, por favor.

Dulce les interrumpió el diálogo: —¿Por qué no comen un poquito? Usted sobre todo, señora. Hace dos días que no se echa nada en el estómago.

—No puedo, Dulce. Llévate esta comida.

Mientras Dulce recogía los platos, hicieron silencio. La puerta se abrió, y era Tania.

—Cambien esas caras que parecen dos condenados a muerte.

Ninguno de los dos contestó. Tania siguió contemplándolos, sin decir nada. Al rato, Amelia, secándose una lágrima más, levantó la cara.

—¿Qué estabas haciendo a esta hora? ¿De dónde vienes?

—De La Cabaña.

Adalberto saltó: —¿Y qué hacías tú en La Cabaña?

—Viendo los fusilamientos. Yo nunca había visto uno.

—Yo tampoco, pero nunca se me hubiera ocurrido ver uno.

—Eso no tiene nada que ver, papá.

—¿Qué no tiene nada que ver? ¿Tú sabes lo que estás diciendo? Lo que están haciendo es una carnicería. Ayer fusilaron a un niño de diecisiete años por hacer contrarrevolución.

—Todos los que fusilaron hoy eran culpables.

Adalberto se encabronó: —¿Y cómo carajo sabes tú que eran culpables?

Amelia intervino: —No te pongas así con tu hija, viejo.

—¿Y cómo quieres que me ponga?

Y agarrando a Tania por los brazos, le gritó: —¡Eso no fue lo que te enseñamos aquí, coño!

Tania se echó a llorar y salió otra vez rumbo a la calle.

Desesperada, Amelia le gritó: —¡Tania! ¿Para dónde vas? ¡Quédate aquí!

No respondió.

Amelia fue a la puerta, la abrió y gritó de nuevo: —¡Taniaaa!

Arrancó mi motor y pisó mi acelerador hasta abajo. Doblaba las esquinas como si alguien estuviera persiguiéndola. En la avenida Cinco y la calle Treinta y Cinco de Miramar, nos detuvo un carro perseguidor. Ella me arrimó a la acera y esperó.

El jefe de la perseguidora se acercó a nosotros. Lo conocí enseguida: era el Capitán Aguiar, al que antes le decían Mayito.

—¿De quién estás huyendo, Tania? Venías volando bajito.

—Nada, que venía disgustada, Mayito. ¿Qué me van a hacer?

—Nada. ¿Cómo yo voy a ponerte una multa a ti? ¿Estás loca?

Y contemplándome comentó: —¡Hay que ver que este carro es lindo! Este es el carro que siempre me ha gustado.

—¿Puedo continuar?

—Claro que sí, cuando quieras.

Y seguimos rumbo a La Habana.

El que iba con Mayito en la perseguidora, se le acercó a su jefe: —Verdad que es lindo.

—Sí. El color es un poco amariconado, pero está tremendo. Algún día lo voy a manejar.

—De eso estoy seguro, porque cuando a ti se te mete algo en la cabeza…

Eran las dos de la mañana. Chicho y Marta, su mujer, fueron despertados por una gritería que había frente a su casa. Ella abrió la puerta del balcón para enterarse de lo que estaba pasando. Vio lo que ocurría, y salió corriendo hacia el cuarto donde estaba su marido. Chicho seguía acostado.

—Chicho, levántate pa' que ayudes a esos compañeros que vinieron a detener a esa gente. Parece que no quieren salir de la casa.

Ese día, Chicho se había estrenado su uniforme de miliciano. Marta lo sacó del closet y se lo tiró en la cama; Chicho se levantó, y empezó a ponérselo.

Marta, desde el balcón, le gritaba: —¡Apúrate pa' que ayudes a estos compañeros!

Pero Chicho no acababa de salir del cuarto.

—¡Chicho, que te apures!

Pero él seguía en el cuarto.

—¡Apúrate, chico!

Desde adentro le gritó: —No puedo salir porque no encuentro la boina, y sin la boina no puedo llevarme preso a nadie.

A Venancio lo había traído su tío desde Galicia, para el que trabajó durante quince años. Cuando cumplió los treinta, ya tenía su propia bodega. Había ahorrado bastante: como comía y dormía en el establecimiento, raro era el día en que gastaba un peso. Con el dinerito que tenía, y un préstamo que le hizo su pariente y protector, puso su bodega. Tal como lo había hecho anteriormente, comía y dormía allí mismo para poder ahorrar. Su negocio creció, y en menos de dos años, pudo pagar la deuda que tenía. Después se enamoró de una cubana, hija de una clienta de él, y se casó con ella.

En menos de cinco años ya era padre de tres niños, y un año antes de llegar la revolución al poder, ya estaba pensando en su retiro. Su hijo mayor, Elpidio, podía hacerse cargo del negocio, y él podría tomarse unas largas vacaciones en su aldea natal, a la que no había vuelto desde que vino para Cuba. El día en que el líder de la revolución habló desde el campamento de Columbia, Venancio recibió una llamada del hermano que le quedaba en Galicia.

—Oye, todavía no he recibido el pasaje. ¿Qué pasa? Acuérdate que necesito tiempo para sacar la visa.

—Tú te has enterado de lo que ha pasado aquí, ¿no?

—Sí, claro.

—Bueno, pues déjame adelantarte que esto se va a joder.

—¿Cómo que se va a joder?

—Sí, de eso estoy casi seguro. Este tipo no me gusta nada.

—¿Entonces?

—Vamos a esperar un poco porque a lo mejor, en lugar de venir tú pa' acá, yo voy pa' allá.

—Pero coño, ¿qué es eso? Ese tipo acaba de llegar al poder, y ahí la cosa ya estaba muy jodida.

—Sí, pero se va a poner peor. Así es que tenemos que esperar, para ver qué pasa.

—Coño, y yo que creía que con esto de la revolución, todo iba a ir mejor.

—No, eso lo cree todavía el noventa y nueve por ciento de los cubanos, pero yo no. Cualquier cosa, yo te llamaré.

Cuando terminó la conversación con su hermano, Manolo, le dijo a Elvira, su mujer: —No sé, pero cada vez que a mí me da por pensar en algo…

—¿Tienes una premonición?

—No sé cómo carajo se llama eso, pero casi nunca me he equivocado.

—Puede ser que esta vez estés pensando mal. A lo mejor estás equivocado.

—Ojalá, pero ese tipo no me gusta. Y lo que dice me gusta menos.

Los fusilamientos continuaban. La noche anterior, sin que se le celebrara juicio, habían llevado al paredón al Coronel Azcuy, un militar honesto y valiente que había salvado muchas vidas. Cada vez que a alguien se le atravesaba un peo, recurrían a él. Los que trabajaban en la oficina de la fábrica de jabón habían ido a verlo varias veces, para pedirle que ayudara a algunos de los contrarrevolucionarios que habían allí, cuando caían presos. Marrerito había sido uno de ellos. De eso precisamente estaban hablando sus compañeros, cuando este hizo su entrada.

—¿Qué te pareció el fusilamiento del Coronel Azcuy?

Marrerito se quedó callado.

—¿No te parece que eso ha sido una injusticia?

—¿Tú también crees que fue una injusticia?

—Yo sí. No le celebraron ni siquiera un juicio.

Marrerito se le quedó mirando a Medardo por un momento. Después le contestó: —Eso que tú dices es lo que piensan los contrarrevolucionarios. Mira Medardo, esta revolución no comete injusticias. Si lo fusilaron, es porque tenían que fusilarlo. Algo le encontrarían.

—¿Recuerdas que tú fuiste uno de los que él protegió?

—Sí, él protegió a mucha gente. El y otros coroneles, que querían pujarle gracias a la revolución para no tener problemas cuando llegáramos al poder.

Y entró en el despacho que ocupaba Alfredo, su jefe. Se sentó a la mesa, y empezó a sacar papeles de las gavetas.

—Tomasito, ven acá, coge todos estos papeles y mira a ver si encuentras algo ahí que pueda comprometer a Alfredo.

Tomasito, que también había ido a trabajar vestido de

miliciano, y que era como un asistente de Marrerito, hizo lo que este le había ordenado. Cuando recogió el último bloque de papeles de Alfredo, se volvió, y tímidamente le preguntó:

—¿Qué pasó con Alfredo?

—Está preso. Se lo llevaron anoche.

Medardo, que lo había oído todo, entró al despacho que ahora era de Marrerito.

—A Alfredo tienen que haberle hecho un paquete.

Marrerito, sin mirarle a la cara, dijo muy bajito: —No sigas cometiendo errores, que los que hablan así son contrarrevolucionarios.

—Coño, ahora el que no está de acuerdo con algo que hace esta revolución, es contrarrevolucionario.

—Acabas de decirlo: el que no está con la revolución, está en contra de ella.

Tania no me había metido en el garaje, porque pensaba salir de nuevo. Cuando Mayito llegó, seguido de aquellos dos milicianos barbudos, me imaginé que algo malo iba a pasar. Tocaron a la puerta, y fue la propia Tania quien les abrió; cuando lo vio, fue a besarlo en la mejilla, pero Mayito la evitó.

—¿Está tu papá?

—¿Ha pasado algo?

El seguía muy serio.

—¿Está o no está?

—Sí, pero ¿qué ha pasado, Mayito?

Muy delicadamente la echó a un lado y entró a la casa, seguido por los barbudos.

Quiñones y Amelia, que habían escuchado la conversación de él con Tania, venían rumbo a la puerta. Ambos saludaron a Mayito, pero él les contestó:

—Me da mucha pena con usted Quiñones, pero tiene que acompañarnos.

—¿Qué es lo que pasa?

—Lo acusan de varias cosas, y tengo que llevármelo.

Amelia se situó entre Mayito y su esposo, y le gritó a su ex-protegido: —Para llevarse a mi marido primero tienen que llevarme a mí.

—Si tengo que llevármela me la llevo, así que quítese del medio.

Tania intervino: —Sí, mejor quítate mamá, que este tipo es capaz de cualquier cosa.

Mayito, inmutable, se volvió hacia Tania, y extendiéndole la mano derecha le dijo: —Dame las llaves del Cadillac, que también tengo que llevármelo.

—Me las vas a tener que quitar a la fuerza.

—Si no me queda más remedio…

Y, volviéndose hacia uno de los barbudos, hizo un gesto, ordenándole que lo hiciera.

El barbudo se dirigió hacia donde estaba Tania. Adalberto, quien hasta ahora había mantenido la calma, caminó rápidamente hacia el barbudo y, dándole un empujón, le gritó:

—¡No toque a mi hija!

El otro barbudo le golpeó la cabeza con el cabo de su rifle, y Quiñones cayó al suelo inconsciente y sangrando mucho. Tania se arrodilló al lado de su padre, al tiempo que tiraba las llaves contra el suelo.

—¡Coge las malditas llaves!

Dulce, dándole palmadas en la cara a Amelia, trataba de volverla en sí. Lo que había visto era demasiado para ella.

Mayito le dio de nuevo órdenes a los barbudos: —Recójanlo, que primero tenemos que llevarlo a la Casa de Socorros.

Dos de los barbudos cargaron a Adalberto, que seguía sangrando, y se lo llevaron para fuera. Mayito los seguía. Desde donde yo estaba se escuchaban los quejidos de Amelia y el llanto de Tania. Cuando Mayito vio que los barbudos iban a acomodar a Quiñones en mi asiento trasero, les gritó:

—No, no lo pongan ahí, que me va a manchar el carro de

sangre. Llévenselo en el yipi.

Después se sentó frente a mi timón, arrancó mi motor, y dijo bajito: —Esto sí que es un carro, no joda.

Y salimos rumbo a La Habana.

Esa tarde, Venancio estaba sacando cuentas, como decía él, en una oficinita que tenía en la trastienda. Eran las tres y media cuando llegó un tipo delgadito, con un bigote tan fino que parecía una línea negra pintada sobre los labios. Se acercó a Pipo, el muchacho que llevaba los mandados de la bodega a la casa de los clientes, y le preguntó si el dueño estaba. Pipo le dijo que esperara, y fue a avisarle a su jefe. Venancio se asomó:

—Sí, dígame.

—¿Es usted Venancio Tenrreiro?

—Para servirle.

—Yo vengo de parte del Ministerio de Recuperación de Bienes.

—Pase para acá.

Le abrió una pequeña puerta que había en la parte izquierda de la bodega.

—Mejor hablamos aquí atrás.

Lo condujo hasta su oficina.

—Siéntese.

El hombre del bigotico fino se sentó, e inmediatamente sacó unos papeles de un maletín que traía.

—¿De qué se trata?

—Enseguida le voy a explicar.

Siguió sacando papeles del maletín, hasta que encontró el que buscaba.

—Ah, aquí está. Este es. Primero quiero que me conteste algunas preguntas. ¿Usted es el único dueño?

—Sí señor.

—¿Me puede decir con qué dinero hizo la compra?

—Yo no compré nada, este negocio lo inicié yo.

—Muy bien. ¿Y con qué dinero inició usted el negocio?

—Bueno, con un dinero que yo tenía ahorrado, y otro poco que me prestó mi tío, dinero que le pagué hace años.

—Muy bien. Y el dinero ese suyo, ¿de dónde lo sacó?

—¿Cómo que de dónde lo saqué? Ya le dije que era un dinero que yo había ahorrado, cuando trabajaba en la bodega de mi tío. ¿Qué tiene que ver todo eso conmigo? ¿Qué es lo que quiere usted? ¿A quién representa?

—Ya le dije cuando llegué que representaba al Ministerio de Recuperación de Bienes.

—¿Y eso qué tiene que ver conmigo?

—No se incomode, señor Tenrreiro. Su negocio está bajo investigación.

—¿Bajo investigación? Pero, ¿por qué?

—Usted tiene que demostrar que sus bienes fueron bien adquiridos.

—¡Qué cojones tienen ustedes! Así que, de acuerdo con ese ministerio a quien usted representa, yo soy un ladrón.

—A lo mejor no lo es, pero tiene que demostrarlo.

—¿Cómo que a lo mejor?

Se puso de pie, indignado.

—Hágame el favor de salir de aquí inmediatamente, coño, o lo saco a patadas por el culo.

Y, agarrándole la camisa, lo levantó de la silla, acercó su cara a la de él, y le gritó: —¡Salga de aquí, cojones!

El hombrecito, cagándose de miedo, y con los ojos clavados en un revólver que Venancio tenía sobre la mesa, salió de la oficina, pero se había olvidado de cuál era la salida para la calle.

Venancio le volvió a gritar: —La salida es por allí, cojones.

Ya en la acera, cuando vio que tenía cierta seguridad, pero todavía temblando, amenazó al gallego: —¡A usted, esto le va a pesar mucho!

Y se fue, arreglándose la camisa.

Venancio regresó a su oficinita, maldiciendo y hablando consigo mismo.

—¡Que de dónde saqué el dinero! Me cago en la puta madre que lo parió.

Cuando llegó a su casa, le contó a Elvira lo que había sucedido. Esta se echó a llorar.

—¿Por qué hiciste eso, viejo? ¿Por qué le dijiste esas cosas? A esa gente no se les puede hablar así.

—¿Cómo coño va a venir a decirme que tiene que investigar para saber si mis bienes fueron bien adquiridos? Lo que me pesa es no haberlo sacado de allí a patadas por el culo. Si ves el tipo que tiene, lo cuidadito que tiene el bigote... Parece maricón.

—Ay, Dios mío.

Este cambio de dueño que he tenido me ha caído como una patada en el baúl. Hace como tres semanas que no le tiran ni un cubito de agua a mi carrocería, ni me limpian por dentro. Estoy tan cagao que no doy más. Aquí se emborrachan. Hay veces que aquí también tiemplan. Con su barba y su uniforme, siempre me tiene lleno de putas, de todo tipo y de cualquier nivel. Hay veces que me tienen parqueao un par de días frente a una posada. Las fiestas son del carajo. Tengo ganas hasta de chocar, coño, para que me dejen tirado en cualquier parte y no me utilicen más. Esta gente va a acabar con Cuba. Hoy les oí decir que se van a mudar para la casa de don Adalberto. Déjame no hablar más, que ahí viene ese hijoeputa con Kiko y Manuel, sus dos guardaespaldas.

Mayito entró al Cadillac y se sentó al lado del chofer.

—Vamos hasta la casa de Miramar.

—¿La de Quiñones?

—Sí, la que era de Quiñones. Déjenme allí, vayan hasta el apartamento y recojan lo que queda.

—¿Todo?

—Sí, todo. Y llévenmelo para allá.

Mientras tanto, a Amelia le habían dado permiso para

visitar a su esposo. Estaba en La Cabaña, en una pequeña celda donde habían cuatro presos más, entre ellos un niño de quince años. Adalberto había perdido como treinta libras de peso, y vestía la misma ropa que tenía puesta el día que se lo llevaron de su casa.

Cuando Amelia lo vio, se echó a llorar.

—No te pongas así, chica. No llores.

—¿Y qué quieres que haga?

—Trata de controlarte.

—No puedo, mi amor.

Ambos hicieron silencio durante un rato. Ella continuaba llorando.

—Aquí te traigo algunas cositas que me dejaron pasar.

De una bolsa que traía sacó una lata de galletas, mantequilla, una lata de leche condensada y unas croquetas.

—Lo demás me lo quitaron.

Se metió una mano en un bolsillo de su vestido. Sacó un paquete de cuchillas de afeitar y se lo dio a su marido.

—Esto lo escondí, por si acaso…

—Gracias, mi amor. Quiero que hoy mismo vayas a ver a Raúl, para que arregle la salida de ustedes del país.

—¿Tú crees que te voy a abandonar? Estás loco.

—Tienes que hacerlo, Amelia. Esto va para largo.

—Por eso mismo.

—Amelia, trata de entender.

—No insistas, porque no me voy.

—¿Cómo está Tania?

—Bien. Como si nada hubiera pasado.

—¿Qué quieres decir?

—Eso. Está constantemente en la calle, de día y de noche.

—No me digas.

—Bueno, deja eso. Ya yo he sacado de la casa todo lo que tenía importancia, porque me imagino que en cualquier momento nos la quitan.

Ella ignoraba que en ese mismo momento, Mayito estaba

tomando posesión de la residencia de los Quiñones y que, hablando con un amigo por teléfono, le decía:

—Oye, me acabo de mudar.

—¿No me digas que ya estás viviendo en la casa de los Quiñones?

—Adivinaste.

—¡Qué hijoeputa eres!

Eran las nueve y media de la mañana cuando el hombrecito del Ministerio de Recuperación de Bienes llegó a la bodega de Venancio. Venía acompañado por dos milicianos armados. El gallego, que atendía a alguien en esos momentos, dijo bajito:

—¿Qué cojones querrá ahora?

—Buenos días, señor Tenrreiro.

—Dígame, ¿qué desea?

—Venimos en nombre del ministerio a hacer una ocupación temporal de su establecimiento.

—¿Ocupación temporal? ¿A qué se debe eso?

—Como le dije la vez anterior, hasta que usted no demuestre…

Venancio no lo dejó terminar: —Yo no tengo que demostrar un carajo. Váyanse de aquí.

—Si no coopera con nosotros la va a pasar mal, señor Tenrreiro.

—¿Qué me va a hacer? ¿Me va a llevar preso? ¿Me va a matar?

Uno de los que acompañaban al inspector, intervino: —No se ponga así señor, nosotros venimos en representación del gobierno.

—Ya él sabe eso —dijo el hombre del bigotico—. No le expliques nada más.

Y se dirigió a la puerta, que él ya conocía, para entrar a la bodega. Los que lo acompañaban, sacaron sus pistolas. El gallego se le paró enfrente, y lo agarró por los brazos.

—Suélteme.

—Está bien, pero escúcheme un momento.

—¿Qué quiere?

—Si no queda más remedio, está bien. Yo no voy a resistirme, pero déjenme llevar para mi casa mis cosas personales.

—¿Dónde las tiene?

—Aquí, en mi oficina. Venga conmigo para que las vea.

—Muy bien, vamos.

Se volvió hacia sus acompañantes.

—Desalojen la bodega y no dejen entrar a nadie más por ahora. Vamos a su oficina.

La oficinita estaba abierta. Entraron.

—A ver, ¿qué es lo que se tiene que llevar?

—Cosas privadas, cosas de mi casa— y abrió una de las gavetas.

Afuera, los guardias del ministerio habían casi desalojado el establecimiento. Los clientes, que no entendían lo que había pasado, les preguntaban:

—¿Qué fue lo que hizo?

—¿Qué pasó?

De pronto se escucharon dos disparos, casi seguidos. El guardia, que estaba dentro de la bodega, se dirigió a la trastienda para saber lo que había ocurrido. En el suelo encontró muertos a Venancio y al tipo del bigotico. El gallego todavía tenía el revólver en su mano derecha.

—Mañana tengo que ir a ver a mi papá.

—¿Dónde está? ¿En La Cabaña?

—No, después del juicio lo metieron en el Príncipe.

Esta era la segunda vez que Tania salía con Ricardo. Todavía no se había acostado con él.

—¿Cuánto le echaron?

—Veinte años.

—¿De qué lo acusaron?

—De nada, nunca le presentaron cargos. ¿Tú conoces al Capitán Aguiar, Mario Aguiar?

—No.

—Ese fue el que se encargó de todo. Un día se presentó en mi casa, me pidió las llaves del Cadillac, mi papá se opuso y le fracturaron el cráneo de un culatazo. Después se lo llevaron para la Casa de Socorros, dejaron a mi madre medio muerta en el suelo, y se llevaron el Cadillac, desde luego. Días después se llevaron a mi padre preso para La Cabaña, lo tuvieron allí como un mes, y cuando fui a verlo con mi madre, hace unos días, nos comunicaron que le habían celebrado un juicio, que había sido condenado a cumplir veinte años, y que si queríamos verlo, teníamos que ir al Príncipe.

—¿Y por qué tú sabes que no le celebraron juicio?

—Porque él nos lo dijo.

—¿A qué hora tú piensas ir mañana?

—El permiso es para las diez de la mañana.

—Yo voy a ir contigo.

—¿Estás loco? Te vas a buscar un problema.

—En primer lugar, nadie está autorizado para hacer eso que hizo el capitán ese que tú dices. Y en segundo lugar, aquí hay que celebrarle juicio a todo el mundo; no importa lo que haya hecho.

—Pero el caso nuestro no es el primero.

—Yo no estoy de acuerdo con este procedimiento, y voy a tomar cartas en este asunto. ¿Dónde te recojo mañana?

—Déjame anotarte la dirección. Estoy viviendo con mi mamá, en un apartamento de unos amigos nuestros.

—A las nueve y media estoy allí.

Al día siguiente, a las nueve y media, como le había prometido a Tania, Ricardo la recogió. Amelia no pudo ir porque, aunque Ricardo era oficial del ejército, el permiso que otorgaban para visitar a los presos era para dos personas.

Cuando llegaron al Príncipe, ella presentó su permiso y

Ricardo se identificó.

Los dos pasaron. Minutos después, se estaban entrevistando con Adalberto.

Los guardias de la entrada se quedaron comentando: —¿Este tipo qué viene a hacer aquí? ¿Es familiar del preso?

—Yo no sé, pero lo conozco. Ese fue uno de los que más dolores de cabeza les dio a los batistianos, aquí en La Habana. Se llama Ricardo.

Cuando sonó el timbre del teléfono, Mayito se levantó encabronado. Tenía que levantarse para contestar. El se había acostado a las siete; había estado de fiesta toda la noche.

—¿Oigo?

—¿Mayito? El Gato.

El Gato era el apodo por el que lo conocía todo el mundo. Se llamaba Raymundo Ríos, y era el hombre de confianza de él.

—¿Tú sabes quién acaba de salir del Príncipe, adonde fue a hacer una visita?

—¿Quién?

—Ricardo Martínez, uno de los hombres de confianza del presidente.

—¿Y a quién fue a ver?

—A Quiñones. El tipo está saliendo con su hija.

—Averíguame quién es el Ricardo ese.

—No tengo que averiguar nada, yo lo conozco muy bien. Mi hermano Eladio trabajó con él, aquí en La Habana. El era uno de los jefes del Movimiento.

—Bueno, averigua bien dónde vive, los lugares que frecuenta, todo.

Oscar Luis Benítez, antiguo funcionario del régimen de Batista, iba a realizar ese día un cambio de dinero con alguien a quien él no conocía muy bien. Aleida, su mujer, no estaba muy conforme con la operación.

—Oscar, ¿tú lo conoces bien?

—Oscarito me dijo que no había problemas, que él lo conoce de la Sierra.

—¿Cómo te van a pagar?

—En efectivo.

—No, que al cambio, ¿cuánto te van a dar por cada peso?

—Cincuenta centavos de dólar. El cambio está a dos por uno.

—¿A qué hora vienen?

—No, yo tengo que ir a donde ellos están. ¿Tú sabes dónde es? En la casa de Adalberto Quiñones. Ahí está viviendo el jefe de ese grupo.

—Esto a mí no me gusta nada, Oscar.

—Chica, ya te dije que Oscarito lo conoce bien. El me dijo que podía hacer la operación sin problemas.

—¿Oscarito va a estar allí?

—No sé.

—Ten cuidado, Oscar, por lo que tú más quieras.

—No te preocupes, chica. ¿Dónde está la maleta? Ya son casi las cuatro.

—En el cuarto. Déjame ir a buscarla.

—No, yo voy.

Oscar salió rumbo al cuarto. Sonó el timbre del teléfono, y Aleida contestó.

—¿Oigo?

—¿Está el señor Benítez?

—Sí, ¿quién habla?

—Un amigo de él.

—Espérese un momento.

Benítez regresó con la maleta del dinero, y cogió el teléfono.

—¿Oigo?

—Lo estamos esperando, señor Benítez.

La fiesta de la noche anterior, en la antigua casa de los Quiñones, había sido en grande. El mismo Mayito se sorprendió cuando llegó a la sala, envuelto en un albornoz que había pertenecido al antiguo propietario. Había botellas de champán y de whisky por todas partes, colillas de cigarros hasta encima del teclado del piano, algunos ceniceros con dos o tres cabitos de mariguana, y otros conteniendo cocaína.

—¡Cuca!

Volvió a gritar, aún más alto: —¡Cuca!

Cuca, que también se había acostado a las cinco de la mañana, se apareció en la sala medio dormida, despeinada y sin haberse lavado la cara. Ella, que era fea con cojones, lucía horrorosa en esas condiciones. Ni la linda piyama de Tania que tenía puesta mejoraba su presencia: parecía un viejo enfermo. El Gato la había reclutado para que trabajara en la casa. Su trabajo anterior había sido de camarera, en una casa de putas que estaba cerca del hospital Calixto García. Además de los quehaceres hogareños, tenía que ocuparse, entre otras cosas, de conseguir mujeres cada vez que celebraban una orgía. Ella tenía todos los contactos. Cuando alguien le celebraba su eficiencia, Cuca comentaba: "Veinte años trabajando con putas, me tienen que servir de algo."

—Limpia, coño, que está al llegar alguien importante que no puede ver esto así.

—Enseguida, jefe.

—Y no dejes salir a nadie pa' acá, hasta que yo te diga.

—Si me permite, yo voy un momentico allá adentro a lavarme y arreglarme un poco, porque debo estar de madre. No tengo que mirarme al espejo pa' saberlo.

—Está bien, pero apúrate. Dile al Gato que se levante, que lo voy a necesitar aquí.

Sonó el timbre del teléfono, y él descolgó: —¿Oigo?

—¿Ya está ahí?

—No, todavía no ha llegado. Yo te voy a llamar cuando todo se acabe, pero tú no debes estar aquí. Va a ser un poco violento pa' él.

—A mí no me importa.

—Aunque no te importe, quédate ahí. Tú estás en casa de Felo, ¿no?

—Sí, pero déjame ir pa' allá.

—Ya te dije que no. Yo te aviso en cuanto él se vaya.

Y colgó. Sonó el timbre de la puerta. Mayito se asomó por una ventana, y vio el carro de Benítez estacionado frente a la casa. Fue hasta donde estaba Cuca y muy bajito, le dijo: —Pregunta quién es, y dile que espere un momento, que vas a avisarme. Pero apúrate y acaba de limpiar esto, coño.

Cuca salió rumbo a la puerta. Ella, a quien le encantaba decir mentiras y hacer hijeputadas, preguntó: —¿Quién es, por favor?

—El señor Benítez, Oscar Luis Benítez.

—¿A quién desea?

—¿El Capitán Aguiar está?

—El está ocupado en estos momentos, pero voy a avisarle para que lo atienda.

Fue hasta donde estaba el capitán, y con señas le dijo que podía atenderlo en el lugar de la sala, que ya ella había limpiado un poco.

El le ordenó: —O.K. Abrele la puerta para que no tenga que esperar tanto, y tú sigue limpiando pa' allá.

Cuca se llevó una copa vacía y una botella también vacía de champán, las puso en la otra mesa y fue a la puerta para abrírsela a Benítez.

—Perdone la demora.

—No, no hay problema.

—Mire, venga por aquí.

Y lo condujo a donde estaba esperándolo Mayito.

Señalando la maleta, Benítez preguntó: —¿Dónde puedo ponerla?

—Ahí mismo. Siéntese, por favor.

—Gracias. Aquí está todo.

Se refería a los quinientos mil pesos que había negociado. Mayito tendría que entregarle doscientos cincuenta mil dólares.

Después de contemplar bien a Benítez y a la maleta enorme que había traído, Mayito volvió a hablar.

—¿Desea tomar algo? ¿Un poquito de café?

—Está bien. Un poco de café no viene mal.

Mayito, en un tono muy fino, y alzando un poco la voz, llamó a Cuca. Ella acudió inmediatamente.

—¿Dígame, Capitán?

—Tráiganos un par de tazas de café.

—Enseguida.

Y se fue.

—Bueno, y ¿cómo le va con la revolución?

—Más o menos.

—¿Ha tenido problemas?

—Como casi todo el mundo.

—¿Piensa irse del país?

—No le voy a mentir, estoy arreglándolo todo para irme.

—Yo creo que si esta revolución no le gusta, eso es lo mejor que puede hacer.

—Es que ya no me queda nada aquí. He perdido prácticamente todo lo que tenía.

—Y su familia ya se fue de Cuba, ¿no?

—Sí, menos Oscarito, que sé que está aquí, pero hace mucho tiempo que no lo veo.

Benítez, que no quería quedarse mucho tiempo allí, señaló la maleta que había puesto en el suelo, a su lado.

—¿Quiere contarlos?

—Si usted lo contó, me basta.

Siguieron mirándose el uno al otro, sin hablar. Benítez se veía impaciente. Al fin, Mayito abrió la boca.

—¿Adónde quiere que le mandemos los dólares?

—Yo creía que me los iban a dar ahora.

—Es que todavía no los han traído.

—Entonces...

Se levantó y agarró su maleta.

—Cuando lleguen, usted me avisa.

El capitán, sin alzar la voz, le ordenó: —Deje esa maleta ahí.

—No, ya le dije que cuando tenga los dólares me llama, para traerla de nuevo.

Sacó una pistola que tenía en el bolsillo trasero del pantalón.

—Le estoy diciendo que deje esa maleta ahí, coño.

Benítez, cagado del miedo, puso la maleta en el suelo.

—Cuando tengamos los dólares, le avisaremos. Ahora váyase pa'l carajo. Salga de aquí.

No demoró dos segundos en llegar a la puerta de la casa. No tuvo que molestarse en abrirla; el Gato se encargó de eso. Cuando salió el pobre comemierda de allí, el Gato la cerró y lanzó una carcajada. Mayito lo acompañó con otra; ambos se doblaban de la risa y estuvieron así durante un buen rato. El Gato fue el primero en hablar:

—Yo hubiera querido que tú le hubieses visto la cara cuando salió. La verdad es que tú eres del carajo.

Sonó el teléfono y el capitán respondió. Desde el otro extremo, una voz preguntó:

—¿Ya?

—Ya. Acaba de irse.

—¿Qué dijo?

—Nada. ¿Qué coño va a decir? Ven pa' acá pa' darte tus cien mil pesos.

—¿Cómo cien mil pesos? Si toda esta idea fue mía. Yo quiero, por lo menos, la mitad.

—Cien mil pesos te dije.

—Mayito, ¿quién coño te has figurado que yo soy?

—Un hijoeputa. Un hijo que le hace eso a su padre, es un perfecto hijoeputa.

Todavía no habían sido intervenidos —o nacionalizados, como decían ellos— todos los medios de comunicación. Como al diario donde escribía Antonio Segarra todavía no lo había visitado un censor, a él le publicaban (tal como los escribía) todos los artículos en los que criticaba al régimen. Se estaba haciendo más popular que la Coca-Cola. Cuando salía a la calle, y alguien lo reconocía, enseguida lo felicitaba:

—Usted es el único que dice la verdad de lo que está pasando en Cuba.

—Si los demás dijeran lo que usted tiene el valor de decir, aquí todo sería distinto. Pero no lo hacen porque tienen miedo.

Eso era, más o menos, lo que le decían sus admiradores, pero Segarra no recibía el respaldo de nadie. Un día, al final de su artículo, escribió una nota que decía: "Los que estén de acuerdo con esto, escríbanme". Recibió muchas cartas, pero sin firma: ni una sola de las que le enviaron estaba firmada.

Segarra tenía un concepto muy alto de la libertad de prensa, y quería hacer algo antes de que su periódico fuera sometido a la censura. Entonces se le ocurrió algo distinto, más práctico: salió a la calle a visitar distintos lugares. Cafés, restaurantes, tiendas por departamentos, etc. Se identificaba, y cuando elogiaban la labor que estaba realizando, les decía:

—Necesito su respaldo. ¿Puede darme su nombre para publicarlo en mi columna?

—No, eso no. Usted sabe cómo están las cosas aquí.

Esa era la respuesta que casi siempre le daban. Tenían miedo. Decían la verdad en voz baja. Y en alta voz, hablaban bien del régimen. Cuando alguien preguntaba: "¿Qué tú crees de esto?" le contestaban bajito: "Esto se jode. Esto es comunismo." Y cuando estaban rodeados de gente a quien no conocían, decían: "Yo estoy con esto, esto hay que respaldarlo."

El día en que sometieron a la censura el periódico donde escribía Segarra, renunció. En otros medios ocurría algo similar. Cuando nacionalizaron —para usar el eufemismo que utilizaban ellos— las plantas de televisión, la gente de talento tuvo que desplazarse, y cederle el puesto a los mediocres. Actrices y actores que nunca habían dado la talla, pasaron a ser protagonistas, y los que tenían verdadero talento, tuvieron que abandonar Cuba. Los que no aceptaban la censura corrían hasta el riesgo de ir a la cárcel.

En cualquier centro de trabajo ocurría lo mismo: el que no se ponía el traje de miliciano y marchaba todos los días con un palo de escoba al hombro, era mal visto en su trabajo. En la oficina de la fábrica de jabón, donde mandaba Marrerito, todos habían aceptado el uniforme y el palo de escoba menos Tito, un jodedor que no estaba con aquello. Y a todos les molestaba eso. Un día, Marrerito lo llamó a su despacho.

—Tú no estás con la revolución, ¿no?

—Yo sí. ¿Por qué me dices eso?

—Porque tú eres el único en esta oficina que no se ha vestido de miliciano.

Tito inventó algo para salirse del lío, pues él ya estaba conspirando en contra de aquello.

—¿Tú sabes por qué yo no me he vestido de miliciano, Marrero?

—¿Por qué?

—Porque yo quiero a esta revolución, y no me gustaría desprestigiarla.

—¿Qué me quieres decir con eso?

—Te voy a decir algo que nadie sabe aquí. Yo soy maricón, Marrero. Y si me visto de miliciano, desprestigio a esta revolución. Ese uniforme no deben vestirlo los maricones.

Marrerito, que sí era maricón, le contestó: —Estoy de acuerdo contigo, gracias por pensar así.

Estoy parqueado aquí, frente al Gato Tuerto, desde ayer por la tarde. Esa gente se fue en otro carro con unas putas —porque ellos salen solamente con putas— y me dejaron aquí. Menos mal que me subieron la capota, así no se me joden los asientos. Hace un rato vi entrar ahí a Tania, mi antigua dueña. Está de lo más linda. Ojalá no se encuentre con los que metieron a su padre en la cárcel, después que le quitaron todo. Estos hijoeputas no tienen perdón. Ahora tienen un negocio de cambio de dinero, que los está haciendo ricos. Yo no los soporto, estoy loco para que me choquen para no tener que llevarlos a ningún lao.

Mientras el Cadillac se lamentaba afuera del Gato Tuerto, adentro, sentada al bar, Tania disfrutaba de un Martini. Lila, que había sido prominente figura de la sociedad habanera, la reconoció desde lejos, y se le acercó.

—¿Quién me iba a decir a mí que, despúes de tanto tiempo sin verte, me iba a encontrar contigo aquí?

—Es verdad, yo creo que hace como cinco años que no te veo. ¿Cómo estás?

—Encantada con esta revolución.

Y era verdad. Lila, que había pertenecido al Movimiento 26 de julio, se había encasquetado el uniforme de miliciana desde el día en que los barbudos llegaron a La Habana. Y desde entonces no había parado de bailar, beber y templar: se había acostado con medio regimiento. No sabía cerrar las piernas, ni decir que no. Cuando la criticaban por lo que hacía, contestaba:

—Tengo que aprovechar, ya yo cumplí cuarenta y seis años. Estoy en el montuno, y ahorita se me acaba el baile.

—Si no estás esperando a alguien, ven para mi mesa.

—No gracias, Lila. Estoy esperando a alguien.

—Tienes cara de estar enamorada.

—Creo que lo estoy.

Cuando Tania vio llegar a Ricardo, exclamó: —Vaya, al fin.

Lila se dio cuenta de que el alguien que esperaba Tania había llegado. Se volvió hacia la puerta, y vio a Ricardo.

—Oye, ¿es ese que llegó ahí?

—Ese mismo.

—Te felicito, es un tipazo. Bueno, te dejo porque no quiero pasmar.

Ricardo llegó, y se besaron en las mejillas.

—¿Hace rato que llegaste?

—No, no hace mucho. ¿Cómo estás?

—Bien ahora, porque estoy aquí contigo, pero he pasado un día… Me he enterado de algunas cosas que me tienen muy preocupado.

—¿Ya te diste cuenta de que esto es comunismo? ¿Te has dado cuenta de que yo tenía razón en lo que te dije?

—Creo que sí, esta no es la revolución por la que yo luché.

—Mejor no hables de eso ahora.

—Sí, mejor. Vamos a hablar de ti y de mí. Tengo que decirte algo muy importante, pero no sé si decírtelo aquí.

—¿De qué se trata?

—No, este no es el momento. ¿Cómo está tu mamá?

—Si sigue así, se va a morir. No sé qué hacer con ella. Estamos viviendo ahora en casa de mi tía. No come, no duerme. No hace más que llorar.

—¿Has vuelto a ver a tu papá?

—Sí, ayer fui a llevarle unas cosas.

—¿Cómo está él?

—En muy malas condiciones. Ya, hasta hablar le cuesta trabajo. Si lo ves…

—El pobre. ¿Qué piensa hacer?

—No sé, los dos quieren que me vaya, pero no puedo abandonarlos.

El barténder los interrumpió, preguntándole a él: —¿Qué desea tomar?

—Quiero una botella de champán, pero para llevar.

—¿Qué marca?

—La mejor que tengas.

—¿Qué le parece Cristal?

—Me parece muy bien, esa misma.

El hombre se fue en busca del champán, y ella, que se imaginaba algo, preguntó: —¿Para qué quieres ese champán?

—Para tomármelo con una mujer, a quien le voy a confesar que me he enamorado de ella.

El apartamento de Ricardo estaba sólo a unas cuadras del Gato Tuerto. En cuanto llegaron, Ricardo puso a funcionar el tocadiscos. Se empezó a escuchar una música instrumental muy suave; fue hasta la cocina y descorchó la botella de champán. La puso en una bandeja, junto con dos copas muy finas. Regresó a la sala, y la colocó sobre el mostrador de un barcito portátil muy bonito que tenía. Cuando se dispuso a coger las copas para hacer un brindis con Tania, sintió los brazos de ella que lo acariciaban en el cuello desde atrás. Se volvió y empezó a besarla. Tania, que ya se había quitado la blusa y los sostenes, le zafó la camisa y lo estrechó contra sus pechos. El la cargó en sus brazos, y la dejó caer suavemente sobre la cama redonda que tenía en su cuarto. Estuvieron haciendo el amor hasta las seis de la mañana. El champán nunca lo tomaron.

Benítez llevaba tiempo tratando de hablar con Mayito. Lo llamaba telefónicamente infinidad de veces al día, y la respuesta que recibía siempre era la misma: "Cuando lleguen los dólares, lo llamaremos." Trató de localizar a su hijo Oscarito inútilmente, pues nadie sabía de él. Alguien le sugirió que localizara a Ariel, que era hijo de un amigo suyo. Ese podía saber el paradero de Oscarito, pues estuvieron mucho tiempo juntos en la clandestinidad. Benítez se fue hasta el hotel Capri; Ariel vivía allí en una suite desde que llegó a La Habana. Benítez lo llamó desde abajo, y cuando le dijo quién era, Ariel bajó inmediatamente.

—Perdóname que haya venido a molestarte.

—Usted no me molesta.

—Es que necesito que me ayudes.

—Usted dirá.

—¿Tú conoces al Capitán Aguiar?

—¿A Mayito Aguiar?

—Ese mismo. No sé si tú sabrás que él está haciendo cambios de dinero.

—No lo sabía.

—Bueno, pues el problema es que yo hice un cambio con él hace unos días, y esta es la fecha en que no me ha entregado los dólares. Para eso es que estoy localizando a Oscarito, para que me ayude a cobrar ese dinero. ¿Tú podrías averiguarme su paradero?

—Yo creo que sí. A mí me extraña que Mayito le haya hecho eso a usted, porque él y Oscarito son muy buenos amigos. Mire Benítez, deme un teléfono donde yo pueda localizarlo, y en cuanto hable con él, lo llamo.

Ariel tomó el elevador del edificio donde vivía Oscarito, y subió hasta el piso diez. Tocó a la puerta, y desde adentro, una voz femenina le preguntó:

—¿Quién es?

—Dile a Oscarito que soy yo, Ariel.

La muchacha, que lo conocía, le abrió la puerta enseguida.

—Adelante caballero. ¿Qué desea?

La tipa estaba en cueros, y en el medio de la sala habían dos mujeres más, también en cueros, dándose la lengua. Habían frascos de cocaína por todas partes.

—¿Quieres hablar con Oscarito?

—Creo que voy a posponer la reunión, porque esto aquí está del carajo.

La puta se echó un poco de cocaína en una teta.

—¿Por qué no coges un poquito de ahí mismo?

La puerta del cuarto principal estaba abierta. Ariel se asomó y vio a Oscarito desnudo en la cama, con dos mujeres más.

—Qué va, hoy no se puede hablar con él.

Se fue hasta donde estaba la puta que lo había recibido.

—Si te acuerdas, dale esta tarjetica y dile que me llame,

cuando pueda.

Oscarito, que había escuchado su voz, le gritó desde el cuarto:

—Espérate ahí Ariel, que voy pa' allá.

Se levantó, se envolvió en una bata y salió para la sala.

—Coño, ¿cómo te ibas a ir sin hablar conmigo?

—No, es que te vi muy ocupado.

—¿Por qué no te quedas un rato aquí con nosotros?

—No, no puedo. Tengo muchas cosas que hacer hoy.

—Me hace falta tu ayuda, soy yo solo pa' cuatro mujeres.

—No, no puedo quedarme. Yo vine porque tenía que hablar contigo de algo importante.

—Bueno, dime.

—No, aquí no podemos hablar.

—Yo tengo un despachito en el otro cuarto. Ahí nadie puede oír lo que hablemos.

—No sé si tú estás en buenas condiciones como para…

—Coño, ¿tan importante es?

—Yo diría que sí. Hace un rato me vino a ver tu papá. El está tratando de localizarte, porque Mayito lo jodió en una operación de dinero. Tú sabes que nuestro amigo está haciendo eso hace tiempo. Les coge los pesos a la gente, y después no les da na'.

—¿Cuánto le cogió al viejo? ¿No te dijo?

—No sé, pero lo tumbó.

—¡Qué hijoeputa!

—Eso mismo pensé cuando oí la historia que me contó tu padre. Pero me extrañó mucho, porque él tiene que saber que tú eres su hijo.

—Me has dejado que no sé qué pensar.

—Tú tienes que recuperarle ese dinero a tu padre. ¿Por qué no lo llamas?

—¿A Mayito?

—No, a tu papá. ¿Qué tiempo hace que no hablas con él?

—Bastante.

—Coño, acuérdate todo lo que hizo por ti. Cada vez que teníamos un problema, lo llamábamos a él y resolvía. Llámalo, porque yo le voy a decir que hablé contigo, y le voy a dar tu teléfono.

—Sí, yo lo voy a llamar. Déjame darme un baño primero. No lo llames hasta que yo hable con él. Gracias por haber venido a decirme eso.

—Si necesitas mi ayuda para quitarle a Mayito esos dólares, avísame.

—Gracias, pero yo puedo hacerlo solo.

—Después me llamas, para contarme lo que pasó.

—Sí, yo te llamo.

—O.K. Hasta luego.

Ariel se marchó, y Oscarito entró a la ducha. Al poco rato ya estaba vestido y listo para salir. Cogió el teléfono y marcó el número de casa de Mayito. El mismo contestó:

—¿Oigo?

—Oye, espérame ahí, que voy para allá.

—Coño, tú debes tener mucho dinero, porque no has venido a recoger lo tuyo.

—Espérame ahí.

Veinte minutos después llegaba a casa del cambiador de dinero. Mayito lo esperó en la puerta.

—Por la ventana te vi llegar. Pasa pa' acá.

Entraron al cuarto principal. Mayito sacó una bolsa del closet, y se la entregó a Oscarito. Este ni la miró.

—No quiero ese dinero.

—¿Vas a seguir insistiendo en que tengo que darte la mitad?

—No, no quiero ningún dinero. No le puedo hacer esto a mi padre.

—Pero coño, a ti no hay quien te entienda. Ahora, de buenas a primeras, eres honrado y fiel a tu papá. No jodas Oscarito, que yo te conozco bien. Tú lo que quieres es más plata.

—Te digo que no, coño. Lo que quiero es que le des sus dólares, o le devuelvas sus pesos.

—Déjame pensarlo, porque todavía no he podido conseguir los dólares.

—Entonces, devuélvele sus pesos.

—Déjame ver lo que hago. Vete tranquilo.

Lo tomó por un brazo y casi lo empujó hacia la puerta. Ya en la acera, volvió a repetirle: —Vete tranquilo, que yo voy a solucionar eso.

—Mayito por favor, haz lo que te digo, devuélvele sus pesos. Tú y yo nos hemos llevado bien durante mucho tiempo. No dejes que esto se eche a perder. Se trata de mi padre.

—Sí, ya me lo dijiste, pero tienes que darme tiempo. Acuérdate que fuiste tú quien inventó esto y ahora, de buenas a primeras, te conviertes en el mejor hijo del mundo. Tú, que siempre has sido un hijoeputa.

—Está bien, pero haz lo que te está pidiendo este hijoeputa, porque las cosas se pueden complicar.

—¿Qué me quieres decir con eso?

—Que se pueden complicar.

—¿Quién las va a complicar, tú?

—No sé, pero ¿tú te imaginas lo que te puede pasar, si los de arriba se enteran que tú te has metido en ese negocio? ¿Y que la mayor parte de las veces, no le pagas a la gente?

—¿Me estás amenazando?

—No, te estoy diciendo lo que puede pasarte.

Mayito trató de controlarse. Trató de ocultarle el encabronamiento que tenía. Y aparentando estar calmado, le dijo:

—Ahora soy yo el que te pide que no eches a perder nuestra amistad y compañerismo. Yo te dije que iba a solucionar eso, y lo voy a solucionar.

—¿Cuándo?

—En cuanto pueda. Yo te llamo.

—O.K. Pero no te demores.

—Se montó en el carro, y se fue.

Yo, que estaba parqueado frente al Buick de Oscarito, que oí perfectamente la conversación entre Mayito y él, y que conozco muy bien a Mayito, estaba convencido de que no iba a cumplir con lo que le dijo. En el poco tiempo que llevo al servicio de él, me he dado cuenta de que es uno de los tipos más hijoeputa que ha traído esta revolución. Pero bueno, yo no puedo hacer nada. Lo único que quisiera en estos momentos, es que me subieran la capota. Anoche llovió y ahora hace un sol del carajo. Dentro de poco me voy a quedar sin asientos.

Amelia se había pasado la noche anterior haciendo unas croquetas para su marido, pero el guardia del Castillo del Príncipe sólo le permitió que le llevara un pomito, conteniendo miel de abejas y unas galletas; lo demás, se lo confiscó. Tania, que acompañaba a su madre, trató de convencer al guardia, insinuándole inclusive que le haría un regalito si les dejaba pasar todo, pero el tipo no se atrevió. El sargento, su jefe, estaba muy cerca.

Cuando llegaron a la celda donde estaba Quiñones, casi no podían conocerlo. Aquel hombre, que medía seis pies con dos pulgadas, estaría pesando alrededor de cien libras. Parecía un espectro. No tenía fuerzas ni para hablar. Su mujer y su hija trataron de disimular su asombro, pero él se dio cuenta.

—¿Qué mal estoy, eh? Casi no me conocen.

—¿Por qué no te alimentas un poco?

—No puedo, no tengo hambre. Lo único que quiero es acabar de morirme.

—No hables así, papá. Trata de recuperarte, que estamos haciendo todo lo posible para sacarte de aquí.

Trató de esbozar una sonrisa, pero no pudo. El dramatismo de su cara se lo impidió.

—No me hagas reír, mija. De aquí no sale nadie.

Amelia empezó a llorar y Tania, cuando trató de consolarla, no pudo evitar el llanto.

—No lloren. Ya tendrán tiempo de hacerlo. A mí me queda muy poco.

Las abrazó a las dos llorando.

—Ya se les cumplió el tiempo.

Era la voz del guardia, ordenándoles que se fueran. Los tres seguían abrazados y llorando.

—Por favor, no quiero repetirles que tienen que salir de aquí, porque se les venció su tiempo.

Se dieron besos empapados de lágrimas, y se separaron.

—Cuídense.

—Cuídate tú —dijeron ambas. Y salieron de la celda.

Tania, observando lo mal que lucía su madre, le pidió que se sentara en una silla vieja que había cerca, para que se recuperara un poco. Estuvieron allí un rato, hasta que llegó de nuevo el guardián.

—Aquí no pueden estar. Tienen que salir.

Amelia, que se sentía un poquito mejor, se levantó. Salieron caminando, rumbo a la puerta de salida.

—Yo lo encontré muy mal, mamá.

—Antes de irnos, tenemos que ir a las oficinas, y pedirles que le lleven a un médico a su celda.

—Vamos.

Cuando iban a encaminarse hacia el interior de la prisión, llegó el guardián que las había expulsado de allí, corriendo: — Regresen a la celda. Se desmayó y las está llamando.

Tania, desesperada, salió corriendo rumbo a la celda. Amelia, la seguía de lejos.

El guardia, que llegó antes que Tania, le abrió la puerta. Quiñones estaba tendido boca arriba en el suelo. Los ojos los tenía cerrados.

Tania lo incorporó y empezó a gritar: —Un médico, por favor. Que venga un médico a atenderlo. ¡Un medicooo!

Amelia llegó, y cuando vio a su marido en los brazos de su hija, se agarró de los barrotes que tenía cerca, y cayó al suelo desmayada.

Tania seguía gritando, pero no aparecía nadie. Empezó a echarle aire fresco con un pedazo de cartón que encontró, pero Quiñones no daba señales de mejoría. Al fin llegó un tipo gordo, con una bata blanca puesta.

—No hay ningún médico aquí en estos momentos, pero yo soy enfermero. Déjeme reconocerlo.

Se arrodilló al lado de Quiñones, le abrió los párpados, le agarró una mano para tomarle el pulso. Le palpó las venas o arterias del cuello durante unos segundos, retiró sus manos, y se le quedó mirando a Tania, que esperaba ansiosa. Hizo una pausa y exclamó: —No hay nada que hacer. Ha fallecido.

Tania se abrazó al cuerpo inerte de su padre y estuvo allí llorando, hasta que llegó un imbécil de la prisión y, agarrándola por un brazo, casi la haló:

—Deje eso ya, señorita, ¿no ve que está muerto?

El yate donde se estaba celebrando la fiesta era enorme, de doscientos pies. Había pertenecido a un millonario que tenía negocios de azúcar. Cuca lo había organizado todo: además de conseguir un grupo grande de mujeres, se había encargado de decorar el yate para la ocasión. El trabajo que hizo no podía ser más ridículo. Cada vez que le preguntaban a alguien en la fiesta: "¿Qué te parece la decoración?" casi todos contestaban lo mismo: "Una mierda."

Había llevado mucha bebida al yate, champán sobre todo, pero nada para comer. Cuando uno de los invitados le preguntó: —Oye, ¿no hay nada para comer?

—No, la cocaína quita el hambre. Y eso sobra aquí.

A Cuca, que tenía el cerebro en el mismo sitio en que lo tienen las arañas, en el culo, no se le ocurrió pensar que todos los que estaban allí, no olían cocaína.

Uno de los asistentes, comentaba con otro: —Yo estuve aquí una vez.

—¿En este yate?

—Claro. Mi papá era amigo del dueño.

—Entonces tu familia pertenece a la aristocracia.

—Pa' qué voy a negártelo.

—Este tipo tenía billetes como loco.

—¿Qué si tenía? Cuando la revolución llegó al poder, hicieron aquella ley por medio de la cual el que no quisiera que lo investigaran, pagaba aproximadamente lo que le debía al estado. O sea, lo que no había liquidado en impuestos.

—¿Cómo no me voy a acordar? No hubo un solo cubano que se negara a hacer eso. Todo el mundo pagó.

—Aquello fue del carajo. Bueno, pues el que era el dueño de este yate le pagó al Ministerio de Hacienda quinientos mil pesos. Medio millón. Fíjate si había dejado de pagar impuestos.

Cuca, como estaba en un yate, se puso un short de muchos colores. Parecía un tocororo, y además le quedaba ancho. Los muslos le lucían aún más flacos de lo que eran: era un palo de escoba vestido. Pa' metérsela, había que tener muy buen diente. A pesar de eso, el que se encargaba de limpiar el barco, que era tan feo y extraño como ella, le metió mano.

—¿Adónde podemos ir?

—Al cuarto principal, al de Mayito. Deja que tú lo veas. Yo le puse un espejo arriba y to'. Tremendo cerebro. Todavía mi jefe no lo ha estrenao. Vamos pa' allá, que él me llamó hace un rato y me dijo que no iba a llegar hasta las doce.

Eran las once de la noche cuando sonó el timbre en la casa de los Benítez.

—¿Oigo?

—¿Señor Benítez?

—Sí, dígame Capitán.

—Ah, me conoció la voz. Mire, lo llamo porque hasta esta fecha, no he podido conseguirle los dólares. Le entregué los pesos que me trajo a su hijo, Oscarito.

—¿Cómo? El a mí no me ha dicho nada.

—Me imagino que estará al llamarlo. El recogió la maleta, hace como media hora.

—Yo no tengo su teléfono. ¿Usted me lo puede dar?

—Sí, cómo no, anote.

Inmediatamente Benítez marcó el número que le había dado el capitán, pero no respondía nadie. A lo mejor todavía no ha llegado, pensó.

Estuvo mucho rato tratando de comunicarse con su hijo, inútilmente. Después trató de hablar con el capitán, pero no recibía respuesta. Al fin se le ocurrió llamar a Ariel al Capri. Lo localizó.

—Ariel, te habla el padre de Oscarito.

—Dígame, señor Benítez.

—Tengo que explicarte lo que me está pasando, para que sepas por qué te molesto.

—Usted nunca me molesta, señor Benítez. Cuénteme.

—Cuando yo te fui a ver, te conté que estaba haciendo un cambio de dinero con el Capitán Aguiar.

—Sí, con Mayito.

—Cuando yo le entregué los pesos, me dijo que no tenía los dólares en ese momento, pero que en cuanto le llegaran me los entregaría. Estuve seis o siete días sin saber de él. Hace como dos horas, me llamó, para decirme que no había podido conseguir los dólares y que, por lo tanto, le había entregado mis pesos a Oscarito, que él me llamaría. Pero hace casi dos horas de esto, y Oscarito no me ha llamado. ¿El número que tú tienes de él es el 29-4855?

—Ese mismo.

—Pues ahí no contesta nadie.

—Sabe Dios dónde estará. Pero si viene por aquí, o me llama, le diré que usted lo está localizando.

Mientras tanto, Mayito, que ya había llegado a la fiesta, bailaba con una bella mujer a quien él personalmente invitó ese mismo día. El la había visto una noche en el show del hotel Riviera, pero no pudo acercarse a ella porque estaba acompañado. Ese día, cuando llegó a El Floridita, se la encontró almorzando con su esposo, y se acercó a la mesa.

Con él usó el viejo truco de: ¿Nosotros nos conocemos? Yo lo he visto a usted en alguna parte. Al tipo, a quien ella le había pegado los tarros con media Cuba, le halagó el hecho de que un capitán rebelde fuera a su mesa a saludarlo, e inmediatamente le presentó a su esposa, Lidia.

—Acompáñenos, por favor.

Mayito se sentó a la mesa para acompañarlos con un trago. Cuando al poco rato, el marido se levantó para ir al baño, el capitán, que le notó la cara de puta que tenía desde que llegó, le dijo:

—¿Quieres ir a una fiesta que tengo esta noche?

—¿Dónde?

—En el yate mío.

Y le dio su teléfono.

—Llámame. No se te olvide, que la vas a pasar muy bien.

El marido era muy tarrúo y ella era muy puta, las dos cosas. El caso es que ella había aceptado la invitación que le había hecho Mayito, y que dentro de muy poco tiempo, estaría revolcándose en la cama que había estrenado Cuca.

En aquel yate, se bailó, se bebió y se olió hasta por la mañana. A las once, todavía el capitán estaba durmiendo con su nueva amante, cuando lo despertaron para darle la noticia de que habían encontrado muerto a Oscarito Benítez. No comentó nada: se levantó en silencio, y se vistió. Cuando llegó arriba, un grupo de los suyos lo estaba esperando para comentar lo que había ocurrido. Les preguntó:

—¿Qué fue lo que le pasó?

—Una sobredosis de cocaína.

—¿Sobredosis de cocaína?

—Sí, al lado del cadáver encontraron lo que usó para inyectarse.

Cuca comentó: —Yo he visto mucha gente olerla, ¿pero inyectársela?

Y otro dijo: —A lo mejor lo leyó en una aventura de Sherlock Holmes, porque ese sí que lo hacía. El no la olía, se la inyectaba.

Mayito terminó la conversación, diciendo: —Sabe Dios, a lo mejor tenía algún problema muy grave.

Por la noche, asistieron al velorio de Oscarito, además de sus familiares, varios de sus compañeros del 26 de julio. Cuando llegó Mayito, después de saludar muy brevemente a algunos a quienes conocía, se dirigió hacia donde estaban Oscar Luis Benítez y su esposa, para darles el pésame. Después, fingiendo preocupación, comentó en un tono muy bajo:

—No me explico, me he roto la cabeza pensando qué pudo haber pasado, pero nada se me ocurre.

Benítez se levantó, lo tomó por un brazo y lo llevó hasta un lugar donde podría hablar con él sin que lo oyeran.

—Lo que no encontraron fue el dinero.

—¿Cómo que no lo encontraron? ¡Si yo se lo entregué a él en la misma maleta que usted me llevó a la casa!

—La maleta sí apareció, pero vacía. Tenía adentro algunos billetes de cinco.

—¡Qué raro está eso! Voy a pedir que hagan una investigación. Eso está rarísimo.

Severino, el dueño de la carnicería del barrio, siempre fue muy amigo de Ramiro, el policía. Y Ramiro de él. Cuando al principio de montar su negocio allí, le rompieron la ventana trasera y le robaron, fue Ramiro el que más interés puso en buscar al ladrón, y desde ese momento vigilaba la carnicería de Seve, como le decían a él, todas las noches. Su turno como vigilante del barrio empezaba a las ocho de la noche y terminaba a las cinco. Seve, de vez en cuando, le hacía su regalito: un par de libras de falda, un costillar de ternera, o un poco de hígado, que a Ramiro le gustaba mucho, para pagarle de alguna forma lo que hacía por él y su negocio. Cuando cayó Batista los policías cayeron en desgracia, y Ramiro fue uno de ellos: lo dejaron fuera del cuerpo. Como había sido tan bueno con todos los que vivían por allí, nadie lo acusó, porque para los fidelistas, bastaba con que alguien acusara a un vigilante del régimen anterior de haberle dado un palazo en una ocasión, para que se lo llevaran preso y lo juzgaran. Se dieron casos en que cualquier delincuente, a quien le caían a palos a menudo en la estación de la policía por robar, acusaba al capitán de esa dependencia, y lo fusilaban. Severino, en cuanto se enteró de la cesantía de Ramiro, lo llamó:

—Yo sigo siendo tu amigo. A mí nunca se me ha olvidado aquel día en que, gracias a ti, le salvé la vida a Luisita.

Luisita, la hija de Severino, que padecía de asma desde que tenía tres años, sufrió una noche un ataque tan grande, que Seve y su mujer creían que se les iba a ahogar. El salió para la calle desesperado, buscando un taxi para llevarla al hospital, pero vivían en un lugar un poco apartado, y por allí no pasaba ninguno.

Eran las cinco de la mañana; ya Ramiro había terminado su guardia y estaba esperando la guagua, cuando vio a Seve corriendo hacia la esquina. Le gritó: —¿A dónde vas a esta hora?

—Necesito un taxi pa' llevarme a Luisita al hospital.

—¿Qué le pasó?

—Tiene un ataque de asma muy malo. Si no la llevo pa'l hospital enseguida, se me muere.

—Vete pa' la casa y espérame allí, que yo voy a conseguir el taxi.

Consiguió el taxi y fue con Seve y con Celia para el hospital, y estuvo con ellos hasta que pasó el peligro.

—A mí eso no se me puede olvidar, Ramiro. Así es que, ya lo sabes. Si me necesitas, ven a verme. Aquí voy a estar siempre a tus órdenes.

—Gracias Seve. Por ahora me estoy defendiendo, porque mi hermano me dio trabajo en su herrería. De todas maneras, a cada rato te voy a caer por aquí. Gracias de nuevo.

—Oye, ¿por qué no te llevas algo?

—No te conviene, acuérdate que esto ha cambiado mucho.

—¿Qué tiempo hace que no te comes un buen hígado a la italiana?

—Bastante tiempo.

Fue hasta el refrigerador, y sacó un hígado de ternera muy fresco que tenía allí. Lo envolvió y se lo puso en las manos.

—Seve, yo no quiero crearte un problema.

—¿Qué problema vas a crearme, chico?

—Cualquiera lo sabe y…

—Nadie tiene por qué saberlo. Métetelo debajo de la camisa. Ahí nadie te lo puede ver.

Eso hizo. Se lo metió dentro de la camisa, y no se notaba nada. Parecía estar un poco barrigón, pero nada más.

—¿Por qué no te llevas unos cuantos huesos, para que tu mujer te haga una buena sopa?

—¿Dónde los voy a esconder? ¿Me los cuelgo en los huevos?

Ambos se echaron a reír. Ramiro cogió la guagua en la esquina. Venía repleta. Cuando llegaron a la calle Infanta, se bajaron muchos pasajeros. Desde donde estaba, Ramiro divisó un asiento vacío, y fue para allá. En el momento que iba a sentarse, la guagua arrancó y Ramiro cayó boca arriba en el pasillo. Al caer, se le cayeron dos botones de la camisa, que ya era bastante vieja, y se le salió un pedazo de hígado por el hueco que había ocasionado la caída de los botones. Una vieja, bretera y escandalosa, que estaba sentada cerca de donde cayó el ex-policía, empezó a gritar:

—Paren la guagua, este hombre al caer se le salió el hígado.

Paren la guagua.

Ramiro se puso como un tiro de pie, y volvió a meter el hígado dentro de la camisa.

—Cállese la boca señora, no me ha pasado na'.

—¿Cómo que no le ha pasado nada?

—No, no me ha pasado na'.

—A usted hay que llevarlo para el hospital.

Mientras hablaba con ella, se le volvió a salir un pedazo de hígado, y él volvió a empujarlo con los dedos. El chofer paró la guagua.

Ramiro no perdió más tiempo. Acercó su boca a la oreja de la vieja y le dijo bajito: —Oiga, no joda más, que eso es un pedazo de hígado de vaca que llevo escondido ahí.

El chofer, gritó: —¿Qué pasa, sigo o no sigo?

Ramiro contestó encabronado: —Sí, sigue, a mí no me ha pasao na'.

Marrerito, el interventor de las oficinas de la fábrica de jabón, iba todos los días antes de presentarse en el trabajo, a practicar las marchas de los milicianos de barrio acompañado de su hijo Adolfito, que solamente tenía doce años, pero que era tan hijoeputa como su padre. Ya los vecinos lo habían bautizado como "el chivato del barrio". Las prácticas duraban menos de una hora: aquel pelotón estaba integrado solamente por comemierdas. El que lo dirigía era Marrerito, y eran en total, como cuarenta. Marchaban de cuatro en fondo, con palos de escoba al hombro. El jefe les marcaba el paso, y gritaba junto con ellos:

—Uno, dos, tres, cuatro. Patria o muerte, venceremos.

Al final de las prácticas siempre se dirigía a ellos, en plan de líder:

—Próximamente ya no usaremos palos para marchar, ya que me han prometido realizar estas prácticas con armas de verdad. Y enviarán aquí a un oficial todos los días, para enseñarnos a manejar esas armas, y así poder defender a nuestra revolución de sus enemigos, que son muchos.

Aquel día, cuando llegó a las oficinas, reunió a los empleados en un salón de conferencias que había, y que apenas lo utilizaban.

—Esto que les voy a decir es muy importante, y quiero que le presten la atención que merece. Me han reportado que aquí, con excepción de Fiquín, nadie asiste a las prácticas de marcha. Sé que algunos hasta han estado haciendo chistes, diciendo que el que marcha con un palo de escoba, es un comemierda. Yo quiero aclararles, a los que están diciendo esas cosas, que están jugando con candela. Todos los que realizan esas prácticas son patriotas, que están dispuestos a jugarse la vida por esta revolución, y que muy pronto realizarán esas prácticas con armas de verdad, para defender a Cuba de sus enemigos. Ah, y quiero aclararles que los verdaderos comemierdas son los que critican.

Tomasito, su asistente, abrió la puerta cuando sonó el timbre.

Marrerito, que había hecho una pausa en su discurso, le preguntó: —¿Quién está ahí?

—Es el señor González, que quiere hablar contigo en privado.

—Dile que en cuanto termine aquí, lo atenderé.

Estuvo hablando un rato más. Después se puso a revisar algunos expedientes, auxiliado por Fiquín que era, según decían allí, el que "le medía el aceite".

Transcurrieron como dos horas, sin que atendiera a su antiguo jefe. Nicolás González había estado al frente de aquellas oficinas por más de veinte años, y siempre se había portado muy bien con sus empleados, los trataba como amigos. A él, Marrerito le debía los dos aumentos de sueldo que había recibido en menos de dos años.

Tomasito tocó a la puerta del despacho del nuevo jefe, y esperó una respuesta de este. No quería estar allí sin avisar, porque ya una vez los había sorprendido a él y a Fiquín, que también era maricón, besándose.

—Marrero, todavía el señor González está esperando. Ya hace como dos horas que está allá afuera. ¿Lo vas a atender?

—Sí, dile que pase.

Fiquín salió del despacho, y dos minutos después, entró su ex-jefe. Marrerito se levantó para darle la mano.

—Perdóneme que me haya demorado en mandarlo a pasar, pero es que estaba muy ocupado aquí, con todos estos cambios que han habido últimamente.

—No importa, he venido para tratarte algo muy personal.

—Usted dirá.

—Se trata de la casa que yo te alquilé el año pasado. Yo no sé si la Reforma Urbana permite que los dueños de esas propiedades desalojen esos apartamentos, o sea, saquen sus muebles.

—No lo creo.

—Bueno, de todas maneras yo quería pedirte lo siguiente: en el segundo cuarto, hay una mesita de noche.

—Sí, la he visto.

—Una que tiene alrededor…

—Sí, yo sé cuál es. Es la única que hay allí.

—Exacto. Esa mesita es un recuerdo que tiene Laura, mi mujer, de la madre de ella. Su mamá falleció la semana pasada, y ella me pidió que hablara contigo para sacarla de allí, antes de que tenga vigencia la Reforma Urbana, porque no se sabe cómo será eso. Sólo hay rumores. Además, nadie se va a dar cuenta.

Marrerito permaneció callado un momento, y después dijo:

—Mire Nicolás, para mí esa mesita no significa nada, pero las leyes de la revolución hay que respetarlas.

—Marrero, todavía la Reforma Urbana no es ley.

—Yo lo sé, pero ya el máximo líder habló de ella por la televisión. Y para mí, lo que dice él es ley.

—¿Entonces?

—Si cuando publiquen la ley, en ella dan permiso para sacar los muebles, o algún mueble que haya en cualquier habitación, yo se la entrego González. Pero mientras tanto, no puede salir de ese cuarto.

González tenía grandes deseos de decirle: "Me cago en tu madre, malagradecido." Se le quedó mirando en silencio. Después salió del despacho.

Ariel llamó a Mayito a su casa, muy preocupado. Creía que lo que le había sucedido a Oscarito estaba muy raro y que su amigo, el Capitán Aguiar, tenía que ver con eso. Cuando contestó, no quiso hablar del caso por teléfono.

—¿Dónde tú estás, en el Capri?

—Sí.

—Dentro de media hora estoy ahí.

Veinte minutos después, un bell boy llamó a Ariel a su habitación.

—El Capitán Aguiar lo está esperando aquí abajo.

Ariel bajó y empezó a buscar a Mayito por todo el lobby. El mismo bell boy que lo había llamado a su habitación se le acercó.

—Está esperándolo allá afuera.

Yo, que conocía bastante bien al capitán, me di cuenta de por qué quería hablar con su amigo paseando por La Habana: temía que alguien pudiera oír la conversación. Lo esperó en la puerta del hotel, y lo condujo hasta donde estaba yo.

—Vamos a dar una vuelta.

—¿Y eso? ¿Por qué no hablamos allá adentro?

—Aquí tendremos más privacidad. Móntate.

Ariel le hizo caso y se sentó al lado de él. Mayito arrancó mi motor y salimos. Siempre dábamos la misma vuelta: iba por el malecón hasta el paseo del Prado, cuando llegaba a la calle Monte, viraba y regresaba por la misma ruta.

Estuvo un rato sin decir nada. Al fin, le preguntó a Ariel:

—Seguro que te llamó el padre de Oscarito.

—Sí, él cree que lo mataron.

—¿Qué te dijo?

—Eso, que lo mataron. Y me dio a entender que sospecha de ti.

—¿De mí? No jodas, ese viejo está loco.

—Pues entonces yo también estoy loco.

—¿Tú también crees que lo maté yo?

—Yo te conozco muy bien Mayito, y sé de lo que eres capaz.

—Coño, esto es lo último que me pudiera pasar, que tú pensaras que fui yo...

—Y entonces, ¿por qué to' este misterio? ¿Por qué no quisiste hablar allá en el hotel?

—Te lo dije, para tener privacidad.

—¿Qué privacidad ni qué carajo? Eso lo hiciste tú.

—No, lo hizo el Gato.

—Porque tú lo mandaste.

—Tuve que hacerlo, Ariel. Después que me dijo que iba conmigo en el negocio del padre, se rajó, y quería que yo le devolviera el dinero al viejo. Me insinuó que si no lo hacía, me iba a echar pa' alante.

—Y tú, sin más ni más, lo mandaste a matar. ¿Qué vas a hacer ahora con el viejo, lo vas a matar también?

—Si se pone a joder, no me va a quedar más remedio.

A mí no me sorprendió lo que dijo. Después de lo que hizo con mi verdadero dueño y su familia, me convencí de que era capaz de cualquier hijeputada.

—Yo nunca he querido decírtelo, pero si sigues así, vas a acabar muy mal.

—¿Por qué tú no hablas con el padre de Oscarito y lo convences?

—¿De qué?

—De que nadie lo mató, que fue un suicidio.

—'Táte tranquilo, Mayito. Yo lo más que puedo hacer, si me llama de nuevo, es decirle lo mismo que le dije ayer: que no tenía la menor idea de lo que podía haber pasado. No me metas en eso. Déjame en el hotel, que ahorita empiezo a trabajar.

El capitán me condujo hasta el Capri. En el camino de regreso, no hablaron.

Cuando llegamos, Ariel se bajó diciéndole: —Hasta luego.

Para sorpresa de los dos, Oscar Luis Benítez estaba frente a la puerta principal del hotel. Cuando vio a Ariel, fue enseguida hasta donde él estaba. Mayito se bajó, dejó mi motor andando y se acercó a ellos.

—¿Cómo está, señor Benítez? Tal como le dije, ya empezamos a investigar el caso de su hijo.

Benítez no le contestó y se dirigió a Ariel.

—¿Está muy ocupado? Quisiera hablar con usted dos minutos.

—Venga conmigo.

Y ambos se encaminaron al interior del Capri. Mayito se montó de nuevo, y salimos rumbo a la casa.

Al llegar, se bajó corriendo y entró gritando: —¡Gato! ¡Gato!

El Gato no estaba en la casa. Estaba nervioso. Fue hasta el teléfono y llamó a Ariel.

—¿Ya se fue?

—Acaba de irse.

—¿Qué te dijo?

—Sigue pensando que tú lo mandaste a matar.

—Este hijoeputa me va a buscar un problema.

—Te lo dije. ¿Qué piensas hacer?

—Ya te enterarás.

Romerillo se llamaba Pedro Romero, pero nunca nadie lo llamó por su nombre; todos le decían Romerillo. Siempre fue un jodedor: cuando Batista celebró las últimas elecciones, se postuló para representante a la Cámara, y salió. Cómo lo logró, nadie sabe, pero él vivía orgulloso de haberlo logrado. Cuando alguien le preguntaba cómo pudo hacerlo, él contestaba:

—Mi acta de representante va a figurar en el libro de Guinness: ha sido la que menos dinero ha costado. Yo hice mi campaña con quince quilos en el bolsillo, y un volador abajo del brazo.

Siempre estuvo vinculado a los personajes políticos importantes. Tenía influencia en cualquier ministerio. Nunca trabajó. Cuando Fidel Castro llegó al poder, vio los cielos abiertos: él lo había escondido en su casa en varias ocasiones, cuando las luchas entre los grupos gangsteriles. Trató de verlo enseguida, pero le resultaba difícil: nunca lo dejaban pasar. Una noche, se enteró de que su antiguo amigo estaba comiendo en la cocina del hotel Habana Hilton, y se apareció allí. Uno de los guardaespaldas, a quién él le caía bien, lo dejó llegar hasta "el máximo líder".

—¡Qué trabajo me ha costado verte, mi hermano!

Fidel, que hacía mucho tiempo que no lo veía, lo reconoció enseguida. Antes de que se acercara mucho a él, para saludarlo, le dijo: —¿Tú qué haces por aquí, Romerillo? ¿Todavía no has caído preso?

—¿Yo, preso? ¿Por qué?

—Por batistiano.

—¿Cómo por batistiano?

—Sí. ¿Cómo que no te fuiste con tu jefe? El se fue en el avión con Batista.

Romerillo no sabía qué contestar. Se quedó callado. En eso, un periodista se le paró enfrente para hacerle una pregunta al comandante, y Romerillo pensó que lo mejor que podía hacer era irse de allí. El conocía muy bien a Fidel, y sabía que si se quedaba en Cuba, en cualquier momento iba a tener problemas. Aquella noche no pudo dormir, y al día siguiente, empezó a preparar la huida. Fue a ver a un amigo que se dedicaba a fabricar botes.

—¿Y eso que viniste por aquí? Yo me imaginé que, ahora que tus amigos están en el poder, iba a ser difícil verte.

—Mis amigos… Mejor no te hablo de eso. Me hace falta un bote.

—¿Te has metido a pescador ahora?

—No, me voy de Cuba.

—¿Te vas de Cuba?

—Como lo oíste. Si me quedo aquí, me van a joder.

—¿Tú estás jugando, no?

—No, te estoy hablando muy en serio. Necesito un bote pa' irme.

—Si a mí me hubiesen preguntado: "¿Quién tú crees que sea el último que se iría de Cuba, huyéndole a la revolución?" yo hubiera contestado: Romerillo.

—Pues te hubieras equivocao, porque me voy, lo más pronto posible. En cuanto me entregues el bote.

—Coño, perdóname que me meta, pero es que me resulta tan extraño. ¿A ti te han amenazao, o…?

—No, no me han amenazao, pero me voy. Yo conozco a Fidel, y en la forma en que me habló anoche, me dio a entender que si no me voy, me van a partir las patas.

—Bueno, no te voy a hacer más preguntas. ¿Pa' cuándo quieres el bote?

—Para ayer. ¿Cuánto me vas a cobrar?

—¿Tú ves ese que está allí arriba de la mesa? ¿Te viene bien ese tamaño?

—Ahí deben caber como seis, ¿no?

—Más o menos.

—Sí, ese me sirve. Vamos a ser nada más que dos. ¿Cuánto me va a costar?

—Pa' ti, ochenta dólares.

—Ah. ¿Tengo que pagarte en dólares?

—No, no tienes que pagarme en dólares, pero yo, por si

acaso, estoy haciendo mis preparativos. Así es que si me pagas en dólares, te lo agradezco.

—O.K. ¿Cuándo puedo venir a buscarlo?

—Te lo puedes llevar ahora mismo, si quieres.

—No. Hoy es martes, ¿no? Antes del sábado lo recojo.

Salió de allí y se dirigió a casa de una amiguita de Arnoldo. Este era quien él pensaba que podía acompañarlo en la fuga.

—¿Arnoldo está?

—¿Qué pasa Romerillo? ¿Qué haces tú por aquí?

—No, es que tengo que hablar con él.

—Está durmiendo, pero si es urgente lo despierto.

—Urgente no es.

Arnoldo, que lo había oído hablar, gritó desde el cuarto: —No te vayas, Romerillo, que voy pa' allá.

—No, mejor espérame ahí, que tengo que decirte algo muy privado.

Y salió rumbo al cuarto, que él sabía dónde estaba. Pero antes, se excusó con la dueña del apartamento.

—Perdóname Alicita, pero es que lo que tengo que hablar con él es…

—No, no hay problema. Yo comprendo.

Y entró en la habitación donde estaba Arnoldo, quien estaba esperándolo.

—Si no es algo importante, me cago en tu madre. He dormido nada más que dos horas por culpa tuya.

—Chico, yo creo que es importante. Anoche vi a Fidel, y por la forma en que me habló, me parece que me tengo que ir pa'l carajo.

—¿Qué te dijo?

Y le contó.

—Si tú, que lo conoces más que yo, piensas así, debes irte. A lo mejor, después regresas. Depende de cómo vayan las cosas. Pero ahora, te aconsejo que te vayas, y que no te vayas solo, porque tú de navegación no sabes nada. Tienes que irte acompañado de alguien que sepa de eso, como yo, por ejemplo.

—Si a eso vine, coño. A invitarte.

—¿Cuándo nos vamos?

—El sábado o el domingo, según el informe del tiempo.

—Cuenta conmigo.

Se abrazaron.

—Oye, yo pago la mitad de los gastos. Hay que conseguir un bote.

—Ya lo tengo, me va a costar ochenta dólares.

—¿Está bueno?

—Vamos a pasar por allá, pa' que lo veas.

—¿Cuándo?

—Hoy mismo, si tú puedes.

—Déjame ver, porque hoy tengo que reunirme con Claudio, que me mandó a buscar.

—Ese cabrón ha llegado con suerte.

—Es que él hizo mucho por la revolución.

—¿Y tú?

—Sí, pero caí en desgracia. He chocado con Raúl dos veces. Por eso he decidido irme. Mañana te llamo para ir a ver el bote.

—O.K. Nos vemos.

De allí se fue directamente a su apartamento, donde tenía escondido a Felipe, un ex-sargento de la policía de Batista a quien él le había aconsejado que se escondiera, por si acaso. Felipe se había portado muy bien con todo el mundo, hasta con los delincuentes, pero el hecho de haber pertenecido a la policía de Batista, lo ponía en peligro.

—¿Lo conseguiste?

—Sí. ¿Tú sabes quién se va con nosotros? Arnoldo.

—¿No jodas?

—Sí, él parece que ha caído en desgracia.

—¿También?

—Cuba está muy jodía, Felipe. Hay que devolvérsela a España y empezar de nuevo. Vamos a preparar todo para el sábado. Si hace buen tiempo, partimos.

—Como tú digas.

Aquella noche se fue a La Red con Carmita, su amiga desde hacía mucho tiempo. Como no pensaba llevarla en su bote, no le había dicho nada. Pensó, Carmita es muy buena, pero habla mucho. Cuando me encamine en Miami, la mando a buscar.

En cuanto entró al bar, el encargado le dio un papelito.

—Dice que lo llames lo más pronto posible.

El recado era de Arnoldo. Fue al teléfono y marcó el número. Alicita contestó.

—Oye, ¿el hombre está ahí?

—Sí, espérate, se va a poner.

—Coño, que pronto contestaste. ¿Dónde estás, en La Red?

—Sí, acabo de llegar.

—O.K. Yo estaré ahí en quince minutos. Espérame afuera, pa' dar una vueltecita y hablar en el carro.

Cuando Romerillo salió para esperarlo en la acera, ya Arnoldo había llegado. Se montó en el carro, como habían quedado, y salieron.

—La noticia que me vas a dar, ¿es buena o mala?

—Buena y mala.

—¿Cómo es eso?

—Mala para ti, porque no te voy a acompañar en el viaje. Y buena para mí, porque Claudio logró que me nombraran Sub-Director de Deportes.

—¿No jodas? Coño, hay que ver que la vida está llena de sorpresas.

—¿Y quién crees tú que me recomendó para el cargo?

—No tengo la menor idea.

—Raúl.

—¿Raúl Castro?

—El mismo. Yo no podía creerlo.

Después, Arnoldo detuvo el carro, y en un tono muy serio le dijo: —Tú y yo, hemos sido amigos desde hace mucho tiempo, y a lo mejor no es necesario decirte esto, pero nunca está de más. Te ruego que no le digas a nadie que yo tenía planeado irme contigo pa' Miami.

—No, el que te ruega que no le digas a nadie que yo me voy el sábado en bote para Miami, soy yo.

Cuando Carmelina vio a Fidel Castro por primera vez en la televisión, comentó en alta voz: —Ese hijoeputa va a acabar con Cuba.

Estaban esa noche en su casa: Carmela, su hija, el esposo de ella, Evelio, y Antonio Cura, un viejo amigo de la familia. Todos se sorprendieron al oír aquello, principalmente su hija Carmela, que tanto admiraba a Fidel Castro.

—¿Por qué dices eso, mamá?

—Porque es un hijoeputa. Se le ve en la cara.

—Perdóneme, Carmelina, pero me parece que usted está juzgándolo muy festinadamente.

El que hablaba era Antonio Cura, que se las daba de muy intelectual y siempre usaba palabritas escogidas.

—¿No me diga, Antonio? ¿Usted tampoco se ha dado cuenta? ¿No se ha fijado que en ningún momento en su discurso de esta noche —y ya pasa de dos horas— ha hablado de paz, de perdón, de reconciliación? Ese hombre está lleno de odio.

—No pierda de vista que es un revolucionario.

—Sí, ya lo sé. Pero aquí no hace falta una revolución. Lo único que hace falta es una "evolución".

Evelio, el yerno de ella, intervino: —Yo creo que sí, que a este país le hace falta una revolución.

—Cállate la boca, muchacho. ¿Tú sabes lo que es una revolución? Ese es el problema. Desde que soy niña estoy oyendo hablar de eso, de la falta que hacía una revolución en este país. Cualquiera que hubiera puesto una bombita en la época de Machado, era un personaje aquí. Tú oías a la gente comentar: "Ese, ese sí que es un revolucionario del carajo", nada más porque había puesto una bomba. Y si se postulaba para cualquier cargo, salía. Porque era un revolucionario… Y este tipo, que es muy inteligente, y que sabía que todo el mundo estaba pidiendo una revolución sin saber lo que pedían, está complaciendo a todos; les ha traído una revolución, la revolución que querían. Aquí no se va a salvar nadie. Ustedes verán.

Antonio Cura, la interrumpió: —Le reitero que su juicio es muy festinado. A ese hombre hay que darle tiempo. Fíjese, que ya el otro día declaró que en cuanto lo miren mal, en cuanto el pueblo no esté de acuerdo con su forma de gobernar, abandona el poder.

—¿Y usted se lo creyó? El poder no lo abandona nadie, mi querido amigo, y menos este.

—Hasta ahora, las cosas que ha hecho me parecen buenas. La Reforma Agraria, la Reforma Urbana.

—Entonces, ¿está de acuerdo en que a alguien que posee una casa, que la hizo con su trabajo, con su esfuerzo, se la quiten y se la den al que la tiene alquilada?

—No, eso no es así.

—¿Cómo que no es así? Yo tengo dos casas que me dejó mi marido, y las tengo alquiladas. Los que están viviendo en ellas, a partir del día primero del mes que viene, no tienen que pagarme más alquiler. Las casas son de ellos, esa es la ley. ¿Usted cree que eso es justo? Mi marido, que en paz descanse, se rompió mucho el lomo para poder tenerlas. Y ahora vienen los revolucionarios esos, a quienes usted está defendiendo, y me las quitan.

—Deja eso ya, mamá. Vamos a hablar de otra cosa.

—No, mija, de esto hay que hablar, y hablar mucho, porque si nos quedamos callados, todo va a ser peor. Eso es precisamente lo que está pasando, que nadie protesta. Y esa es una manera de darles la razón. En sus discursos, él nos trata como si todos fuéramos culpables: aquí el único patriota es él, el único cubano honrado. Todos los demás, somos delincuentes: lo que tenemos, se lo robamos a alguien. Esas casas que me acaba de quitar la Reforma Urbana, fueron hechas con dinero ganado honradamente: mi marido no se las robó a nadie. Pero sigan dándole la razón, que algún día a ustedes también los va a joder. Esto es como una cuchilla que está cortando primero a los que están arriba, pero que va a bajar, y cuando baje, va a cortar a todo el mundo.

—Está bueno ya, mamá.

—Déjame chica, cuando esta gente agrede a alguien, todo el mundo aplaude y dicen: "Me alegro, eso había que hacerlo, ese es un explotador"; le importa poco lo que le hagan a los demás. ¿Ustedes saben por qué? Porque este es un país lleno de envidia, y ese hijo de puta sabe manejar muy bien eso. El es el primer envidioso que hay aquí. Observen que cuando él le habla al pueblo, nunca dice: "Yo voy a subir a los de abajo." Siempre dice: "Voy a bajar a los de arriba."

Evelio, el yerno de ella, habló por segunda vez en la noche.

—Si usted supiera, Carmelina, que yo la he estado escuchando, y creo que usted tiene la razón. Estoy de acuerdo con todo lo que dice. Si nos quedamos callados y nos dejamos quitar lo que tenemos, van a hacer con nosotros lo que les dé la gana.

—Pero aquí nadie se enfrenta a ellos. ¿Saben por qué?

Evelio volvió a hablar: —Por cobardía.

—Y porque piensan que son los americanos los que nos van a solucionar esto. Y óiganme bien: los americanos no van a hacer un carajo.

Cuando el Gato me dejó en aquel garaje, pa' que me dieran una buena frega', como les dijo él a los que lavaban los carros allí, me alegré muchísimo. Yo estaba cagao por dentro y por fuera, más por dentro que por fuera. El Gato y Yayo, que era el que siempre llevaba y traía al Capitán Mayito, siempre me utilizaban de posada ambulante. Les gustaba templar en el asiento trasero mío, y lo tenían hecho una mierda. Yayo era el que más me utilizaba pa' sus aventuras sexuales. Un día, me metió en una calle cerca del hotel Comodoro en Miramar. Lo acompañaba una mulatica que no valía dos quilos prietos. Se encueraron los dos y empezaron a funcionar en la oscuridad. Aquella mulata metía unos gritos tremendos:

—Ay Yayo, Yayito... Cómo me estás haciendo gozar.

Me imagino que eso fue lo que provocó que el sereno del hotel se acercara, con una linterna en la mano y un revólver en la otra.

Yayo se quitó a la mulatica de arriba y le dijo: —Yo soy el chofer del Capitán Aguiar, déjeme enseñarle la cartera dactilar para que vea.

El sereno, encabronao, le contestó: —A mí no me importa quién es usted. Y le debe dar pena ponerse a hacer eso en el carro de su jefe, habiendo tantas posadas por ahí.

Yayo, que ya se había puesto los calzoncillos, le puso la mano encima del hombro del sereno, y le dijo bajito: —¿Sabes lo que pasa, mi hermano? Que ya yo estoy bastante viejo, y tengo que hacer esto donde se me para. Se me paró aquí mismo y le metí mano.

El tipo, que tenía sentido del humor, echó una risita, y le ordenó:

—O.K. Acaba de vestirte y vete pa' otro lao, donde se te pare.

Yayo obedeció. Salió de allí con su mulata y se metió en una posada que estaba cerca de Coney Island. No sé si allí se le paró, pero me tuvieron como dos horas esperando por ellos. Me acordé de esa anécdota, cuando el negrito que estaba limpiándome, le dijo al blanquito:

—En este carro debe haber siempre tremendo relajo. Aquí atrás hay de to': latas de cerveza vacías, botellas de whisky también vacías, y hasta una caja de condones sin usar.

Entre las botellas que encontró había una de ron, que estaba casi por la mitad. El negrito se dio el primer palo.

Después, le pasó la botella a su compañero.

—'Tá bueno, métele tú.

—No, a mí el ron me da un dolor de cabeza del carajo.

—Bueno, entonces no me quedará más remedio que sacrificarme.

Y volvió a darse otro palo.

Al poquito rato de estar limpiándome, Fifo, que así se llamaba el negrito, le dijo a Tomás, su compañero de trabajo:

—¿Qué tú crees de esto?

—Esto nos va a llevar como una hora. Es un carro grande y está muy sucio.

—No, no me refiero al Cadillac. Me refiero al país. ¿Te parece bien lo que está pasando?

Tomás, que era hijo de un comunista fundador del Partido y que simpatizaba con Fidel, le preguntó: —¿A ti no te gusta esta revolución? ¿A ti no te gustan las leyes que se están haciendo? Ahora aquí todos somos iguales. ¿No viste lo que hizo el comandante con los clubes de los ricos? Ahora cualquiera puede entrar en ellos. Ahora el pueblo puede ir a esos lugares a divertirse, lo mismo los blancos que los negros. Ahora tú puedes entrar al Miramar Yacht Club.

—¿Ahora que está lleno de negros aquello? No, no me interesa.

—Pues eres un caso raro.

—A mí nunca me ha interesado ir a divertirme a ningún club de lujo de esos.

—Pues tú te lo pierdes.

Estuvieron sin hablar un rato, al cabo del cual Fifo, después de tomarse el último trago de ron que quedaba en la botella, se le quedó mirando a Tomás sin decir nada.

—¿Qué miras?

—¿En ti se puede confiar?

—¿A qué viene esa pregunta?

—No te ocupes. ¿Puedo confiar en ti?

—Ya los palos de ron esos te están haciendo efecto. ¿Qué

carajo te pasa?

—Es que estoy en algo que la única que lo sabe es mi mujer, y quería decírtelo a ti. Pero tienes que guardarme el secreto.

—¿Qué es lo que tú te traes, Fifo?

—Vas a dar un brinco cuando te lo diga.

Puso el trapo con el que me estaba limpiando encima de mi guardafango, y se le quedó mirando a Tomás otra vez.

—Acaba de hablar, coño. No me mires más.

—Acuérdate que esto no se lo puedes decir a nadie.

—Sí, no jodas más. Acaba de decirme el secreto tan grande que tienes.

—Me voy de Cuba.

—¿Cómo que te vas de Cuba? ¿Te estoy oyendo bien?

—Sí, estás oyendo bien, me voy con mi negra y los dos muchachos.

—¿Pa' dónde te vas?

—Pa' Miami.

—Esto le ronca los cojones. Yo creo que tú eres el único negro en Cuba a quien no le gusta esta revolución. Y además, irte pa' Miami. ¿Tú has estado alguna vez en Miami? ¿Tú no sabes que en Miami los negros no valen na'?

—¿Y quién te dijo a ti que yo iba a vender negros allí?

Los dos hicieron silencio. No volvieron a hablar hasta que terminaron de lavarme, cuando Fifo le dijo a Tomás: —Acuérdate que si lo dices por ahí, me vas a joder.

Mayito no le había anunciado su visita a Benítez. Eran como las seis de la tarde cuando llegó allí. Benítez, que había abierto la puerta, se sorprendió al verlo. No sabía qué decirle.

—Buenas tardes.

—Buenas. Perdóneme que no le haya avisado mi visita, pero pasé cerca de aquí y aproveché para venir a verle y decirle personalmente que la investigación que le prometí que haríamos sobre la muerte de Oscarito ya empezó, y hasta ahora, no hemos encontrado pruebas de que haya sido homicidio. Por otra parte, no tiene explicación que se hayan llevado el dinero que contenía la maleta, dejándola allí vacía, cuando les hubiese sido más cómodo llevarse el dinero en ella. Pero bueno, expertos en estas cosas están investigándolo todo. Y tan pronto se sepa algo, se lo comunicaré.

Benítez lo escuchó pacientemente, sin interrumpirlo.

—¿Ya terminó?

—Sí, yo solamente quería tenerlo al tanto de todo.

—Mire Capitán, lo menos que me interesa ahora es la maleta o el dinero que contenía. La muerte tan extraña de mi hijo es lo que quiero esclarecer. Este gobierno tiene muchos asesinos a sus órdenes, para que maten en el paredón, o fuera del paredón a quienes a ellos les interesa matar, pero me imagino que los crímenes que esos asesinos cometan por su cuenta, para evitar ser acusados de estafa o robo, no los van a amañar. Al contrario, los sacarán a la luz para hacer ver que esta revolución es honrada, moral y justa. Por lo tanto, yo estoy seguro que en cuanto yo vea al funcionario del gobierno que sea honesto, que le preocupe el prestigio de su revolución, porque tendrá que haberlo, meterá en la cárcel o llevará al paredón al asesino de mi hijo, o a los asesinos.

—Yo creo que usted debe tener cuidado en lo que dice, porque primero tiene que estar convencido de que Oscarito fue asesinado.

—Yo estoy seguro de que fue asesinado.

—Déjeme terminar. ¿Qué pruebas tiene usted de que lo mataron?

—A usted no se las voy a decir.

—¿Me está dando a entender que yo puedo estar involucrado en eso?

—Eso se sabrá cuando alguien con capacidad y honradez suficiente haga la investigación.

—¿Usted lo que me quiere decir es que yo soy responsable

de lo que le ocurrió a su hijo?

—Más o menos, eso.

—Mire, viejo de mierda. Si a usted se le ocurre mezclarme a mí en todo eso, voy a estar dándole patadas por el culo hasta que diga todo lo contrario. Su hijo Oscarito, por si usted no lo sabía, fue quien me sugirió ese cambio de pesos por dólares, que nunca se llevó a efecto. El estaba interesado en ese negocio, señor Benítez. Y a lo mejor después, avergonzado, se suicidó. Esa debe ser la verdadera historia. Yo no he tenido que ver un carajo con eso. Yo no tengo la culpa de lo que ha sucedido. En todo caso, la culpa es suya, por tener un hijo tan hijoeputa.

Benítez, que durante todo ese tiempo había tenido su mano derecha en el bolsillo del pantalón la sacó, conteniendo un pequeño revólver, con el que apuntó a Mayito.

—El hijoeputa es usted. Y si continúa hablando así de Oscarito, lo voy a matar.

—Ah, ¿tenías un revolvito escondío?

—Retírese de aquí inmediatamente, si no quiere que le dé un balazo en la cabeza.

Mayito se agarró los huevos con ambas manos.

—Aquí es donde tú me vas a dar un balazo: dispara, anda. Cuando un hombre saca un revólver, es para usarlo. Usalo, viejo maricón, úsalo.

El revolvito le temblaba en las manos. El capitán volvió a amenazarlo.

—Si se te ocurre mencionarme en esta investigación, te mato. Y puedes estar seguro de que yo sí lo hago. Yo, cuando saco un revólver, disparo, puedes estar seguro.

Se le acercó un poco más a Benítez, con la mano extendida.

—Dame la mierdita esa, que se te va a ir un tiro y te vas a buscar un problema.

Le quitó el revólver de la mano y se lo metió en un bolsillo de la chaqueta que llevaba puesta.

—Vete pa' allá adentro y tómate un buen cocimiento de

tilo, pa' que se te calmen los nervios.

El padre de Oscarito se echó a llorar.

—Vete de aquí, hijoeputa, asesino.

—Sí, me voy, vete pa'l carajo, viejo llorón.

Y salió hacia donde yo estaba parqueado. Benítez continuaba llorando, recostado a la puerta de su casa.

—No voy a descansar hasta que pueda demostrar que fuiste tú el asesino de mi hijo.

Mayito, antes de sentarse al frente de mi timón, se volvió y dijo en un tono muy bajo: —Voy a tener que partirte los cojones, viejo maricón.

Graciela, la sirvienta, que había oído todo, se le acercó a Benítez cuando, llorando, iba rumbo a su cuarto. Traía una taza en la mano.

—Tómese un poquito de esto, señor, que le va a caer bien.

—Gracias, Graciela.

Pero siguió rumbo a su habitación, llorando y lamentándose en voz baja: —¿Por qué no lo maté, coño? ¿Por qué no lo maté?

Después, él mismo se daba una respuesta: —Porque eres un cobarde, Oscar Luis. Porque eres un cobarde.

Graciela, muy tímidamente, trató de insistirle de nuevo.

—Tómese un poquito, señor.

—Déjeme, Graciela.

Y entró en el cuarto. Cerró la puerta, y desde afuera, su fiel sirvienta lo escuchaba repetir lo mismo: —Soy un cobarde, coño. Soy un cobarde. Yo tenía que vengar a mi hijo y no lo hice. Tenía que haberlo matado a él y despúes matarme yo. Pero no lo hice, no lo hice.

Graciela estuvo horas tratando de localizar a Aleida, la esposa de Benítez, que había salido temprano de la casa para contarle lo que había ocurrido. Al fin, cuando ya casi estaba oscureciendo, apareció la dueña de la casa.

—Desde por la mañana estoy tratando de dar con usted.

—¿Qué pasó?

—Acabándose de ir usted, llegó el capitán que había hecho algún negocio con el señor. Tuvieron una discusión muy grande. El señor sacó un revólver y todo.

—¿Dónde está él?

—Metido en su cuarto, lleva horas sin salir.

Aleida salió corriendo hacia el cuarto, y abrió la puerta. Graciela se quedó afuera. De pronto, le escuchó gritar: —Ay Dios mío, está muerto. ¡Ayyyyy! Está muerto, Graciela, está muerto.

En una mesita que estaba situada al lado de la cama, había un frasco casi vacío de unas pastillas para los nervios, que ellos tomaban de vez en cuando.

Después de la muerte de Quiñones en la cárcel, Tania se mudó con su mamá para la casa de Rosaura, hermana de su difunto padre. Empezó enseguida a preparar los papeles para embarcarla rumbo a Miami.

Su madre, al principio, no quería viajar.

—Si no te vas conmigo, me quedo.

—Mami, yo tengo que quedarme aquí unos días, para arreglar algunos asuntos que tengo pendientes.

—¿Qué asuntos?

—Son muchas cosas, mamá. Entre ellas, copias de las propiedades de papá.

—¿Para qué quieres eso, si nos las quitaron todas?

—Esos papeles siempre es bueno tenerlos. Uno nunca sabe. Vete tranquila, que dentro de unos días nos vemos allá.

En cuanto Amelia se embarcó para Miami, Tania se mudó para el apartamento de Ricardo. Las continuas visitas que recibía su amante, y lo extensas que eran las conversaciones que sostenían, le hicieron pensar que algo estaba pasando que ella no sabía. Un día, en que estaban solos, le preguntó:

—Mi amor, tengo que participar en lo que estás haciendo.

—¿A qué te refieres?

—Tú sabes a lo que me refiero. Tú y tus amigos están conspirando contra el gobierno, y yo quiero hacer algo también. Yo quiero participar en esas conversaciones.

—Ricardo se le quedó mirando, y después de una pausa…

—Bueno, sí, estamos conspirando, pero todavía no sabemos lo que vamos a hacer.

Sonó el timbre de la puerta, y Tania dijo enseguida: —Ese es Kike, que viene con su hermano.

—¿Cómo lo sabes?

—Porque yo oí lo que le dijiste cuando te llamó.

—Ah. ¿Has estado espiándome?

—No, fue casualidad. Déjame abrirle.

Efectivamente, eran ellos. Tania se les presentó, después los condujo hasta el comedor donde estaba esperándolos Ricardo. Kike tenía menos de treinta años y Tommy, su hermano, apenas veintitrés.

—Hoy podemos hablar aquí, porque Tania, mi novia, a quien ya conocieron, va a trabajar con nosotros.

—¿Quién más viene?

—Vienen Eduardo y Vicente Quirós. También viene Laura, la mujer de Vicente. ¿Ustedes los conocen?

—Yo sí. Tommy ha oído hablar de ellos, pero nunca los ha visto.

—Bueno, ya los conocerá.

Tania se levantó.

—Voy a hacer un poco de café en lo que llegan ellos.

Al poco rato, llegaron los que Ricardo había anunciado. Y como no había que esconderse de nadie en aquella casa, empezaron a discutir sus planes.

Ricardo fue el primero en hablar: —Esto está mucho más adelantado de lo que ustedes piensan. Hemos hecho contactos muy importantes. Aquí en Cuba, y fuera de Cuba. A lo mejor a alguno de ustedes no les agrada este señor a quien voy a mencionar, pero la ayuda que nos ha brindado no podemos rechazarla. Sin eso, no podríamos hacer nada.

—¿De quién se trata? —preguntó Laura.

—De Trujillo, el Presidente de la República Dominicana.

—Tú querrás decir, del dictador de la República Dominicana.

—Mira Laura, para lograr lo que queremos, tenemos que recurrir a cualquiera.

Kike le dio la razón.

—Estoy de acuerdo contigo, aunque después nos pueden echar en cara eso.

—A mí no me importa. A él no se le olvida que Fidel participó en una conspiración para derrocarlo, y nos está respaldando sin reclamar nada. No podemos fallar: ese día vendrá un avión mandado por él, cargado de armas, municiones y hombres nuestros entrenados para la misión. Todavía no sabemos en qué lugar de la isla aterrizará. Eso lo sabremos un día antes.

La reunión duró hasta las dos de la mañana.

—La semana que viene, si Dios quiere, nos reuniremos de nuevo. Posiblemente sea en otro lugar. Yo los llamaré con tiempo, les dijo Ricardo.

Carmelina reunió en su casa a sus familiares y amigos para despedirse de ellos. Hizo un ponche muy malo. Pero, como decía ella, lo importante era verlos a todos antes de marchar, porque nadie sabía lo que podía durar aquello.

—Primero, vamos a hacer un brindis —dijo Carmelina, alzando su copa.

Los demás la imitaron.

—Brindo por una Cuba libre.

—Muy pronto lo será —comentó Evelio, su yerno.

—No sé si será muy pronto mijo. Yo no tengo muchas esperanzas. Porque si Batista, a quien casi nadie quería, estuvo en el poder siete años, ¿ustedes se imaginan cuánto tiempo podrá estar ese hijoeputa ahí? Actualmente tiene el respaldo de más del noventa y cinco por ciento de los cubanos.

Carmela, su hija, intervino: —Sí, pero Batista era amigo de los americanos, y este no.

Evelio, que hablaba muy poco, respaldó lo dicho por su mujer.

—Estoy de acuerdo contigo. En cuanto se meta con los americanos, se va a buscar un lío.

—Ese danzón lo vengo oyendo yo, desde hace mucho tiempo. "Tú verás cuando se meta con los americanos." "Se va a buscar un problema con ellos." Y hasta ahora, no le ha pasado nada.

Tomó un traguito del ponche, hizo una mueca y, poniendo la copa sobre la mesa, comentó: —Coño, este ponche es una mierda. Pero volviendo a lo que estábamos hablando. Nosotros siempre hemos esperado que los americanos nos resuelvan las cosas. Y esta vez, si esperamos por ellos, nos vamos a joder, porque no van a hacer nada. Yo me voy, porque en estos momentos, con el respaldo que tienen, es muy difícil hacer algo en contra de ellos. Y les aconsejo a ustedes que me imiten. Preparen sus papeles y váyanse pa' Miami.

—¿A qué hora sale tu vuelo, mamá?

—A las diez de la mañana. Y espero no cagar antes de esa hora.

Todos rieron. Y Evelio, intrigado por lo que había dicho, le preguntó: —¿Qué quiere decir con eso?

—Ah, lo siguiente…

Sacó una bolsita que tenía en la cartera, y la vació sobre la mesa.

—Estas son algunas joyas que me regaló mi difunto cuando yo era joven y bella, y se van conmigo para el exilio. Las voy a llevar escondidas.

—Mamá, la vigilancia en el aeropuerto es mucha. Y si te las descubren, te vas a buscar un lío.

—Pierde cuidado, que donde las voy a esconder, no las va a encontrar nadie. Tráeme acá un vaso grande de agua.

Carmela hizo lo que le pidió su mamá. Trajo un vaso enorme lleno de agua, y lo puso sobre la mesa. Carmelina cogió el vaso con una mano, y con la otra agarró un anillo de oro y brillantes.

—No me digas que te vas a tragar eso.

—No sólo este anillo, me las voy a tragar todas.

—¿Hasta el brazalete ese?

—Sí, señora, hasta el brazalete ese.

—Mamá, ¿tú estás loca?

—Tú tranquila, que yo sé cómo hacer las cosas.

Se llevó el anillo a la boca y se lo tragó con un poco de agua. Evelio y Antonio, se echaron a reír. Carmela no; a ella le preocupaba aquello que estaba haciendo su mamá.

—Eso te puede arañar los intestinos, mamá.

—Las joyas buenas no arañan.

Y diciendo esto se tragó un arete. El pequeño brazalete lo dejó para lo último.

—Este me va a costar un poco de trabajo, pero me lo trago también.

—Mamá, deja ese brazalete aquí, no te lo vas a poder tragar.

—¿Que no? Tú verás.

Y con un poco de trabajo se lo tragó. Después de tomarse el resto del agua que le quedaba en el vaso, se puso ambas manos sobre la barriga.

—Aquí adentro tengo casi cincuenta mil dólares.

Evelio comentó bajito: —Coño, ¡Qué bárbara!

—Mamá, eso que has hecho me parece una locura.

—¿Y de qué otra manera me las iba a poder llevar? No te preocupes, en cuanto las eche en Miami, te llamo pa' que celebres.

Al día siguiente, el vuelo en que se iba Carmelina salió a su hora. Cuarenta y cinco minutos después, aterrizaba en tierra americana. Lula, la sobrina de ella, la estaba esperando en el aeropuerto.

—¿No ligaste a nadie en el avión? Vienes muy elegante.

En cuanto entraron al carro de Lula, su tía le contó lo que había hecho. Al principio, su sobrina no le creyó. Después, tuvo que parar el carro en medio de la calle. La risa no la dejaba manejar.

—Coño, ¡qué risa me ha dado esto!

Lula no podía hablar, la risa no la dejaba. Al cabo de un rato, se repuso.

—Tía, de ti se puede esperar cualquier cosa, pero esto es lo más grande que has hecho en tu vida. ¿Y ahora qué vas a hacer?

—Cagar.

A Lula le volvió a dar otro ataque de risa.

—Y no te rías tanto, que cuando las cague, me tienes que ayudar a buscarlas.

—¡Qué bárbara eres!

—No te rías más, y acaba de arrancar el carro pa' irnos de aquí. Estamos paraos en el medio de la calle.

—Cuando yo les cuente esto a mis amigas, no me van a creer. ¿Y trajiste muchas joyas?

—Unas cuantas. No me preguntes más y vámonos de aquí, chica.

—Sí, O.K.

Al fin arrancó el carro, y siguieron rumbo a la casa.

—Antes de llegar allá, quiero que me lleves a un lugar donde vendan tibores.

—¿Cómo donde vendan tibores?

—Claro, tengo que cagar en un tibor, hasta que salga la última prenda.

Lula volvió a atacarse de la risa.

—No te rías más, coño.

—Está bien, yo te llevo, pero tú te bajas y lo compras.

—Está bien, yo lo compro.

Pararon en una bodeguita cubana. Carmelina se bajó y compró el tibor que necesitaba.

Cuando pagó en la caja, el dueño le dijo: —Ese tibor estaba ahí cuando yo compré la bodega. Ya nadie compra eso.

—Yo lo sé, pero lo necesito porque una sobrina mía, que es pintora, está pintándome un cuadro que trata de los campos de Cuba.

—Ah, únicamente para eso. Si no, nunca más hubiera salido de él.

Cuando le contó a su sobrina lo que le había dicho al dueño de la bodega, empezó a reírse otra vez.

—Qué comemierda eres para reírte.

—Es que tú haces cada cosa...

Llegaron a la casa de Lula. Esta bajó las maletas, y cuando entraron, se inclinó, le hizo una reverencia a su tía y exclamó: —Ha tomado usted posesión de su casa.

—Muchas gracias. Ahora, ¡a cagarrr!

Lula salió riéndose, rumbo al teléfono.

—¿Adónde vas?

—Esto tengo que contárselo yo a mis amigas.

—No, no le cuentes nada a nadie todavía; después que salgan las joyas puedes contárselo a quien tú quieras. Pero todavía no, porque a lo mejor me pongo nerviosa y no cago.

—Bueno, te voy a complacer.

Y colgó el teléfono.

—Vamos a empezar a colocar la ropa en el closet de tu cuarto.

Cuando abrieron la primera maleta, tocaron a la puerta. Lula comentó: —Esa debe ser Josefina, la vecina de al lado, que sabía que tú llegabas hoy.

Efectivamente, ella era.

—Quiero conocer a tu tía antes que todo el mundo en el barrio.

Y alzando la voz: —¿Qué tal de viaje? ¿Fue bueno?

—Sí, bastante bueno.

—¿Y qué tal aquello?

—Malísimo, ya hablaremos de eso. Ahora le ruego que me

perdone, que estoy acomodando mis cosas, porque acabo de llegar.

—Sí, yo comprendo.

Y volviéndose hacia Lula, le dijo bajito: —Oye, qué seria es. Tú que me decías que siempre estaba relajeando.

—Es que acaba de llegar. Ya la conocerás. Yo te llamo más tarde.

La llevó hasta la puerta, y regresó al cuarto para ayudar a su tía.

—Lula, ¡qué metía es tu vecina!

—Y chismosa...

—No se te ocurra decirle lo de las joyas.

Aquel comandante que se había sumado al Movimiento, le cayó mal a Tania desde el principio.

—Ese hombre no me gusta, Ricardo.

—El tiene un pasado muy limpio, Tania. Proviene de una familia de revolucionarios, y siempre ha estado en contra del comunismo.

—Con todo eso, no se puede confiar en él. Ahí todo el mundo va a ir preso.

—¿Tú has hablado con él?

—No, nunca lo he visto personalmente, pero hay algo en él que no me gusta. Además, cuando habla, se nota que no es sincero. Tú debías retirarte de eso.

—¿Estás loca?

—Acuérdate de lo que te digo: Ese hombre va a delatarlos.

—Esta noche lo conocerás. El va a asistir a la reunión en casa del ingeniero Rivas.

—Yo no pienso ir a la reunión, ve tú solo.

—¿Por qué?

—Ustedes comenzaron bien, pero por el camino todo se ha echado a perder. Los cubanos hablamos mucho. Ya esto lo sabe infinidad de gente, y eso es muy peligroso. No vayas, por favor.

La reunión en casa del ingeniero, se efectuaría esa noche a las ocho. Era en el Vedado. Ricardo, que no quería llegar tarde, salió con tiempo de su casa. No había andado tres cuadras cuando un camión enorme, que no respetó la luz del semáforo, se precipitó contra su carro. Milagrosamente, no lo mató: solamente recibió un golpe grande en la cabeza, y los cristales del limpiaparabrisas le hicieron heridas en las dos manos. Se bajó del automóvil sangrando, y caminó hasta una casa que estaba cerca. Los que vivían allí, lo habían visto todo. Lo invitaron a pasar y lo atendieron lo mejor que pudieron. Le lavaron la sangre, le pusieron mercurocromo en las heridas y se las vendaron con pedazos de tela de una sábana. En cuanto terminaron de curarlo, pidió hablar por teléfono, y llamó a Tania.

—Oye, acabo de chocar. Me desbarataron el carro.

—¿A ti te pasó algo?

—No, me corté un poquito las manos, nada más. Ven a recogerme.

—Tienes que esperarte un poco. Me agarraste en la ducha. Dame la dirección exacta de la casa en que estás, que si es cerca de aquí, en menos de veinte minutos estoy ahí.

Al poco rato, llegó Tania. Ricardo la estaba esperando en la acera.

—Tú sabes dónde es la reunión, ¿no?

—Sí, pero no vamos para allá.

Y dobló en "U".

—¿Qué estás haciendo?

—Prendieron a todo el mundo.

—¿Qué dices?

—Lo que oíste.

—¿Y cómo tú lo sabes?

—Llamaron a la casa.

—¿Quién?

—No se identificó. Solamente dijo: "No vayan, hubo un

chivatazo."

Regresaron al apartamento. Ricardo hizo un par de llamadas telefónicas, y comprobó lo que le había dicho Tania.

—Es verdad lo que te dijeron: a los que llegaron de Santo Domingo, los esperaron en el aeropuerto, y en la casa del ingeniero, cada vez que llegaba uno, lo cogían preso.

—Eso para mí no es noticia, yo te lo dije, cuando se sepa todo, me darás la razón. Te lo dije, que ese comandante no me gustaba nada. El fue el autor de todo. ¿Cuánta gente sabía que tú participabas de eso?

—Muy pocos. Todos amigos míos. Esos no me van a echar pa' alante. De eso, estoy seguro.

—Menos mal. Ojalá el comandante no lo haya sabido. De todas maneras, vete un par de días de aquí, para ver qué pasa.

—Eso voy a hacer. Mañana te llamo para decirte donde estoy, por si acaso.

Pero no transcurrió mucho tiempo. Al día siguiente, a las seis de la mañana, despertaron a Tania con unos fuertes golpes en la puerta.

—¿Quién es?

Hizo la pregunta al mismo tiempo que miraba por el visor.

—Abra y no pregunte.

Les abrió la puerta. Eran tres. El que parecía ser el jefe, le hizo la pregunta que ella esperaba: —¿Dónde está Ricardo Martínez?

—No sé. Hace días que no viene por aquí.

Registraron el apartamento de arriba abajo. A ella ni la tocaron, ni siquiera la interrogaron. Al salir, uno de ellos le advirtió: —Dile que aunque se esconda muy bien, lo vamos a agarrar.

Romerillo lo tenía todo arreglado: iba a salir por Jaimanitas. Ya había comprado la gasolina necesaria, y la tenía escondida en una casa vacía que pertenecía a un amigo de él. También guardaba allí otras cosas que hacían falta para la travesía: agua, galletas, croquetas, etc. Cuando fue a recoger el bote para dejarlo allí esa noche —pues tenía señalada su salida para las cinco de la mañana del día siguiente— se encontró con que había alguien en el taller de su amigo. Como él no sabía, empezó a disimular:

—¿Qué pasa Emilio? ¿Cómo estás? Es que pasé por aquí, y como hacía tanto tiempo que no te veía…

—No, no hay problema, Romerillo. Este es un amigo mío que está en lo mismo que tú.

El hombre le extendió la mano a Romerillo.

—Tanto gusto, Romelio García.

—Ah, mucho gusto. Pedro Romero, pero me dicen Romerillo.

—A mí me dicen Melo.

—¿Cuándo piensas irte?

—En cuanto Emilio me rebaje el precio del bote.

Emilio, que venía de su cocina con dos tazas de café en una bandejita para dárselas a ellos, sugirió: —¿Por qué no se van ustedes dos juntos, y así no me jodes más con el precio del bote?

—Si no son muchos, se pueden ir conmigo —dijo Romerillo.

—No, soy yo sólo. ¿Cuántos van contigo?

—Somos nada más que dos, yo y un amigo mío. O mejor dicho, un amigo mío y yo. El burro 'alante, pa' que no se espante.

Emilio, que quería solucionarle el problema a su amigo que era muy agarrao, volvió a hablar: —En el que tú me compraste caben seis por lo menos. Así es que sobra espacio. Le señaló a Melo el bote que Romerillo había comprado.

—Mira, ese es.

Melo se acercó a él y le pasó la mano. Romerillo, que era un hijoeputa, y que quería que el barquito le saliera gratis, se paró frente a Emilio, y guiñándole un ojo, le dijo en alta voz:

—Lo único que tienes que hacer es pagar la mitad de lo que me costó.

—¿Cuánto te costó?

—Ciento sesenta dólares.

—El que yo quería llevarme, me salía más barato.

Y Emilio, que era más amigo de Romerillo que de Melo, intervino: —Sí, pero es que la madera de este es mucho mejor que la que tiene el que tú querías.

Después de pensarlo bien, se metió la mano en el bolsillo.

—Está bien. Aquí tienes cien dólares, devuélveme veinte.

—Mejor no te los doy, porque vas a tener que devolvérmelos.

—¿Ochenta no es la mitad de lo que te costó el bote?

—Sí. ¿Y todo lo que compré para la travesía? Compré una pila de cosas: gasolina, alimentos, agua, y eso me costó más de cuarenta pesos.

—O.K., quédate con el vuelto. ¿A qué hora salimos?

—Ya te lo dije, a las cinco y media de la mañana.

—O sea, mañana a las cinco y media de la mañana. ¿De dónde?

—Coño, tengo que estar repitiéndotelo todo, de Jaimanitas.

—Pero, ¿de qué lugar de Jaimanitas?

—¿Dónde tú vives?

—En veinticinco y O, en el Vedado.

—Cerquita de donde vivo yo. ¿Por qué mejor tú no vas para mi casa, y de ahí salimos juntos pa' allá?

—O.K. Dame tu dirección.

—Anota ahí. Te espero a las cinco.

A la mañana siguiente, llegaron a Jaimanitas a las cinco y veinte. Cuando entraron a la casa donde estaba el bote, y Romerillo encendió la luz, Melo pasó un susto del carajo: sentado junto al bote estaba Felipe, el ex-policía, amigo de Romerillo que también viajaría a Miami. Felipe saludó:

—Buenos días.

—¿Usted quién es?

—No te asustes, Melo. El es Felipe, el que te dije que viene con nosotros. Hace falta un navegante y Felipe, que viene de una familia de pescadores, se las sabe todas.

—¿Y él no pone na'?

—Sus conocimientos. ¿Qué más quieres?

—Felipe está escondío desde el día primero de enero. El era policía de Batista.

—Coño, si nos agarran antes de salir de aquí…

Felipe, que no había abierto su boca, agarró a Melo por un brazo y le dijo: —Estese tranquilo, compadre.

Melo tuvo que mirar pa' arriba pa' poder hablar con él. Felipe era un negro imponente: medía seis pies, cuatro pulgadas.

—Así es que usted fue policía de Batista.

—Sí, Sargento, pero soy un hombre bueno. Yo nunca le hice mal a nadie.

Melo, resignado y tranquilo, miró pa'l suelo.

—Bueno, pues seremos compañeros de viaje.

—Estamos perdiendo tiempo con todo este hableteo. Vamos a llevar el bote pa'l agua. Felipe, coge tú la proa, y Melo y yo aquí atrás.

La mañana estaba fresca y el mar muy sereno. En cuanto salieron, Melo cogió uno de los botellones de agua, y cuando estaba destapándolo, Romerillo lo regañó: —Coño, ¿ya estás tomando agua? ¿Por qué no tomaste de la llave, antes de salir? Esa agua hay que ahorrarla. No se sabe el tiempo que vamos a demorar en llegar a Miami.

—'Tá bien, chico.

Volvió a tapar el pomo y lo puso en su lugar.

Llevaban media hora navegando, sin que ninguno de los tres dijera una palabra. Felipe, rompió el silencio.

—'Tá buena la mañana.

Romerillo, que estaba sentado en la popa, comentó: —Vamos a demorar un poco en llegar a Miami. ¿Tú has estado antes allí, Melo?

—Varias veces. Mi negocio es joyería, y casi todos los meses iba allá a comprar o vender algo.

—¿Y qué llevas en ese maletín, joyas y dinero?

—No, pertenencias personales.

—Mierda. ¿A mí me vas a engañar? Ese maletín debe ir cargao. Desde que te conocí, andas con él en la mano. ¿Qué tú crees, Felipe?

—Igual que tú, pero eso no tiene na' de malo. Yo la única propiedad que llevo es este revólver, que lo voy a vender en cuanto llegue. Ustedes que conocen Miami, ¿cómo es? Yo nunca he estado allí. ¿Es verdad que los negros allí pasan mucho trabajo? A mí me han dicho que en la Florida todavía hay racismo.

—Sí, todavía lo hay —le contestó Melo.

—Pero yo que conozco Miami mejor que Melo, te digo Felipe, que en los Estados Unidos tú no eres negro. Eres cubano. Pa' ellos, los únicos negros son los americanos.

—¿No me digas?

—Y pa' ellos, los cubanos que somos blancos, no somos blancos.

Melo lo interrumpió: —Eso es mentira.

—¿Mentira? Mira Melo, cuando yo saqué la cartera dactilar, que los americanos le dicen licencia, donde decía raza pusieron cubano en lugar de blanco. Y yo le dije al tipo que me la entregó, "Esto está mal, aquí donde dice raza, hay que poner 'White', no 'Cuban'."

—¿Y la arreglaron?

—No jodas, me viró la espalda y se fue pa' adentro.

Una bandada de pájaros grandes pasó volando por encima de ellos. Al verlos, Felipe comentó: —Coño, qué malo se va a poner esto.

Melo, muy asustado, preguntó: —¿Por qué dices eso?

—El tiempo va a cambiar.

—¿Tú lo dices por los pájaros? Porque el día está de lo más

bonito.

—¿Bonito? Ustedes verán dentro de un rato.

No transcurrieron ni quince minutos, cuando se empezaron a ver unas nubes negras en el horizonte. Y de buenas a primeras, parecía que era de noche. Romerillo, desde la popa, mirándole la cara a Melo, comentó: —Esto va a ser del carajo.

El barquito empezó a moverse... A moverse de verdad.

Romerillo y Melo estaban cagaos. Felipe trató de tranquilizarlos.

—Esto no va a durar mucho. ¿Me trajiste la brújula que te pedí, Romerillo?

—Sí, la tengo metida aquí adentro.

—Dámela acá.

Buscó en una de las bolsas que traía, y la encontró. Pero en el momento en que se la iba a alcanzar a su amigo, una ola enorme alcanzó al bote y Romerillo, que se había levantado, por poco cayó al agua.

Felipe les gritó: —Tienen que estar sentaos y agarraos al bote. Mira lo que te pasó. Por poco no llegas a Miami.

—No, y lo más jodío de todo esto, es que la brújula se me fue de las manos.

—Bueno, qué le vamos a hacer. Ojalá esto no dure mucho.

El oleaje seguía amenazándolos. El bote parecía un barquito de papel, y las olas hacían con él lo que les daba la gana.

Felipe les volvió a gritar: —Si no empiezan a sacar agua, nos hundimos.

Romerillo, que lo había previsto todo, sacó dos latas que traía. Le dio una a Melo y empezó a funcionar. Melo no se movía. Puso la lata a un lado. Con una mano se aferraba al bote y con la otra, agarraba fuertemente el maletín. Romerillo, muy encabronado, le gritó:

—Suelta el maletín de mierda ese, y empieza a sacar agua.

Melo le hizo caso. Empezó a sacar agua con su lata, pero no

soltaba el maletín ni a jodía.

—Pero levántate de ahí, coño. Sentao no puedes hacer eso. Y acaba de soltar el maletín.

Le hizo caso. Se puso de pie, pero seguía con el maletín debajo del brazo.

De pronto, el bote hizo como que se hundió, y cuando salió del hueco, Melo cayó de culo al agua, con su maletín debajo del brazo. Cuando asomó la cabeza de nuevo, ya lo había perdido. Empezó a gritar. Felipe maniobraba con los remos, ayudado por Romerillo. El oleaje seguía siendo del carajo. Cuando se estaban acercando a su compañero de viaje, venía una ola y los alejaba de él. Melo, que no era mal nadador, de vez en cuando se zambullía en busca de su maletín, en lugar de tratar de acercarse al bote. En medio de aquel sube y baja de la embarcación, Felipe le gritó:

—Trata de nadar pa' acá, comemierda.

Romerillo, que ya conocía bastante bien a Melo, le aconsejó gritando: —No busques más el maletín y sálvate tú.

Pero el otro no le hacía caso; seguía zambulléndose. Las olas cada vez eran más altas. A pesar de eso, Felipe casi las vencía y se situaba a poca distancia de él para rescatarlo, pero Melo no cooperaba; continuaba en busca de su maletín. Hubo un momento en que las olas distanciaron mucho al bote, y lo perdieron de vista. Cuando lograron acercarse a donde lo habían visto por última vez, lo que vieron fue el maletín flotando en el agua: Melo había desaparecido. En ese momento amainaron las olas, y poco a poco volvió la normalidad. El mar se serenó. Siguieron durante un rato mirando en todas direcciones, pero nada, no aparecía. Romerillo, con tristeza comentó:

—Se jodió, el pobre.

—Si me hubiera hecho caso, se hubiera salvao. Pero parece que le interesaba más recuperar el cabrón maletín ese, que salvarse.

—Míralo allí.

—¿Qué?

—El maletín, acércate a él pa' cogerlo.

No tuvieron que hacer un gran esfuerzo para recuperarlo; las olas se encargaron de eso. Lo acercaron tanto al bote, que Romerillo solamente tuvo que alargar un poco el brazo para agarrarlo. Le dio una palmada y comentó:

—Por culpa tuya, se jodió tu amo.

—Abrelo, pa' ver por qué tenía tanto interés en salvarlo.

—El decía que lo que contenía eran cosas de uso personal, pero yo nunca se lo creí.

—Acaba de abrirlo.

Lo abrió y pegó un grito: —¡Coñooo!

—¿Qué es lo que tiene adentro?

—¿Qué es lo que no tiene? No jodas. Esto está lleno de joyas y billetes de cien dólares. ¡Somos ricos, Felipe!

Abrazó fuertemente a su amigo y compañero de viaje, sin soltar el maletín de la mano.

Carmelina llevaba dos días sin salir de la casa. Empezó a preocuparse porque no había dado de cuerpo todavía. Lula, su sobrina, que temía que aquella tragadera de joyas le había dañado los intestinos, tampoco había salido, porque no quería dejarla sola.

—Tía, tengo que ir a la bodega. Ya no hay jugos, ni galletas, ni pan, ni aceite.

—Vamos.

—¿Tú vas a ir conmigo?

—Claro.

—¿Y si estando allí te dan deseos de ir al baño?

—No hay problema. El tibor va conmigo.

Lula no pudo contener la risa.

—¿Tú vas a ir con el tibor?

—¿Qué tiene que ver eso? Lo llevo metío en una jaba y nadie se da cuenta.

—Y si te dan deseos allí, ¿qué haces?

—Nada, voy al baño con la jaba.

—Ajá. Y después te pones a hurgar en el tibor, para buscar las joyas.

—Tú tienes razón, es mejor que me quede.

Lula se fue sola. No habían transcurrido ni tres minutos, cuando a Carmelina le entraron deseos de ir al baño. Se sentó en su tibor, y no tuvo ni que pujar: las joyas salieron con mucha facilidad. La sorpresa que recibió Lula cuando regresó fue muy agradable: después de lavarlas muy bien, su tía había puesto toda la colección sobre la mesa del comedor. Cuando la sobrina que venía con cuatro jabas en sus manos, fue a ponerlas encima de la mesa, vio aquél despliegue y casi se les caen al suelo.

—¡Al fin las echaste!

—Sí, pero me queda un arete dentro.

—¿Un arete?

—Sí, el compañero de ese.

—Bueno, ya lo echarás.

—Sí, pero mientras tanto, tengo que seguir usando el tibor.

—¿Por qué no te olvidas del arete ese? ¿Tan bueno es?

—Mira, es igual a ese que está ahí. Ahorita cuando te lo enseñé, ni lo miraste.

Lo cogió de arriba de la mesa y se lo puso delante de sus ojos.

—Mira, esmeraldas. Hasta que no lo eche, sigo con el tibor.

—A lo mejor se te ha quedado enganchado en una tripa.

—Déjate de jodederas.

Lo que se le ocurrió a Eliseo para sacar aquellos dólares de Cuba, fue muy bueno: él había tratado de venderle su cafetería a alguien que le pagara por ella cuarenta mil dólares, pero situados en Miami. Su negocio valía más de cien mil pesos.

Después de esperar inútilmente al comprador en dólares, se encontró con uno que quería hacer negocios con él, pero en pesos: le daba ciento veinte mil. Y Eliseo aceptó, logrando cambiarlos por dólares en un par de días. Le dieron treinta mil. Localizó a un amigo de él que trabajaba en el hospital Calixto García, enyesando a los pacientes que lo necesitaran.

—¿Tú sabes que me voy de Cuba, Nestor?

—¿Tú solo? Yo también.

—Sí, pero yo me voy mañana. Ya lo tengo todo listo. Visa, pasaje, todo.

—Yo todavía no tengo nada de eso, pero estoy preparándolo todo. ¿Y qué, viniste a despedirte?

—No, vine a pedirte un favor, para que me ayudes en un plan que tengo.

—¿Cuál es el plan?

—Me voy a llevar los dólares que tengo, escondíos en una pierna.

—¿Cómo en una pierna?

—Sí, debajo del yeso que tú me vas a poner.

—Oh, ¿tú te vas a poner el dinero alrededor de una de tus piernas, y entonces yo te la enyeso?

—Exactamente.

—Coño, tremenda idea. ¿Y cuándo quieres hacerlo?

—Ya te dije que me quiero ir mañana. Tienes que hacerme ese trabajo esta noche.

—O.K. ¿A qué hora?

—A la hora que tú puedas.

—Espérame a las ocho.

—Tú eres mi amigo, pero yo te voy a pagar por tu trabajo.

—No te preocupes.

—Mi hija, Nilda, te puede ayudar.

—No, ayuda no me hace falta.

Nestor era muy puntual. A las ocho en punto llegó a casa de Eliseo.

—Mira Nilda, este es Nestor, el amigo que te dije que me

iba a ayudar.

—Mucho gusto señor. ¿Necesita que lo ayude?

—Ahora le voy a decir lo que me hace falta.

Ya Eliseo estaba listo para el enyesado. Se había puesto los dólares alrededor de la pierna derecha y los había protegido con pedazos de tela, muchos pedazos, para que el yeso no los dañara.

Cuando Nestor lo vio, comentó: —Oye, qué buen trabajo hiciste.

En muy poco tiempo le enyesó su pierna.

Eliseo y su hija lo felicitaron: —Tremendo trabajo el que me has hecho —dijo Eliseo.

Y Nilda agregó: —Y lo rápido que lo hizo.

Eliseo sacó un sobre del bolsillo de su camisa y se lo entregó a Nestor.

—No tenías que molestarte, Eliseo. Muchas gracias.

A mí nunca me gustó esa chiquita, Nilda. Cuando aquella noche le pidió al Gato las llaves para llevar a su padre al aeropuerto, no le encontré explicación. Ella tenía muchos amigos y podía haberle pedido el carro a otro, porque el Gato era un hijoeputa, y ella lo sabía. Pero bueno, yo no podía hacer nada. Aquella noche llovió y yo me alegré. Me vino bien que en su casa no hubiera garaje porque me refresqué un poco. Eran como las siete cuando Nilda le abrió mi puerta derecha a su padre, que montó con cierta dificultad porque tenía una pierna enyesada, y se ayudaba a sí mismo con un bastón. Fueron hablando casi todo el tiempo.

—Oye, ¿y este carro tan elegante de quién es?

—De un amigo mío.

—Tú tienes amigos importantes.

Si él hubiera conocido al Gato, no hubiera dicho tal cosa.

Llegamos, y Nilda dejó a su padre en la puerta principal.

—Espérame aquí, que yo voy a parquear, y vengo pa' acá

enseguida.

Me parqueó y salió en busca de él.

Después de pasar por todos los trámites, Eliseo entró en lo que llamaban La Pecera: le decían así porque las paredes eran de cristal, y después que un pasajero entraba allí, no podía volver a salir. Eliseo se sentó a esperar que anunciaran la salida del vuelo.

Al poco rato, se le acercó uno de los guardias y le ordenó:

—Levántese y venga conmigo.

El obedeció. Se levantó y salió atrás del guardia, que lo condujo hasta el pequeño cuarto que había allí.

—Siéntese. Así es que se fracturó esa pierna.

—Sí.

Empezó a preocuparse, porque aunque lo de la pierna enyesada sólo lo sabían dos personas, Nilda, su hija, y Nestor, que eran incapaces de denunciarlo, el comentario que le hizo el guardia, no le gustó nada.

—Vamos a quitarte el yeso, para verte la fractura.

Y alzando la voz, ordenó: —Trae eso pa' acá, Pedrito.

Un muchacho joven, se apareció con un martillo y unas tijeras grandes, y se las dio al guardia.

—¿Quieres que te quite el yeso a martillazos, pa' fracturarte la pierna de verdad?

—Haz lo que te dé la gana.

Nilda, que había estado escuchándolo todo detrás de la cortina que daba al otro salón, salió y se paró frente a su padre diciéndole:

—A la revolución no se le puede traicionar, papá. Te denuncié porque me sentí avergonzada de ti.

Eliseo la observó en silencio, sin poder creer lo que estaba oyendo.

El guardia, que ya empezaba a quitarle el yeso, se volvió hacia la hija de él, y exclamó sin mirarle a la cara a su detenido:

—La revolución está muy orgullosa de ti, Nilda.

Yo, que estaba en el parqueo, no pude enterarme de lo que

había ocurrido. El Gato, que había llegado allí no sé cuándo, estaba esperando a Nilda a la salida del edificio. La abrazó, y vinieron juntos hasta donde yo estaba. Llegaron a mí cuando ella le contaba el final de su hazaña, y me dieron ganas de vomitar gasolina. Estuvieron riéndose y burlándose de aquel pobre infeliz todo el recorrido.

—Allá en La Habana deben estar preocupados, porque tú les prometiste llamar, en cuanto echaras las joyas.

—Verdad que sí, coño, ahora mismo voy a llamar a Carmela.

Y fue rumbo al teléfono. En eso sonó el timbre de la puerta.

—Espérate, no llames todavía, voy a ver quién es.

Abrió. Era un hombre joven el que había tocado. Venía acompañado de otro, que tenía en sus manos una cámara de televisión.

—¿La señora Carmelina Tavares está?

—¿Qué desea?

—¿Está?

—Sí, pero ¿quién es usted?

—Yo me llamo Armando, señora. Y trabajo para el canal quince.

—¿Y para qué quiere a mi tía?

—Quisiera entrevistarla.

Carmelina, que lo había oído todo, preguntó desde adentro:

—¿Qué es lo que quiere, Lula?

—Entrevistarte, tía.

—Espérate, que voy pa' allá.

El hombre de la cámara, cuando la vio llegar, apuntó hacia ella.

Carmelina puso su mano frente al lente y le ordenó: —Apague eso. ¿Por qué quieren entrevistarme a mí?

—Porque usted es noticia, señora.

—¿De dónde saca eso?

—Hasta ahora, a nadie se le había ocurrido hacer lo que usted hizo.

—¿Qué fue lo que hice?

—Señora, no sea tan modesta. La manera en que sacó sus joyas de Cuba fue muy original. Por eso hemos venido. Cuéntenos.

El de la cámara volvió a enfocar a Carmelina.

—Ya le dije que apague eso. Váyanse de aquí los dos.

Y cerrándoles la puerta se le enfrentó a Lula.

—¿Tú le contaste esto a alguien?

—¿Cómo se te ocurre pensar eso, tía?

—Coño, ¿cómo pudo enterarse esa gente?

Los de afuera volvieron a tocar el timbre.

—Ábreles tú. Yo me voy pa'l cuarto. Diles que no quiero hablar con ellos, que si no se van de aquí pa'l carajo, llamo a la policía.

Lula les abrió la puerta.

—Mi tía no quiere ser entrevistada, así es que por favor, márchense.

—Bueno. ¿Qué le vamos a hacer?

Cuando iba a cerrar la puerta, Felisa, su vecina, llamó desde el patio: —Hey, Lula.

—Sí, dime Felisa.

Le hizo señas con la mano de que fuera hasta donde estaba ella, y le dijo bajito: —Ven acá, que no quiero que ella me oiga.

Lula le hizo caso y fue a donde estaba Felisa.

—¿Y ese misterio?

—Yo fui la que llamé a la prensa.

—Si mi tía se entera, te mata. ¿Cómo tú te enteraste?

—Ustedes hablan muy alto, yo las oí. Ella debe dejarse entrevistar.

—Tú procura que ella no se entere que fuiste tú la que

llamó a esa gente.

—Pero si eso no tiene nada que ver. Ella es la primera que hace eso. Fue muy original: la gente tiene que saber cómo lo hizo.

Desde adentro, Carmelina gritó: —¿Ya se fueron, Lula?

—Sí, ya puedes salir.

—Yo fallé, debí haberles dicho: "Si me dicen cómo lo supieron, me dejo entrevistar." Así me hubiera enterado quién lo hizo.

—Deja eso ya, tía. ¿Llamaste a La Habana?

—Ahora lo voy a hacer.

Y empezó a marcar el número en el teléfono.

Allá, Carmela contestó enseguida: —¿Oigo?

—¿Carmelita?

—Me tenías preocupada. ¿Qué pasó?

—Me demoré un poco, pero las eché.

—Ay, qué bueno. ¿Y te costó trabajo? ¿No te arañaron ni nada?

—Nada, las eché suavecito. Pero todavía tengo un arete adentro.

—¿Uno de esmeraldas?

—Sí.

—Ese no te lo tragaste, aquí lo tengo. Me lo encontré en el suelo.

—Ay, qué bueno. Hoy por la noche me iba a tomar un purgante para ver si lo echaba.

—Pues no ibas a echar nada, porque yo lo tengo aquí.

—O.K. Guárdamelo para cuando tú vengas, porque en cuanto venda algo de esto, te mando a buscar. A ti, a tu marido y a los niños.

Felisa, la vecina, tocó a la puerta. Lula la atendió.

—Oye, van a dar la noticia ahora por el canal quince. Enciende el televisor.

Carmelina, le preguntó: —¿Qué noticia?

—La de las joyas, señora.

—¿Y cómo usted lo sabe?

—Porque lo acaban de decir.

—No, que ¿cómo se enteró usted de lo de las joyas?

—Porque yo oí la conversación de ustedes con los reporteros que vinieron.

Lula puso el canal quince, y apareció su casa en la pantalla. Inmediatamente, se escuchó la voz del reportero:

—En esta casa vive la señora Carmelina Tavares, que para sacar sus joyas de Cuba... —y contaba con lujo de detalles lo que Carmelina había hecho.

Carmelina escuchaba con atención, y a cada rato decía: "Me cago en tu madre." Cuando el reportaje llegó a su final se levantó, apagó el televisor y, encabronada, le dijo a su sobrina:

—¿Tú te imaginas? Ahora no me van a dejar tranquila.

—Pero si no saliste en cámara, tía.

—No, pero salió la casa, dieron la dirección exacta y dijeron mi nombre como cuarenta veces. Me cago en su madre. Ahora, cada vez que alguien en la calle me identifique, me va a decir: "¿Usted no es la que se tragó las joyas en La Habana y las cagó en Miami?"

Eran como las siete de la noche cuando Tania llegó al hotel Capri. Fue directamente al elevador; cuando tocó la puerta de la suite que ocupaba Ariel, él mismo le abrió la puerta.

—No te conocí con esa peluca negra que traes puesta. Adelante.

Ricardo, que la estaba esperando, salió y se abrazó a ella. Estuvieron así durante mucho rato. Ariel, que había facilitado aquel encuentro, no quiso interrumpirlos.

—Voy a dejarlos solos, para que se desquiten. Hace mucho tiempo que no se ven —y se fue.

Cuando se separaron, Tania tenía la cara llena de lágrimas. Ricardo le besó los ojos.

—¿No te molestaron más?

—No, porque después de la primera visita que me hicieron, me mudé.

—¿Dónde estás viviendo ahora?

—En casa de una amiga en Miramar. Cuéntame de ti.

—Estuve escondido en distintos lugares, hasta que me puse en contacto con Ariel y vine para acá. Aquí llevo una semana.

—¿Qué piensas hacer?

—Seguir conspirando. Los comunistas nos han robado la revolución. ¿Y por qué no acabas de irte?

—Ya lo tengo todo arreglado. El lunes, si Dios quiere, me voy para Miami.

—O sea, pasado mañana.

—Sí, verdad que hoy es sábado.

—Cuando estés en Miami, me llamas y me das un teléfono donde pueda localizarte.

—¿Te llamo aquí?

—Sí. Pides la habitación y preguntas por Ariel.

—¿Te gusto con este disfraz?

—Tú luces bien como quiera, hasta con esa peluca negra. Pero quítatela, me gusta verte tal y como eres.

—Déjame ir al cuarto para que me veas tal como soy.

Ricardo descorchó una botella de vino blanco que había puesto a enfriar, cuando supo que ella vendría. Vació un poco en cada una de las copas que tenía sobre el barcito de la habitación, y se puso a esperarla para hacer un brindis por aquel encuentro. Tania, adentro, se quitó la peluca negra y toda la ropa que tenía puesta. Apagó las luces del cuarto donde estaba y desde allí le dijo:

—¿Tú no querías verme tal como soy? Aquí me tienes.

—Esta vez sí que vamos a brindar.

Cogió las dos copas y caminó hasta donde estaba ella.

Brindaron, ella puso las dos copas vacías sobre una mesa de noche, y empezó a desnudarlo.

El dijo bajito: —Viva la clandestinidad.

La cargó en sus brazos y la acostó en la cama. Ariel no pudo entrar a su suite hasta el día siguiente.

Fifo llegó con suerte a Miami. Su amigo que lo había ayudado a salir de Cuba, consiguió un trabajo muy bueno en Carolina del Norte y le dejó su casa, para que viviera en ella con su mujer y sus negritos, como él decía, sin tener que pagarle nada.

—Cuando te encamines, ya veremos —le dijo antes de irse.

El, que era muy buen plomero, consiguió trabajo enseguida. La casa de su amigo estaba en una zona noroeste de Miami, habitada casi totalmente por americanos. En cuanto vieron llegar a Fifo y a su familia, se reunieron para tratar de sacarlos de allí. Cuando aquello, todavía había muchos racistas en Miami. Un puertorriqueño, que vivía en el barrio, le contó lo que estaban tratando de hacer sus vecinos, pero Fifo, que era un negro que los tenía bien puestos, se cagó en la noticia.

—Déjalos, que si se meten con nosotros, yo soy el que los va a sacar de aquí a pedrás.

El puertorriqueño, que era un mojón que no medía más de cuatro pies, se le ofreció: —Cuenta conmigo pa' lo que vayas a hacer.

A Fifo le dio risa el ofrecimiento de su vecino.

—Gracias, mi hermano. En cuanto pase algo, te llamo.

El boricua, que se dio cuenta que la risa de Fifo tenía que ver con su pequeña estatura, le contestó: —No te rías, que Napoleón era de mi tamaño y mira lo que hizo.

Aquel día, cuando Fifo recogió su correo, había una carta de Olegario, un compañero de trabajo de él.

Querido Fifo:

Me alegro mucho que te hayas instalao ya. Me enteré de tu dirección por Sergio, tu primo. Me dijo que estás trabajando con unos americanos y que estás ganando muy buen dinero. No sabes cuánto me alegro. Aquí la cosa está cada día más jodía,

Fifo. Yo hace casi un mes que no trabajo, y quiero irme pa' allá lo más pronto posible, pero no tengo con qué. Me hace falta que me ayudes, Fifo: me hace falta que me mandes trescientos dólares pa' irme pa' allá con mi mujer. Ella está desespera' también. A mí no se me han olvidado los quinientos pesos que te debo, pero te prometo pagártelo todo, los quinientos y los trescientos, en cuanto empiece a trabajar allá. Mándame tres money orders de cien dólares cada uno, que yo con eso resuelvo. Cuando vaya, te voy a llevar una mano de plátanos burros que yo sé que a ti te gustan mucho.

Con la esperanza de verte pronto, te manda un fuerte abrazo, tu amigo:

Olegario.

Fifo le dio la carta a Regina. Cuando terminó de leerla, la tiró sobre la mesa de la cocina y exclamó: —¡Qué clase de descarao!

A los pocos días, Fifo le contestó:

Amigo Olegario:

Te contesto enseguida, para que no te pongas a pensar que te estoy tirando a mierda. Tal como te dijeron, tengo un buen trabajo, no me pagan mal, y con lo que gano vivimos bastante bien, a pesar de que aquí hay que pagar muchos impuestos. Hay veces que con lo que me queda, no podemos ni ir al cine. Esto no es como ustedes se imaginan allá. Se trabaja mucho y no te pagan tanto. Por otra parte, todavía hay mucho racismo. Los negros viven en barrios aparte de los blancos. Si vas a una cafetería, tienes que sentarte aparte. Hay un baño para los blancos y otro para los negros. En las guaguas, los negros nos sentamos en los asientos de atrás, pa' qué contarte. Ser negro aquí es una desgracia. En este momento en que te escribo, estoy viendo desde la ventana de mi casa, a dos perros que se están comiendo a un negro. Si logras salir de Cuba, trata de ir a Jamaica o a Haití, que son negros igual que nosotros, y en esos países no vas a tener problemas. Si te va bien en Jamaica o en Haití, mándame los quinientos pesos que te presté hace dos años, cuando los pesos valían igual que los dólares, pues los necesito.

Recibe un abrazo de
Fifo.

La respuesta de Olegario, no se hizo esperar:

Querido Fifo:

Gracias por contestarme, yo sabía que no te ibas a olvidar de mí. Aquí las cosas cada día están peor. Todo lo que este hijoeputa nos prometió, no lo ha cumplido. Cuando empezó a joder a los de arriba, a los que tenían, los de abajo, los que no teníamos, lo aplaudíamos. Pero ya la cuchilla está bajando. Ya están jodiendo a los que no son tan ricos. ¿Te acuerdas de Clarín, el de la orquesta? Ayer se la confiscaron. Pero ellos no le llaman a eso confiscar, le dicen "nacionalizar". Así es que se la "nacionalizaron". Eso se ve nada más que en la Cuba que estamos viviendo. ¿Tú sabes lo que es nacionalizar una orquesta? Ahora es otro el que la dirige. Y de lo que le pagan en los bailes, le dan una mierda. El pobre Clarín. Toda la vida mantuvo a su familia con su orquestica. Pero bueno, más jodío estoy yo, porque si el único amigo que tenía en los Estados Unidos me dice que no me puede ayudar, que me vaya pa' Jamaica o Haití, pierdo las esperanzas. A lo que me cuentas del racismo, no le doy importancia. Tampoco le doy importancia a lo que me dijiste que pasó frente a tu casa, eso de los perros comiéndose a un negro, porque precisamente en estos momentos que te escribo, frente a la mía, hay dos negros comiéndose a un perro.

Tu amigo,
Olegario.

Desde hace más de un mes, soy propiedad del Gato. Ya no le intereso a Mayito, o sea, al Capitán Aguiar. Ahora él anda en un Mercedes, que le quitó a no sé quién, y a mí me cedió a su asistente. De vez en cuando me maneja Nilda, que anda casi siempre con él. El Gato ahora tiene su propio apartamento. Está en el edificio de Someyán. Es bastante grande y casi siempre está bien cagao. Allí todas las noches hay fiesta, y lo que sobra es la cocaína. Todo lo que hacen, les parece poco. Mayito, según le he oído decir al Gato, está "tirao por la calle del medio". Sigue haciendo negocio con el cambio de dólares por pesos, y de pesos por dólares. Ya tiene una finca, está cerca de Bauta, y todos los domingos pelean gallos en la valla que tiene. Allí, para poder apostarle a un gallo, hay que tener bastante dinero, porque los que van están forraos, y se juegan los miles con una facilidad del carajo. Mañana creo que me van a llevar pa' allá.

Mientras tanto, en la suite que tenía Ariel en el hotel Capri, Ricardo metía su ropa en una maleta.

—Yo quisiera que te quedaras más tiempo, pero me parece que haces bien en irte. ¿Quieres que te lleve?

—No, vienen a recogerme dentro de un rato. Luego te llamo para decirte donde estoy. ¿Qué piensas hacer tú?

—Se están cocinando dos o tres cosas. En cuando vayamos a hacer algo, te aviso.

Llamaron de abajo y Ariel contestó el teléfono.

—Ya están ahí.

—O.K.

Se dieron un abrazo, Ricardo cogió la maleta y bajó acompañado de su amigo. En la puerta había una muchacha esperándolo. En cuanto lo vio, fue a donde él estaba, lo abrazó y le dio un beso.

—¿Cómo estás?

—Después de este recibimiento, ¿qué quieres que te diga?

Ella, que conocía muy bien a Ariel, ni lo saludó para no llamar la atención, le quitó la maleta de las manos a Ricardo y salió con él rumbo al carro que los esperaba por la calle M. Ariel entró al edificio que estaba situado frente al Capri. No habían transcurrido ni cinco minutos, cuando llegaron decenas de soldados, armados hasta los dientes. La mitad de ellos entraron al hotel, y los demás se quedaron afuera. El ruido que hicieron con las sirenas de sus carros alertaron al vecindario y empezaron a llegar los curiosos, para saber lo que pasaba.

Cuando veían la actitud hostil de los guardias, seguían su camino. Ariel, desde una ventana del edificio de enfrente, observaba toda la operación. No le pasó por la mente que era precisamente a él a quién venían a buscar.

—¿Y tú qué haces aquí?

Ariel dio un salto y se separó de la ventana. Se calmó cuando se dio cuenta que era Julio, el amigo de él que vivía en ese edificio, quien le había hablado.

—Mira pa' allá enfrente.

—Si yo pasé por ahí ahora. Han venido a buscar a alguien importante. ¿No será a ti?

—A lo mejor.

—Vamos pa' mi apartamento, pa' que llames de allí.

Eso hicieron. En cuanto llegaron, Ariel cogió el teléfono y llamó al hotel.

—Oye, ¿qué es lo que pasa ahí?

—¿Dónde tú estás?

—Contéstame, ¿qué es lo que pasa?

—Vinieron a buscarte. ¿Y tú sabes quién está al frente?

—Mayito, yo lo vi.

—Entonces tú debes estar en casa de Julio. No te muevas de ahí.

—O.K. Llámame cuando sepas algo más.

—No, mejor llama tú, cuando estés en otro lao.

—O.K.

Colgó y se volvió hacia Julio.

—Adivinaste.

—¿Es a ti a quien buscan?

—Sí, el hijoeputa de Mayito.

—¿Qué vas a hacer?

—Ahora mismo, no sé.

Isaac, un joyero cubano, que tenía su negocio en un edificio del Downtown, fue el que más dinero le ofreció a Carmelina por sus joyas: siete mil doscientos dólares. Hubo un momento en que por poco Lula mete la pata, porque cuando el comprador se fue a meter un anillo de brillantes en la boca, para morder la piedra, ella le gritó:

—¡No haga eso!

El hombre, intrigado, le preguntó: —¿Por qué?

Y ella, un poco nerviosa, trató de disimular: —No, por nada.

Se había acordado que el anillo que él iba a morder, lo había cagado su tía Carmelina, dos días antes.

Cuando llegaron a la casa, después que volvieron a contar la plata, Carmelina le reveló a su sobrina los planes que tenía:
—Lo primero que vamos a hacer, es comprar una casa.

—¿Esta no te parece buena?

—Sí, esta es buena. Pero aquí estás pagando alquiler, porque no es tuya. Además, para el negocio que quiero montar, nos hace falta vivir en un lugar céntrico. Esto está muy alejado.

—¿De qué negocio me estás hablando?

—Voy a poner una consulta.

Lula no pudo contener la risa.

—¿Una consulta? ¿De qué?

—¿A ti se te ha olvidado que yo sé tirar las cartas, y que además soy espiritista? Voy a mezclar las dos cosas y tú verás como vamos a ganar dinero.

Lula seguía riéndose.

—Verdad que tú eres del carajo, tía.

—Muchacha, tú verás. Eso lo hice una vez cuando era soltera, y me llené de plata. Después, cuando me casé, Hinginio me prohibió que siguiera haciéndolo. Tú no te acuerdas porque eras muy chiquita. Pero mira, yo empiezo a tirar las cartas en un barrio donde haya muchos cubanos, y voy a tener que trabajar hasta de noche. Así es que no te rías, que esto va a ser un éxito. Vamos a empezar a buscar la casa hoy mismo, por Flagler, o la Ocho.

Tuvieron muy buena suerte: ese mismo día, a las seis de la tarde, ya habían conseguido una casa en el corazón de la sagüesera. Era perfecta para lo que quería hacer Carmelina. Una semana después, ya estaban instaladas allí. Un amigo de Lula, que era dibujante, le pintó por diez pesos un letrero, que situaron en el portal, que decía: "Hermana Carmelina — Consultas de ocho a ocho".

—Lula, este comemierda debió haber puesto: "De ocho de la mañana a ocho de la noche".

—No te preocupes tía, la gente no va a entender que es de ocho de la noche a ocho de la mañana.

—Ahora nos hace falta un poco de propaganda.

—Yo tengo un amigo que tiene un programa de radio de cuatro horas, con música y entrevistas. Lo voy a llamar ahora mismo pa' que te entreviste a ti.

—Llámalo, que yo en eso soy más buena que el carajo.

Al día siguiente, Manolito, el amigo de Lula, anunciaba cada quince minutos en su programa:

—Hoy les presentaremos, de manera exclusiva, a la mujer que vaticinó la caída del régimen de Batista, y la llegada del comunismo a nuestra patria, la hermana Carmelina.

Lula, que, acompañada de su tía, se dirigía a la emisora en su carrito Ford, al escuchar el anuncio se molestó: —¡Qué comemierda es este tipo! Yo no le dije nada de eso.

—No lo critiques, que el hombre sabe lo que es hacer

propaganda. A los cubanos les gusta mucho ese tema.

Cuando llegaron a la cabina, Manolito tenía en el aire al dúo Cabrisas Farach, interpretando "En el tronco de un árbol". En cuanto vio a Lula y a su tía, las saludó.

—¿Qué te parece como estoy anunciando a tu tía?

Carmelina se le adelantó a Lula.

—Me parece magnífico. Pero me llamó mucho la atención que usted mencionara exactamente lo que yo dije en La Habana en el año 57. ¿Cómo se enteró?

—No, yo no sabía que usted había hecho esa predicción. Eso se me ocurrió.

—No se le ocurrió. Eso se lo transmití yo.

—Oiga, usted me ha dejado frío. ¡Qué clase de entrevista le voy a hacer!

Al terminar "En el tronco de un árbol", Manolito, que ya tenía sentada frente a él a Carmelina, hizo la presentación:

—Tal como les he estado prometiendo desde temprano, aquí está, frente a nuestros micrófonos, Carmelina Tavares, o sea, la Hermana Carmelina, que fue la única persona que alertó a los cubanos, antes de que el comunismo bajara de la Sierra.

—Buenas tardes Carmelina. ¿Cómo está usted?

—Muy contenta de estar al fin en Miami.

—Llegó hace poco, ¿no?

—Hace casi un mes.

—Bueno, cuéntenos, ¿cómo se le ocurrió predecir eso?

—No se me ocurrió. Déjeme contarle. Yo me había pasado la vida criticando a los que realizaban prácticas de espiritismo. No creía en eso. Pero una noche, para ser más exacta, el 15 de junio del año 57, estábamos en nuestra casa mi hermana Lucila y yo, hablando de ese tema; ella creía mucho en eso. Ella estaba defendiéndolo, y yo atacándolo. Según me contó mi hermana después, de buenas a primeras, yo cerré los ojos y me quedé como dormida. Ella me hablaba, pero yo no le contestaba. Dice ella que empecé a contorsionar mi cuerpo, y a decir cosas que ella no entendía: había caído en trance. Y de buenas a primeras, empecé a hablar como un negro congo. Lucila anotó todo lo que le dije, y cuando salí del trance, me contó lo que había pasado. Me mostró el papel donde había anotado todo lo que había dicho Mambé, por boca mía.

—Ah, ¿el negro se llamaba Mambé?

—Sí.

—¡Qué interesante! Bueno, continúe.

—Mambé le aconsejaba a Batista que se fuera del país, porque lo iban a matar, y les advertía a los cubanos que no confiaran en los de las montañas, refiriéndose a los fidelistas.

—¡Qué barbaridad!

—Después de eso, caí en trance casi todas las noches. Y siempre Mambé repetía lo mismo, que los de las montañas eran malos, que no confiaran en ellos.

—Así es que desde el año 57, ya usted sabía lo que iba a pasar.

—Exactamente, pero nadie me hizo caso.

—¿Y cuándo comenzó sus prácticas?

—¿Usted quiere decir que cuándo empecé a consultar?

—Sí, su trato con el público, ¿cuándo empezó?

—A mediados del 57.

Lula, que ya se había contagiado con los paquetes que metía su tía, intervino: —Tú no tienes idea de la cantidad de gente, que al enterarse que ella está aquí, la han llamado para darle las gracias. Gente a las que ella aconsejó. A muchos de ellos, mi tía les salvó la vida.

—¡Qué maravilla! ¿Y usted cae en trance cada vez que quiere?

—Hay veces que caigo en trance, pero Mambé no viene. Aunque eso no sucede a menudo.

—¿Y usted, además, tira las cartas?

—Sí, yo además leo las cartas. Es una combinación de las dos cosas, ¿comprende?

—Ya veo. Bueno, pues vamos a dar la dirección y el

teléfono de la hermana Carmelina, para los que quieran consultarse.

Cuando salieron del estudio, ya había más de una docena de mujeres y hombres esperando en el lobby de la emisora, para conocer a la mujer que les había advertido a los cubanos que no confiaran en los que iban a bajar de la Sierra. Todos le pedían a Lula la dirección y el teléfono, para consultarse con la Hermana Carmelina.

Los domingos, para poder ver a Mayito, había que ir a su finquita cerca de Bauta. Allí, en la gallera que tenía, peleaban sus gallos. Las lidias empezaban a las diez de la mañana y se extendían hasta que oscurecía. Tenía allí más de doscientos gallos finos, escogidos y cuidados por el Colorao, uno de los mejores galleros de aquella zona, que también se ocupaba, con su mujer y sus hijos, del mantenimiento general de la finca. Aquel día, como siempre, Mayito se apareció muy temprano. Pero vamos a dejar que sea el Cadillac, que estaba allí, quien nos cuente lo que ocurrió ese día aciago en la vida de Mario Aguiar, alias Mayito.

Bueno, yo no lo vi todo. De las peleas, sólo oía las griterías de los apostadores. Ya a Mayito, casi nunca lo veía, porque el Gato dejó de ser su asistente principal, y fue sustituido en su cargo por un pariente del capitán. Por lo tanto ellos se veían muy poco, de vez en cuando. Ese sábado, el Gato y Nilda me dejaron en el parqueo de la Habana Riviera, y durmieron allí en el hotel. A las nueve de la mañana ya estaban montados en mí, y salimos rumbo a la finquita de Bauta. Estuvieron sin hablar durante mucho rato cuando Nilda, que era la que me estaba manejando, me detuvo y le preguntó:

—Bueno, ¿me vas a decir lo que va a pasar o no?

—No, pero recuerda bien lo que te dije. El jefe va a ver hoy solamente un par de peleas, porque a las doce tiene una cita muy importante en La Habana. Nosotros vamos a salir antes que él.

—Tú me dirás cuándo, ¿no?

—Primero sales tú, a las once y media, y al poco rato, te sigo.

—¿Por qué no acabas de decirme lo que vamos a hacer?

—Ya te enterarás.

Salieron rumbo a la gallera y yo, desde luego, me quedé afuera. Ya se estaba celebrando la primera pelea, y la gritería era del carajo. Eso siempre me ha molestado mucho. Cuando alguien pone mi radio a un volumen muy alto, cojo unos encabronamientos tremendos. Menos mal que aquel domingo no iba a tener que soportar el ruido de los galleros durante mucho rato, porque ellos se irían de la finca alrededor de las once y media. Si me hubiera podido mover solo, me hubiera ido lejos de allí, pero no podía, así es que me tenía que joder. A las once y veinte llegó Nilda, y cinco minutos después, se apareció el Gato. Ella se sentó al timón y salimos rumbo a La Habana. No habíamos caminado ni cinco kilómetros, cuando él le dio orden de desviarse:

—Dobla por aquí.

—¿Por aquí?

—Haz lo que te digo.

Ella le obedeció; entró por un camino estrecho que él le indicó.

—¿Sigo?

—Sí, hasta donde yo te diga.

Cuando le ordenó que parara, nos habíamos alejado bastante de la carretera. El, en voz baja, comentó: —Déjame avisarles que ya estoy aquí.

No tuvo que hacerlo: de entre las matas salieron dos hombres armados. Se saludaron, y el Gato sacó de mi maletero un rifle ametralladora.

Nilda, al verlo, casi le gritó: —¿Qué es esto, mi amor? ¿Qué van a hacer?

El fue hasta donde estaba Nilda, acercó su cara a la de ella y, sonriendo, le contestó: —Vamos a matar a mi jefe.

—¿A Mayito?

—¿Qué otro jefe tengo yo?

—¡Ay, Dios mío!

—Ya te enteraste, ahora vira el carro pa' acá y espérame aquí tranquila hasta que yo regrese.

Y salió con los otros dos rumbo a la carretera. Ellos cruzaron y él se quedó escondido con su rifle detrás de una cerca de piedra. Los perdí de vista a los tres.

Nilda estaba cagándose de miedo; lo único que hacía era llorar y decir de vez en cuando: —Ay Dios mío, ¿quién me habrá metío en esto?

No transcurrió mucho tiempo para que se produjera lo que habían planeado. Mayito, tal como el Gato había calculado, se apareció solo en su Jeep. Ultimamente le había dado por andar en esa porquería. De buenas a primeras se oyó un frenazo, y después, no sé cuántos tiros de ametralladora. Como les dije anteriormente, a mí siempre me han molestado los ruidos. Bueno, pues entre el estallido de las balas y los gritos que daba la hijaeputa de Nilda, casi me dejan sordo. Cuando cesó la balacera, el Gato llegó corriendo hasta nosotros, le quitó a Nilda el timón y salimos hacia la carretera. Entre Mayito y el Jeep, tenían más de mil agujeros. Nilda se meó en el asiento por segunda o tercera vez. El meao llegó hasta donde estaba el Gato.

—Seca eso ahí, coño.

—Tú no tenías necesidad de traerme a esto.

El se quedó callado.

—¿Qué vamos a hacer ahora? ¿Adónde vamos?

—Al yate, nos vamos pa' Miami.

—Y yo que no tengo el pasaporte conmigo, ¿qué hago?

—¿Qué pasaporte ni que carajo? Cállate y no jodas más.

Cuando llegamos a Jaimanitas, ya Perico, el capitán, nos estaba esperando en el yate, acompañado de Bebo, el santero.

—¿Y la gente que me dijiste que ibas a traer pa' subir el

Cadillac?

—Están al llegar, se han demorao porque tuvieron que arreglar la grúa.

Bebo, el santero, se le paró enfrente al Gato y lo tomó por los brazos.

—Jefe, si me permite, yo quisiera subir al barco con usted.

—O.K. Vamos.

Y subieron. El Bebo empezó a sacar, de un saco que traía, todas sus herramientas de trabajo: una gallina blanca, la cabeza de un chivo, plumas de distintos animales, tabacos, pimienta de guinea, etc.

—¿To' eso lo vas a usar conmigo?

—Absolutamente todo. Sus enemigos lo quieren eliminar y tengo que hacerle un buen trabajo. ¿Podemos pasar al camarote?

—Sí, mejor vamos pa' allá.

Mientras tanto, abajo, los amigos de Perico, daban instrucciones a los de la grúa que ya habían llegado.

—Vamos a ver cómo podemos subir esto. Hay que cogerlo por el medio con la grúa. Los dos hombres empezaron a mover "aquello" que habían traído en dirección mía.

—Ustedes me dijeron que iban a traer una grúa, pero eso es una mierda.

—Fue lo único que pudimos conseguir.

Después de pasar muchísimo trabajo y de ponerme no sé cuántas correas por abajo, intentaron subirme. Las primeras veces que lo hicieron, no pudieron ni levantarme del suelo. Al fin, con la ayuda de dos tipos que se aparecieron allí, me subieron al yate. Después, me amarraron bien con cadenas y sogas, para que no me moviera con el va y ven del barco. En el momento en que terminaron la operación, se aparecieron arriba el Gato y su santero. El le puso un billete en la mano al negro, que me imagino que habrá sido de cien, porque el hombre de los collares le dio las gracias como cuarenta veces. Perico se le acercó a su jefe.

—Todo listo.

—¿Ya les pagaste?

—Ya.

—Entonces, vámonos.

Llevábamos allí más de dos horas. Cualquiera que pasara podía darse perfecta cuenta de lo que estaba pasando: un grupo de gente montando un carro en un yate, y eso era algo que no ocurría muy a menudo. Sin embargo, hasta ese momento, no habían tenido ningún problema. Todos actuaban como si no hubieran estado cometiendo ningún delito. Cuando arrancaron los motores, el Gato gritó:

—¿Dónde carajo se metió Nilda?

Perico le contestó: —En el camarote pequeño.

Y yo pensé: A lo mejor se ha meao tres o cuatro veces más.

Romerillo comió aquel día en casa de su amigo y compañero de viaje, Felipe, el ex-policía de Batista. Cuando terminaron de cenar, Olga, la mujer de Felipe, acostó a los negritos y se metió en la cocina. Romerillo fue hasta el sofá de la sala y cogió el maletín que había dejado allí. Cuando llegó, lo llevó a la mesa del comedor y lo abrió. Era el mismo maletín que habían rescatado del mar cuando Melo, tratando de recuperarlo, se ahogó. El dinero que contenía, que era poco, ya se lo habían repartido. Le sirvió para poder alquilar las casas en que estaban viviendo, amueblarlas, comprar algunas ropas y hacer las primeras facturas. Las joyas que traía Melo eran bastante buenas. Después de haber visitado a casi todos los joyeros cubanos que había en Miami en esos momentos, las habían vendido bien.

—Aquí está todo. Esta es la mitad tuya. Cuéntalo.

—¿Tú no lo contaste? ¿Cuánto es?

—Tres mil setecientos cincuenta.

—No botes ese maletín, vamos a metalizarlo.

—Pobre Melo, se jodió tratando de rescatarlo.

—Así es la vida, la desgracia de unos es la suerte para otros.

—¿De quién es eso?

—No sé, pero está buena la frase.

—Bueno, vamos a dejarnos de hablar mierda, Romerillo. ¿Qué piensas hacer con ese dinero?

—Voy a sacar un periódico.

El negro se echó a reír.

—No jodas. ¿Y tú qué sabes de eso?

—¿Yo? Yo fui corrector de pruebas del periódico *El País*.

—¿Qué es eso?

—Coño, el corrector de pruebas es el hombre que más responsabilidad tiene en un periódico. Es el que lo aprueba todo.

—Pues mira, yo no te conocía en ese aspecto. ¿Y cómo lo vas a llamar al periódico?

—*La Voz del Exilio*.

—'Tá bueno el nombre.

—¿Tú quieres trabajar conmigo en eso?

—No me digas. ¿Y quién va a mantener mi casa? Porque con lo que tú me pagues…

—Al principio será poco, pero después a lo mejor sacas conmigo más que trabajando en tu oficio de soldador.

—Gracias por tu invitación, pero no me interesa.

—¿Tú sabes lo que se me acaba de ocurrir? El primer reportaje de *La Voz del Exilio*, lo voy a hacer contigo.

—¿Me vas a entrevistar?

—No precisamente. Voy a hacer algo mucho mejor. Tú sabes que aquí en la Florida todavía hay mucho racismo.

—¿A mí me lo vas a decir? Que tengo al Ku Klux Klan viviendo frente a mi casa.

Felipe tenía razón. Sus vecinos de enfrente, cuando él llegó con su familia, se habían reunido con los demás americanos del barrio para tratar de impedirle que viviera allí.

—¿Y qué es lo que piensas hacer conmigo?

—Lo que se me ha ocurrido es muy bueno. En una

cafetería del Downtown, practican el racismo. Los negros tienen que sentarse aparte de los blancos, hay dos servicios sanitarios, uno para los blancos y uno para los negros. El plan que yo tengo es el siguiente: nos aparecemos allí, tú te quedas afuera y yo entro. Pido un café con leche y cuando me lo sirvan, salgo. Entras tú y te sientas frente al café con leche que yo pedí, te lo tomas y pagas. Mientras tanto, yo voy a tener en la cafetería a un fotógrafo pa' que tome todas las fotografías que necesito. Ese va a ser el primer reportaje de mi periódico, y lo voy a titular así: "Los negros cubanos combaten el racismo". ¿Qué te parece?

—Cojonudo. Cuenta conmigo.

Dos días después, hicieron lo que Romerillo había planeado. Llegaron a la cafetería, Romerillo entró y Felipe se quedó afuera. El fotógrafo ya estaba adentro, tirando algunas fotos. Romerillo se sentó al mostrador.

—One coffee, plis.

—Anything else?

Como no entendió lo que ella decía, repitió: —One coffee, plis.

La camarera, una vieja flaca, no siguió insistiendo. Fue a buscar el café. Cuando se lo trajo, su cliente se levantó. Al ver que se iba, la vieja empezó a gritar: —Sir, where are you going? Here is your coffee. Don't you want it?

Romerillo se limitó a decirle: —Ai com bak.

Esa frase, que se la había aprendido cuando los japoneses sacaron a MacArthur de las Filipinas, le sirvió para contestarle a la americana. Ella se quedó sin saber qué hacer. Al entrar Felipe y sentarse en la silla que había dejado Romerillo, se dio cuenta de lo que estaba pasando. Se le quedó mirando al negro con odio. Al terminar de tomarse su café, Felipe puso sobre el mostrador dos monedas de diez centavos. Como el café costaba diez centavos, separó una moneda de la otra, y señalándola, le dijo a la camarera:

—Dis is for yu —y se levantó.

La vieja, encabronada, cogió la mondeda y se la tiró por la espalda.

La entrevista radial que le hicieron a Carmelina, les dio muy buen resultado. A las ocho menos diez de la mañana, ya habían cuatro mujeres y dos hombres esperando su turno para ser consultados.

—Lula, ábreles la puerta y déjalos entrar.

—Tía, en los panfletos que tiramos se leía bien claro que las consultas empezarían a las ocho de la mañana. Y en la entrevista de radio también se dijo.

—Pero Lula, si son las ocho menos diez. No seas tan estricta, coño.

—No señor, a las ocho abro la puerta.

—Eres igualita a tu abuelo, carajo. Bueno yo me voy pa'l cuarto, ya lo tengo todo arreglado. Empezaremos cuando a ti te dé la gana.

La primera consultada era una mujer de treinta y tantos años, trigueña, un poco gordita y de regular estatura. Tenía maquillaje hasta en el cielo de la boca, y un olor a perfume del carajo. Lula la condujo hasta el cuarto donde estaba la Hermana Carmelina, se la sentó enfrente y al salir cerró la puerta. El cuarto estaba en penumbras. En las paredes habían copias de pinturas famosas. La mayoría de Goya, el pintor favorito de Carmelina, y copias de obras de los pintores cubanos que prefería Lula. Había una vela en cada esquina de la habitación. En el centro, una mesita redonda con un mantel rojo y una lámpara antigua encima, cuya vela despedía tanto humo que Carmelina, cuando empezó la consulta, la apagó. La butaca antigua que ocupara la médium se prestaba muy bien para su actuación: era alta y ancha, y totalmente tallada. La pintura que le habían dado era grisácea. Tenía una tonalidad bastante misteriosa, que era lo que ellas querían. Carmelina estuvo mirándole a la cara a su clienta, sin hablar, cuatro o cinco minutos. De pronto, le preguntó:

—¿Por qué no quisiste hablar con Evelio el otro día?

Georgina, que así se llamaba la muchacha, no atinaba a contestarle.

—¿Por qué hiciste eso? Evelio te quiere. Más que ese hombre que anda contigo.

Georgina balbuceó algo.

—¿Qué dijiste?

—No, nada. Continúe.

—Evelito, tu hijo mayor, peleó contigo porque le hiciste eso a su padre.

Georgina se echó a llorar.

—No llores, acuérdate de lo que le pasó a tu mamá, que por haberle hecho algo similar a tu papá, por poco se queda viuda.

Georgina lloraba más, se le empezó a chorrear el maquillaje, y la Hermana Carmelina, que siempre tenía a su lado una caja de Kleenex, le dio uno.

—No salgas más con Migdalia, que esa no es amiga tuya. Te quiere meter por los ojos al dueño de la cafetería, para ver qué saca ella de eso. Tú eres una mujer muy buena, pero no sabes escoger tus amistades.

Al fin, Georgina habló: —Pero ¿cómo es posible que usted sepa todas esas cosas?

—No llores más. Regresa tranquila a tu casa y haz todo lo que te he dicho, para que puedas volver a ser feliz.

La muchacha, todavía llorando, se puso de pie y abrió su cartera.

—¿Cuánto le debo?

—Pregúntale a mi sobrina que está allá afuera.

—Yo nunca me imaginé que usted pudiera decirme tantas cosas de mi vida. Esto no me lo van a creer. Gracias, señora.

Y salió del cuarto con la cartera abierta en las manos. Lula, alejándola un poco del grupo que estaba allí esperando, le dijo bajito:

—Son diez pesos.

—¿Nada más? Ay, muchas gracias.

Y le pagó.

—El próximo turno, ¿quién es?

Un tipo gordo y barrigón, con el pecho y los brazos llenos de pelos, sin afeitar, y vistiendo un jean bastante sucio y una camisa que le quedaba estrecha, y que además le faltaban dos botones, levantó la mano.

—Es mío, yo soy el próximo. Me llamo Ignacio.

—Pase, por favor.

Y le indicó la puerta del cuarto.

El hombre se sentó frente a ella.

Después de la pausa necesaria, cerró los ojos y empezó a contorsionar su cuerpo. Estuvo así como cinco minutos. Ignacio la miraba sin saber qué decir o hacer. Carmelina volvió en sí, y mirando fijamente a su cliente, comenzó a hablar:

—Sí Nacho, ella te está engañando.

Nacho, desesperado, casi le gritó: —¿Con quién?

—Con Felo.

—Yo lo sabía, qué tipo más hijoeputa.

—Y con Kike también.

—No pue' ser.

—Sí, con Kike también. Puedes estar seguro de eso.

—Ese es más hijoeputa que el otro. Con la cantidad de favores que me debe.

—Pero la culpa ha sido tuya. Si la hubieses botado cuando la agarraste la primera vez con aquel primo de ella que llevaste a vivir a tu casa, no te hubiera pasado nada de esto.

Nacho se echó a llorar y salió del cuarto.

Carmelina, para que no se le fuera sin pagar, le gritó a su sobrina:

—Lula, atiende a ese señor.

A ese cliente, Lula le cobró veinte pesos. El tipo era dueño de una bodega y ella lo sabía.

El día fue muy productivo. Se ganaron casi trescientos pesos. No hicieron una pausa, ni siquiera para almorzar. A las seis de la tarde se efectuó la última consulta. Fue la de un tipo casado con dos hijos, que a los cuarenta años descubrió que era maricón. Lo primero que le dijo Carmelina fue:

—No veas más a ese cura.

El hombre dio un salto en la silla.

—¿A qué se refiere usted?

—Tú sabes muy bien lo que te estoy aconsejando. No veas más a ese cura, él es el culpable de todo lo que te ha pasado.

—Usted está equivocada, él no tiene la culpa de nada. Fui yo el que me enamoré de él. No sé lo que me ocurrió.

—¿Y por qué te casaste?

—Para quedar bien con mi familia.

Carmelina se quedó mirándole, sin decir una palabra.

—¿Qué me aconseja?

Volvió a mirarle fijamente, no sabía qué decirle.

—He pensado irme de aquí y casarme con él.

Carmelina no pudo contenerse.

—¡Coñooo! Eso sería demasiado.

—Eso está permitido hoy en día.

—Sí, pero lo que no está permitido es que les hagas eso a tus hijos. Levántate de ahí y vete pa'l carajo. No tienes que pagarme nada.

El tipo se levantó y salió disparado del cuarto. Lula lo llamó varias veces pero él no le hizo caso. Ella salió rumbo al consultorio.

—¿Qué le dijiste a ese tipo que salió tan malhumorado?

La tía, después de contarle todo agregó: —Coño, si eres maricón, O.K., nadie tiene que meterse en eso. Cada uno hace con su culo lo que le da la gana. Pero no te cases y tengas hijos, hijoeputa.

—Bueno, está bien, cálmate, que has hecho una labor tremenda hoy.

—La que has hecho una labor tremenda has sido tú.

¿Cómo pudiste enterarte de la vida de toda esa gente?

—Acuérdate que yo vivo en este barrio hace mucho tiempo.

—Yo quisiera que tú les hubieras visto las caras cada vez que les decía algo de sus vidas.

Cuando desde el yate se divisaron las costas de los Estados Unidos, el Gato se reunió a bordo con los que iban con él.

—Tiene que tener mucho cuidado con lo que declaren. Si les preguntan de quién es este yate, digan que es mío. Si les preguntan del Cadillac, contesten lo mismo, que es mío. Todos tenemos que declarar lo mismo: que salimos huyendo de Cuba. Yo, como fui militar, les voy a decir que se está conspirando dentro de las fuerzas armadas, y que sé muchas cosas, pero que no se las puedo decir a cualquiera, porque son muy importantes. Ustedes todos declaren que trabajaban para mí. No hablen demasiado, no vaya a ser que metan la pata.

Bebo, el santero, tomó la palabra: —Y cuando a mí me pregunten a qué yo me dedico, ¿qué digo? Porque no puedo decir que soy santero.

—Bueno, lo primero que tienes que hacer es quitarte toda esa ropa blanca que tienes puesta y ponerte una camisa y un pantalón míos o del capitán.

Mientras estaban planeando lo que iban a hacer al llegar, un barco guardacostas ya estaba cerquita de nosotros. Yo lo vi desde que estaba bastante lejos, pero como ustedes saben, no pude avisarles. No me puedo quejar del viaje. Me amarraron muy bien y mi carrocería no sufrió ningún golpe. A mí me daba risa toda la mierda que hablaba el Gato. El, que no conocía a los americanos, se imaginaba que le iban a creer todas esas mentiras que inventó. Yo, que los conocía bien porque nací aquí y me crié entre ellos, sabía que lo primero que iban a hacer era quedarse conmigo y con el yate. Yo no sabía del yate, pero él no tenía ningún papel que dijera que él

134

era mi dueño. Los papeles de mi propiedad estaban a nombre de mi verdadero dueño: Adalberto Quiñones. Mayito nunca hizo el traspaso de los papeles a su nombre, y debía haberlos tenido con él cuando el Gato le hizo el atentado.

Cuando llegamos, bajaron a todo el mundo. El santero se había puesto un pantalón y una camisa que le quedaban anchísimos: eran del Gato, que medía seis pies y pico y pesaba más de doscientas libras. No sé qué explicación les daría a los americanos de inmigración, porque como a mí me dejaron amarrao en el yate, no pude enterarme. Pero tres o cuatro horas más tarde, vi como los montaron en un carro y se los llevaron. Yo me quedé amarrao en la cubierta del yate hasta el día siguiente. Vinieron cuatro tipos, cortaron las sogas y los alambres con que me habían amarrao, y después me bajaron con mucho cuidado. Me llevaron hasta una nave que estaba cerca, y allí me dejaron. Fue cuando me di cuenta que habíamos llegao a Cayo Hueso.

El primer número del periódico de Romerillo, *La Voz del Exilio*, salió un viernes. En primera plana, en el centro, se veían fotografías bastante grandes del director del mismo y de su jefe de ventas: Romelio García y Felipe Oviedo. En el pie de grabado prometían que dentro de muy poco tiempo, se convertiría en un diario, o sea, que saldría los siete días de la semana. El editorial, en ese ejemplar de *La Voz del Exilio*, se titulaba: "No se dejen engañar", y se refería a un reportaje que le habían hecho los del *Miami Herald* a Raimundo Ríos, más conocido como el Gato. En su entrevista declaraba que cuando descubrieron que él estaba conspirando en contra del régimen, fueron a detenerlo, pero que afortunadamente alguien que, como él, era anticomunista, le avisó, y gracias a Dios pudo escapar. En el reportaje hablaban de su valentía y amor a la patria. Le contó al periodista, con lujo de detalles, como los torturadores de Batista le habían sacado las uñas de las manos para que delatara a sus compañeros. Les dijo cómo soportó la tortura sin echar pa' alante a nadie. En su editorial, Romerillo, que conocía al Gato desde hacía mucho tiempo, decía que nunca lo conoció como conspirador en contra del régimen del hombre del jacket. Que él, Romerillo García, que conocía a todos los que habían hecho posible el triunfo de la revolución, sabía que el Gato no había hecho nada en contra del gobierno de Batista, y que, además, ningún grupo revolucionario lo hubiera aceptado en sus filas, por sus antecedentes de vendedor de mariguana en Galiano y Neptuno. Y señalaba que el padre, y dos de sus hermanos, habían sido botelleros del régimen batistiano.

El artículo estaba bastante bueno, a pesar de que tenía algunas faltas de ortografía. La más notable fue la de botelleros, que la escribió con "Y" griega. En la última página de *La Voz del Exilio* había una sección que se titulaba: "Ya empezaron a llegar", en el que aparecían los nombres de algunos que al principio eran muy fidelistas, y después decidieron declararse contrarrevolucionarios y venir para Miami. El periódico tenía cuatro páginas y sólo un anuncio, el de la bodeguita de un amigo de Romerillo, que se llamaba Cuba Libre, anuncio por el cual no cobraron nada. Empezaron tirando mil periodiquitos. En primera plana decía que valía diez centavos, pero los daban gratis en las farmacias y en las bodegas donde los dejaban. De los primeros mil que salieron a la calle, tuvieron que recoger ochocientos y pico. Por eso, el siguiente viernes no lo publicaron, para reunirse y averiguar por qué lo leyó tan poca gente. La reunión la efectuaron en la oficina de *La Voz del Exilio*, un martes por la noche. En ella participaron, además de Romerillo y Felipe, Ignacio Bru, Chacho, un viejo manengue de la política cubana, que había sido concejal en Guanabacoa, y su mujer, Antonia, a quien le decían Ñoña, y que en las últimas elecciones que celebró Batista, fue candidata a representante por la provincia de La Habana, pero sacó muy pocos votos. Después que se tomaron un cafecito cubano que habían hecho allí, Romerillo tomó la palabra.

—Si cuando hayamos terminado esta reunión, no hemos encontrado una solución, cierro el periódico.

—Coño, no seas tan drástico, Romerillo.

—¿Drástico? Un periódico que lo estoy dando gratis, y a la gente no le interesa.

—Pero es que acaba de salir. Si yo hubiera pensado como tú, nunca hubiera salido concejal en Guanabacoa. Las primeras dos veces que me postulé, no saqué ni cincuenta votos.

Ñoña intervino: —Porque cuando eso, no estabas casado conmigo todavía.

—No, lo que quiero decir es que uno tiene que darse a conocer poco a poco.

—No jodas, Chacho. Es que no les interesa.

Felipe, el jefe de ventas de *La Voz del Exilio*, tomó la palabra:

—Romerillo tiene razón. Yo visité todos los negocios cubanos aquí en Miami, y no pude conseguir ni un solo anuncio.

Chacho lo interrumpió: —Ahí yo vi un anuncio de una bodega.

—Pero no le cobramos. El dueño es amigo de Romerillo.

—Y además de ser amigo mío, no puede gastarse dinero en anuncios, porque está muy jodío. Debe to' lo que tiene en la bodega.

—Pues yo, basado en la experiencia que tuve como político en Cuba, te digo que hay que insistir, hay que tener paciencia. El periódico tiene que seguir saliendo.

—Se ve que no eres tú el que pone la plata.

—No digas eso Rome, no trates así a mi marido. Además, lo que él te dice es verdad. Coño, si ha salido un solo número, ¿qué tú esperas?

—Mira Ñoña, el pulso de eso lo tengo yo, que soy el que salgo a buscar los anuncios. Y te puedo decir, que a nadie le interesa anunciarse con nosotros.

—Pero volvemos a lo mismo, ¿cómo se van a gastar dinero anunciándose en un periódico que ni siquiera han visto? Tú verás que después que salgan tres o cuatro números, te va a ser fácil conseguir lo que tú quieras.

—Sí, pero mientras tanto…

Romerillo interrumpió a Felipe.

—Mientras tanto hay que joderse. Ellos tienen razón. Es muy pronto para que la gente sepa lo que significa pa'l exilio este esfuerzo que nosotros estamos haciendo. El próximo viernes estaremos de nuevo en la calle.

El Gato me recuperó. No sé de donde sacó los papeles que les enseñó a los americanos de Cayo Hueso, que tienen que haber sido falsos, pero el caso es que le creyeron, y me sacó de allí. Por primera vez sentí alegría de ver al Gato, porque yo estaba loco por salir de aquella rinconera. Tenía telarañas por todos lados, y dormían conmigo como mil cucarachas todas las noches. El Gato le dio cinco pesos a un negrito americano que había allí pa' que me limpiara un poco. El, que era muy aseado, en cuanto salimos pa' la calle me llevó a una gasolinera a llenarme el tanque y a darme una buena frega'. Cuando llegamos a Miami, fue directo a una bodeguita que se llamaba La Cubana, que quedaba por el norgüe. Me exhibió como si yo hubiera sido una vedette. Casi todos los clientes salieron a verme, y los que estaban jugando dominó afuera en el portal, interrumpieron el juego y me rodearon.

—Coño, Cadillac del año.

—Este tiene que habérselo robado en Cuba.

—La verdad es que ustedes son del carajo. ¿Por qué piensan que se lo robó?

—¿Tú sabes lo que vale este carro?

—Lo que valga. ¿Tú crees que si se lo hubiera robado, aquí la aduana se lo iba a entregar?

—¿Tú conoces al Gato?

—Bueno, yo lo he visto aquí varias veces.

—¿Pero has hablado con él? ¿Has hablado con alguien que lo conociera desde Cuba? Ese tipo es un hijoeputa, chico.

—Coño, pues en un reportaje que salió en el *Herald*, decían que el tipo había tenido que salir de allá huyendo, porque estaba conspirando en contra de aquello.

—No comas mierda. Tú crees todo lo que lees.

—Ven acá chico, ¿tú crees que si fuera mentira lo que él declaró, lo iban a publicar?

—Los americanos creen cualquier cosa. Y este no va a ser el primero. Tú verás la cantidad de hijoeputas que van a llegar aquí ahora, diciendo que estaban en contra de Fidel, y que se demoraron en salir porque estaban muy perseguidos.

Estuvieron allí hablando mierda como dos horas. Desgraciadamente yo no podía mandarlos a callar. Ya estaba oscureciendo, cuando recibí tremenda sorpresa. Tania, mi verdadera dueña, llegó y se me paró enfrente. No tuvo que observarme tanto para decirle al que la acompañaba:

—Coño, este es mi carro.

Me dio una alegría del carajo verla de nuevo. No es por nada, pero como me habían acabado de lavar por dentro y por fuera, ese día lucía de lo mejor. Tania acarició mi asiento delantero y le dio vueltas al timón. Uno de los cubanazos que estaba en la acera, se le acercó diciéndole:

—¡Qué clase de color más lindo tiene ese carro!

—¿Usted conoce al dueño?

—Sí, es uno que llegó de Cuba hace unos días. Le dicen el Gato. El lunes salió en el *Herald* en una entrevista que le hicieron. Contó como está la cosa en Cuba. El estaba conspirando en contra del gobierno, y dijo que se salvó de milagro, que por poco lo matan.

—¿No me diga? ¿Usted lo conoce?

—Bueno, yo lo he visto aquí un par de veces.

—¿Sabe dónde se le puede localizar?

—¿Pa' qué, quiere comprarle el Cadillac?

—No, para decirle que venga enseguida para acá, porque se lo van a llevar.

—¿Se lo van a llevar? ¿Quién?

—La policía, ahora mismo voy a llamarlos. Ese carro es mío.

—¿Cómo suyo?

No le contestó, y entró a la bodega en busca de un teléfono. Lucía tan bien de espaldas como de frente. Tenía puesto un vestidito casi transparente. Los de la acera se quedaron mirando, y uno de ellos dijo: "Coño."

Al poco rato, Tania salió de la bodega y se volvió a parar enfrente de mí. El carro de la policía no tardó mucho en llegar. Uno de ellos se bajó. Tania, con un papel en la mano, le gritó:

—Over here, officer.

El policía, un americano pelicolorao que medía como siete pies, fue hasta donde estaba ella.

Tania, con la propiedad del Cadillac en la mano, le dijo: —This car is mine. This is the title.

Y le entregó el papel. El, por su parte, lo contempló y trató de leer lo que decía.

—But this is in Spanish.

—Yes, it's from Cuba.

—You mean, this is a Cuban car and this is Cuban property.

—Exactly.

—Are you American?

El pelo rubio de Tania y sus facciones confundieron al policía.

—No, I'm Cuban.

En ese momento llegó el Gato y, dirigiéndose al policía, le preguntó:

—Guasimara, polisman?

—Is this your car?

El Gato, que todavía no había reparado en la muchacha que tenía a su lado, contestó: —Yes —y, dirigiéndose a uno de los que estaban en la acera, le dijo—, Guillo, ven acá, ayúdame aquí. Pregúntale qué es lo que pasa con mi carro.

No hizo falta el intérprete. Tania le explicó al policía lo que había dicho el ladrón de su carro.

—He wants to know what's going on here.

—Well, the lady says this car belongs to her.

Por primera vez, el Gato se dio cuenta de quién era aquella lady que señalaba el hombre del orden. La miró sin decir una palabra. Sacó de la cartera un papel, un poco arrugado, y se lo entregó. Tania seguía callada. Solamente lo observaba.

El policía trató de descifrar lo que decía este otro papel. Estuvo un rato en eso. Cogió el que le había dado ella y lo puso al lado.

—They both say the same thing. Which is the real one?

—Mine, officer. This man is a thief. He stole this car from me.

El Gato, bastante nervioso, le preguntó a Guillo: —¿Qué dice ella, chico?

Tampoco hizo falta que Guillo tradujera. Ella se le paró enfrente para decirle en español, lo que él no había entendido, y algo más.

—Le dije al policía que este carro es mío, que usted me lo había robado, que usted es un ladrón y un sinvergüenza.

El americano intervino, y se paró entre los dos. Si no hubiera sido tan rápido, ella le hubiera caído a carterazos al Gato.

—Alright, that's enough.

Fue hasta el carro y le dijo algo a su compañero. Cuando regresó, les pidió las licencias de conducir a ambos y empezó a tomar los datos de ellas. Se demoró bastante en hacerlo, porque como no eran licencias americanas (eran carteras dactilares de Cuba), todo era en español, y al pobre gringo le costaba trabajo copiar aquello.

El silencio lo rompió el Gato, gritándole a Guillo: —Chico ven acá, explícale a este hombre…

—Will you keep quiet, please?

Por primera vez, Guillo hizo la traducción: —Dice que te calles la boca.

Cuando el policía terminó de escribir, le entregó una copia a cada uno, después que ambos firmaron el papel donde él les indicó.

—You will have to go to court. The judge will decide who the owner is.

El Gato, que no sabía lo que había dicho, le preguntó a Tania.

Ella, sin mirarle la cara, le dijo en voz alta: —Llame a Guillo.

Metió el papel en su cartera, me acarició el guardafango delantero, y se fue.

Avelino Morejón, que había sido taxista en La Habana, vino para Miami antes de que se le complicaran las cosas. El, como sus dos hermanos, había sido batistiano, y eso era suficiente para tener problemas con los fidelistas. Su hermano mayor, Gastón, que era capitán de una estación de policía cuando Camilo Cienfuegos entró en el campamento de Columbia, se fue en un yate de un amigo suyo. Y el otro hermano, Romelio, que había tenido un programa de radio, donde todos los días les echaba con el rayo a los de la Sierra, se metió en la Embajada de Venezuela. Avelino, como un pasajero común y corriente, se montó en un avión de Pan American y vino para Miami. En cuanto llegó, se fue a ver a un americano, dueño de una emisora de radio, y le vendió la idea de sacar un programa en español. Le dijo que ya aquí habían muchos cubanos que lo necesitaban. Milton, que así se llamaba el yanqui, no era tan difícil de convencer. El simpatizaba mucho con el exilio y Avelino le cayó bien. El entendía el español, pero prefería oírlo hablar en inglés. Le hacía gracia.

—Who is going to be the announcer?

—Me. In Havana, yo tenía un radio program.

Y ahí estuvo largo rato, diciendo mentiras y hablando mierda. Al final, Milton le dio dos horas diarias, de cuatro a seis de la tarde. Avelino tendría que hacerlo todo: preparar el programa, anunciar, buscar los anuncios, todo. Y la mitad del dinero que entrara sería de Milton. El título del programa sería el "Show de Avelino Morejón". Cuando Tania, camino de su casa, lo encontró por casualidad en el dial, lo disfrutó muchísimo. Avelino no era locutor ni un carajo, pero era muy simpático y la música que ponía, cubana desde luego, era muy bonita. Hablaba con sus oyentes y sacaba al aire la conversación.

—Están ustedes escuchando el "Show de Avelino Morejón". Aquí podrá oír todos los días, de cuatro a seis de la tarde, la mejor música nuestra, y todas las noticias al momento de producirse.

El muy hijoeputa, para poder dar algunas noticias, tenía que sacarlas de los periódicos, y como eran en inglés, había que traducirlas. Para eso llevó a Tato a la emisora, con la promesa de que en cuanto aquello produjera algún dinero, le daría algo. A Tato no le interesaba tanto el dinero, como que al final de cada noticia, Avelino dijera: jefe de redacción, Tato Muñiz.

Ese día, la pregunta del micrófono abierto del show de Avelino era: ¿Usted cree que la próxima Nochebuena la pasaremos en Cuba? Enseguida se encendieron todos los bombillitos del teléfono.

—Vamos a sacar al aire la primera llamada. A ver, deme su opinión. ¿Usted cree que esta Nochebuena la vamos a pasar en Cuba?

—Fíjese si yo creo que la vamos a pasar en Cuba, que no he zafao ni las maletas. Yo siempre dije que cuando Fidel se metiera con los americanos, se iba a buscar un lío. Y ya empezó a incautarse de sus propiedades. Oigame, estos gringos cuando se meten con ellos son del carajo.

—Hable bien, señor.

—Perdóneme, pero no hay otra manera de decirlo. Ahora no dura ahí ni un mes más.

—Bueno, vamos a darle entrada a otra llamada. Está en el aire, dígame.

—Yo estoy de acuerdo con lo que dijo ese señor. El, que conoce a los americanos, sabe que en cualquier momento le van a caer arriba.

—¿Usted cree?

—Yo estoy absolutamente seguro de eso.

—Bueno, vamos a ver. Otra llamada. Denos su opinión. ¿Estaremos o no estaremos en Cuba esta Nochebuena?

—Yo quiero opinar.

—Opine.

—¿Me está oyendo?

—Sí la estoy oyendo señora, hable.

—¿Pero estoy en el aire?

—¡Usted ha visto, cara'!

Y le gritó: —Sí, está en el aire, ¿va a opinar o no va a opinar?

—Sí, quiero opinar.

—Pues acaba de hablar. ¿Usted es sorda?

—No tiene que gritarme, señor.

Apretó otro botón.

—¡Qué va! No se puede perder tanto tiempo. Está usted en el aire, deme su opinión.

—Lo único que le puedo decir es que estoy viviendo en casa de un primo mío, y ayer me iba a mudar con mi mujer y mis dos hijos. Ibamos a alquilar una casa, pero cuando oí que les estaban interviniendo las propiedades a los americanos, le pedí permiso a mi primo pa' quedarme allí unos días más, porque ya esto es cuestión de horas. ¿Estamos en septiembre, verdad? Bueno, pues yo pienso estar en Cuba por lo menos dos meses antes de la Nochebuena.

—Perdóneme, pero yo no opino igual.

—A lo mejor a usted no le conviene que se caiga aquello, porque está ganado mucho dinero con ese programa.

—Aquí hay que aguantar cada paquete… Si no fuera porque por radio no se pueden decir malas palabras, le diría a usted que es un perfecto comemierda. Vamos a darle entrada a otra llamada.

—Oiga, ¿por qué me colgó?

—¿Usted fue la que llamó ahorita? Es que se demoró mucho en opinar.

—Bueno por favor, déjeme hablar ahora. Mire, ya yo soy una mujer muy mayor y tengo mucha experiencia en estas cosas. A mí me dio mucha risa oír a esos oyentes que dijeron que esta Nochebuena la íbamos a pasar en Cuba, porque Fidel ya se metió con los americanos. ¡Qué equivocados están! No le van a hacer nada. Ese tipo va a estar ahí mucho rato. Si Batista, que tenía a todo el mundo en contra, estuvo en el poder siete años, ¿usted se imagina este que tiene el respaldo del noventa y cinco por ciento de los cubanos, el tiempo que va a estar ahí?

—Yo estoy completamente de acuerdo con usted, señora. No lo he dicho porque no me gusta darle malas noticias a nadie, pero eso pica y se extiende.

Lula y su tía Carmelina estaban escuchando el programa de Avelino.

—Tía, nosotros deberíamos poner un anuncio en ese programa.

—No, lo que tenemos que hacer es hablar con él, para que me deje hacer consultas por teléfono y sacarlas al aire.

—¿Hacer consultas por teléfono? Tú debes estar loca. ¿Y cómo vas a poder adivinarles a los oyentes lo que te pregunten?

—¡Qué comemierda eres! Los que van a llamar para consultarse van a ser gente de nosotros, amigas y amigos tuyos y míos. Hago na' más que dos consultas en cada programa. Es fácil conseguir a dos diariamente pa' que llamen. Además, les vamos a pagar. Yo los preparo el día antes, y les digo lo que tienen que hacer.

—Verdad que eres tremenda.

—Vamos a llamarlo cuando termine el programa, porque ahora todas las líneas deben estar ocupadas, y hacemos una cita con él pa' mañana. Después hablamos con Llillo, el de la bodeguita, y le pedimos que sea el patrocinador de mi espacio.

—¿Cómo el patrocinador?

—Sí chica, que sea La Primera del Sagüé la que me presente a mí.

—Ah, tú dices que Avelino, al presentarte, diga: Y ahora, por cortesía de La Primera del Sagüé…

—Presentamos a Carmelina, para que les digan lo que quieren saber de su presente y futuro.

—¿Y tú crees que Llillo va a pagar por eso?

—Le cobramos con mandaos.

—¿Cómo con mandaos?

—Sí chica, por ejemplo, le decimos que por cada anuncio le vamos a cobrar diez pesos. Con eso pagamos lo que compramos allí.

Eran las tres de la mañana cuando sonó el teléfono en el apartamento de Tania, que estaba en Flagler, cerca de la avenida Treinta y Siete del Southwest. Ella, que había estado leyendo hasta tardísimo, se había quedado dormida cuando eso ocurrió.

—Hello.

—¿Cómo estás, mi amor?

Dio un salto en la cama.

—No puede ser. ¿Ricardo?

—¿Cómo estás?

—¿Cómo estás tú? Hace más de un mes que no sabía nada de ti. Llegué a pensar lo peor. Traté de hablar con Ariel, con Julio, con toda tu gente, y no pude localizar a nadie.

—Ariel vino conmigo. De los demás, yo tampoco sé nada.

—¿Cómo lograste salir?

—En un bote, ya te contaré.

—¿Cómo conseguiste mi teléfono?

—En Fort Allen, donde me metieron cuando llegué. Te llamé tres veces desde allá, pero nunca estabas ahí.

—Es que he tenido que resolver muchos problemas. ¿Tú no sabes que hoy me encontré con mi carro?

—¿Cómo que te encontraste con tu carro?

—Sí, ya te contaré. ¿Cuándo vienes para Miami?

—Ya estoy en Miami, mi amor.

Se tiró de la cama con el teléfono en la mano.

—¿Ya estás en Miami? ¿Dónde estás?

—En casa de un amigo mío.

—Pero dime dónde es, para ir a recogerte.

—No, dame tu dirección, que él me va a llevar.

No demoró ni quince minutos en llegar. Cuando Ricardo se bajó del carro de su amigo, ella estaba esperándolo en la escalerita de su town house. Corrió hacia donde él estaba, y le dio el primer beso.

—Bueno, cuéntame. ¿Me has extrañado?

—Desde que llegué a esta ciudad, no he hecho más que pensar en ti.

Siguieron hablando al pie de la escalera, hasta que alguien les gritó: —¡Métanse en su casa y sigan la conversación! Son las cuatro de la mañana y yo tengo que levantarme muy temprano pa' irme pa' mi trabajo.

Obedecieron al que protestaba. Ella le dijo bajito a Ricardo:

—Ven por aquí, vamos a entrar a la casa.

El vecino se quedó rezongando: —Me cago en su madre. Ahora pa' volverme a dormir, me va a costar un trabajo del carajo.

En cuanto cerró la puerta, Tania le quitó de las manos la maletica que traía. La abrió sobre la cama: solamente había en ella dos calzoncillos, una camisa muy arrugada y tres pares de medias.

—¿Esto fue todo lo que pudiste sacar?

—Sí, y por ir a buscar esa maletica, por poco me agarran.

—¿Qué quieres hacer ahora?

—Tú sabes lo que quiero hacer. Pero antes de hacer lo que quiero hacer, tengo que darme un baño.

Se dirigió al cuarto de baño, quitándose la ropa. No había empezado a enjabonarse cuando Tania, que se había desnudado en menos de un minuto, se paró detrás de él, lo abrazó y le dijo al oído:

—Yo te voy a bañar —y empezó a manosearlo.

Al poquito rato, cayeron en la cama sin secarse. La ducha se quedó abierta. ¿Quién carajo se iba a preocupar por eso?

A las ocho de la mañana ya Tania estaba vestida, lista para salir. El estaba completamente dormido, y ella lo despertó suavemente.

—Oye, yo me voy.

—¿Adónde vas?

—Hoy es el juicio del carro, y tengo que estar allí antes de las nueve.

—Espérame, yo voy contigo.

—No, quédate descansando. Yo te llamo más tarde.

No tuvo que decirle nada más para convencerlo, pues él estaba cansadísimo, y prefirió quedarse en la cama.

—O.K. mi amor, luego nos vemos.

Tania salió y se montó en "el transportation" que tenía, un Fordcito del 52, y se dirigió a la corte. Llegó allí a las nueve y media. El carrito se le había quedado sin gasolina en pleno Flagler, y después que le echó un galón, que le trajo un viejo cubano que se brindó para ayudarla, le costó mucho trabajo arrancarlo. En el momento en que iba a entrar a la corte, salía el Gato, acompañado de una tipa chusma y culona, con maquillaje hasta el cielo de la boca, que le gritó desde lejos:

—Ya se celebró el juicio.

—¿Usted habla conmigo?

—Sí. ¿Tú no eres Tania? El juez no le dio el carro ni a ti ni al Gato, lo van a subastar.

Tania, que no soportaba a la gente chusma, no le contestó. Entró a la corte, para saber si era verdad lo que le había dicho la acompañante del Gato. El no abrió la boca, agarró a la mujer por un brazo, y se fueron de allí. Tania no estuvo mucho tiempo en la Corte. En cuanto comprobó lo que le había dicho la amiga del Gato, buscó un teléfono público y llamó a su casa.

—¿Oigo?

—¿Te desperté, mi amor?

—No, desde que te fuiste estoy despierto. ¿Cómo fue la cosa? ¿Te devolvieron el carro?

—Ya te contaré, voy para allá.

Cuando llegó, se encontró a Ricardo listo para salir.

—¿Adónde vas tan temprano?

—No es tan temprano, ya son casi las once. Necesito que me dejes en el Downtown, en una cafetería.

—¿Y eso?

—Estoy citado allí con alguien.

—¿Hombre o mujer?

—¡Qué tonta eres!

Tocaron a la puerta y, como no había visor, Tania se asomó por la ventana. Después preguntó: —¿Quién es?

—Soy Pedro Romero, del periódico *La Voz del Exilio.*

Se volvió hacia Ricardo y le preguntó bajito: —¿Tú lo conoces?

El le contestó con la cabeza que no.

—Un momento, por favor.

Cuando fue a consultar con Ricardo, este le hizo señas de que le abriera.

Romerillo entró con su carnet en la mano y,

mostrándoselo, se presentó: —Pedro Romero, de *La Voz del Exilio*.

Ricardo le extendió la mano y le invitó a sentarse.

—Por poco voy a McAllen a entrevistarlo. Estuvo poco tiempo allí.

—Afortunadamente. A propósito, por pura curiosidad, ¿cómo supo que yo estaba aquí?

Romerillo, mostrando su orgullo, sonrió.

—*La Voz del Exilio* se entera de todo. Bueno, a lo que venía. Quiero entrevistarlo.

Y, diciendo eso, agarró la cámara que había puesto en la silla que tenía al lado.

—Con mucho gusto le voy a dar la entrevista, pero tendrá que ser en otra ocasión. Tengo que entrevistarme con alguien ahora y se me va a hacer tarde.

—No será con otro periódico, ¿no?

—No hombre, no todos son tan rápidos como usted.

—Ni tan enterados.

—Deme su teléfono, y en cuanto pueda, yo lo llamo y nos reunimos.

—Aquí lo tienes. No me llames Pedro, ni Romero: dime Romerillo, que es como me conoce todo el mundo.

—O.K. Romerillo, espera mi llamada.

—No se te olvide.

Y se fue.

—Oyeme, vámonos nosotros también, que se nos va a hacer tarde.

—¿Se puede saber con quién es tu entrevista?

—Esto no se lo puedes decir a nadie.

—Si es tan importante, no me lo digas.

—Yo no sé quién es, pero debe ser uno de la CIA.

—¿Por qué crees eso?

—Porque es un americano, se llama Alex, y no me dijo el apellido. Y así es como trabaja esa gente.

—Ten mucho cuidado con lo que dices.

En unos minutos, Tania lo dejó frente a la cafetería del Downtown.

—¿Cómo hacemos? ¿Quieres que te espere o me vas a llamar para que te recoja?

—No, vete. Si acaso, le digo a él que me lleve.

Cuando Ricardo entró, Alex lo saludó desde una mesa que ocupaba.

—Perdóneme por llegar un poquito tarde pero...

Alex no era muy alto, tenía el pelo negro y no era mal parecido. Sonreía agradablemente, y los dientes los tenía más parejos que el carajo. En perfecto español, con acento mejicano, le preguntó:

—¿Quieres tomar algo?

—No, desayuné hace un rato.

—Entonces, vamos a dar un paseo.

Dejó un dólar sobre la mesa, y salieron rumbo al aparcamiento.

Chacho, su mujer Ñoña, y Felipe, esperaban en el local de *La Voz del Exilio* por Romerillo, que les había prometido reunirse con ellos para ver qué resolvían con respecto al periódico. Le debían cuatrocientos y pico pesos al que lo imprimía, y él les había dado de plazo hasta las seis de la tarde de aquel día. Si no le pagaban por lo menos la mitad, no imprimiría el próximo número. Ya eran las tres de la tarde, y Romerillo no se aparecía. Felipe, que ya estaba muy entusiasmao con el periodiquito y que había puesto la mitad del dinero que se había gastado, cogió el teléfono y llamó a Eliseo, el hombre de la imprenta.

—¿Oigo?

—Eliseo, es Felipe.

—¿Qué pasa, Felipe?

—Oye, te estoy llamando otra vez porque Romerillo todavía no ha llegado, y como tú nos diste de plazo hasta las seis, y nosotros necesitamos sacar el periódico mañana…

—Yo lo siento mucho Felipe, pero si antes de las seis no me han dado por lo menos doscientos pesos, no lo imprimo.

—Piensa en Cuba, Eliseo.

—Yo pienso mucho en Cuba, Felipe, pero también pienso que to' los meses tengo que pagar alquiler, luz, teléfono, sueldos, y con clientes como ustedes, estoy jodío.

—Bueno, vamos a ver qué hacemos cuando llegue Romerillo.

En esos momentos hizo su entrada el director del periódico.

—Mira, acaba de llegar. No cuelgues.

—¿Con quién estás hablando?

—Con Eliseo, el de la imprenta.

—Ah, déjame hablar con él.

—¿Resolviste?

—Algo. Dame acá el teléfono. Oye Eliseo, aquí tengo las doscientas cañas que te prometí.

—Doscientas, no, tú me dijiste la mitad, y la mitad son doscientos dieciocho.

—Coño, ¿por dieciocho pesos de mierda no vas a imprimir el periódico?

Eliseo hizo una pausa larga.

Romerillo, que estaba impaciente, gritó: —¿Estás ahí, Eliseo?

—¿Cuándo me vas a dar el resto?

—No sé, en cuanto pueda, lo más rápido posible.

—O.K. Mándame eso pa' acá en efectivo, no me mandes cheque.

—Ahora mismo sale Chacho pa' allá con el dinero.

Colgó el teléfono, se metió la mano en el bolsillo, sacó la llave del carro y se la entregó a Chacho. Abrió el maletín, sacó un sobre que contenía dinero y, dándoselo, le dijo: — Llévaselo y dile que te dé un recibo.

Ñoña, que era muy curiosa, le preguntó enseguida: —

¿Cómo conseguiste la plata?

—La saqué de la cuenta de Pedro Romero, porque *La Voz del Exilio* tiene que seguir saliendo —y se volvió hacia Felipe—. Tienes que darme la mitad.

Ni el Gato ni Tania pudieron moverme de donde yo estaba cuando llegó la policía. Me pasé una pila de días parqueao frente a la bodeguita aquella. Cuando vinieron a recogerme para llevarme al cuartel más cercano, estaba cagao por to'as partes. Como ni siquiera se molestaron en subirme la capota, entre los muchachos del barrio y los pájaros, acabaron conmigo. El policía que vino a buscarme tuvo que lavar el asiento antes de sentarse. Se sorprendió de que mi motor arrancara, después de haber estado tantos días a la intemperie. Me llevó hasta un cuartel, me dieron una buena lavada, me subieron la capota y me parquearon bajo techo. Al día siguiente me enteré que me iban a subastar. Eso no sucedió hasta dos semanas después. Asistió bastante gente, todos hombres.

La subasta no duró mucho. Me adquirió un americano que vendía carros de uso, y tres días después, me vendió. Me compró un cubano que no andaba muy claro. No tenía trabajo fijo. Andaba en los lugares que frecuentaban los cubanos, y lo mismo te vendía un pasaporte falso que un título universitario. Como todos los jodedores, era simpático, agradable. Desde el primer momento, me cayó muy bien. Casi todas las mañanas las pasaba en la corte, trabajando de intérprete y solucionando problemas, o en Flagler y la veinticuatro, que era donde hacían los exámenes para la licencia de manejar. Allí lo conocía todo el mundo. El se había conseguido, no sé cómo, copias de los exámenes escritos, y las vendía por diez pesos. Se buscaba buen dinero; yo nunca me enteré de su nombre, porque todos le decían Tico. Vivía solo, y cambiaba de mujer a menudo. No sé cómo se las arreglaba, pero conseguía buenas hembras. Mientras fue mi dueño, la que más le duró fue Estela, una rubia un poco gorda quien, según él, le cocinaba, lo bañaba y le echaba talco en los huevos.

El también hacía negocio con los abogados que defendían a los que chocaban sus carros. Con el tiempo, se buscó un problema con eso de los seguros. Alquiló una guagua, la llenó de gente y aseguró a to' el mundo a nombre de él. Hizo negocio con todos los pasajeros y con el chofer, que era el que más dinero iba a coger por provocar el choque. Metió la guagua de lao, contra una pared, y uno que iba junto a una ventanilla se dio un golpe fuerte en la cara, y le exigió más plata. Tico no se la dio y el tipo lo chivateó. Las compañías de seguros empezaron a investigar, y no le dieron ni un centavo. Se jodió to' el mundo, pero a Tico no le pasó nada. No sé lo que hizo; si le dio dinero a alguien yo no me enteré, pero no le pasó na', salió pa' la calle.

Por Tico me enteré que se estaba preparando una invasión a Cuba. Los americanos querían mantener eso en secreto. ¡Qué poco conocían a los cubanos! Las oficinas para inscribirse estaban en la calle Flagler. En Cuba se enteraron enseguida de lo que estaba pasando, porque aquello era un secreto a voces.

Una noche, Tico fue a casa del Gato para entregarle dos pasaportes y un título de enfermera, y allí oí al Gato decirle a mi dueño que se iba de Miami.

—¿Y pa' dónde te vas?

—Pa' Niu York.

—¿Qué vas a hacer allí?

—Cualquier cosa, pero no puedo seguir aquí, porque un día voy a tener que matar a uno. Mira como tengo la cara.

Le contó a Tico, que en dos ocasiones le habían caído a palos, a la salida del restaurante que él frecuentaba.

—¿Y eso?

—A algunos hijoeputas les molesta que yo fui

revolucionario.

—A lo mejor te pasó eso porque viniste muy pronto pa' acá.

—A lo mejor. ¿Cuánto te debo?

—Doscientos cincuenta. Cien por cada pasaporte y cincuenta por el título de enfermera.

—Aquí tienes.

Le dio tres billetes de cien y Tico le devolvió cincuenta.

—Milagro que no te has inscrito para la invasión.

—Eso es comer mierda. Aquello no hay quién lo tumbe. Por lo menos por ahora.

—Eso creo yo. Además, yo con los americanos no voy a ningún lao. Embarcan a cualquiera.

Me gustaba ser el carro de Tico, pero yo sabía que no iba a durar mucho tiempo con él. Cada vez que iba a la gasolinera conmigo, Felo, el dueño, le decía lo mismo:

—Cuando te aburras del Cadillac ese, me avisas. Ese es el modelo más lindo que ha sacado General Motors.

—A lo mejor te aviso pronto.

—¿Cuánto quieres por él?

—No sé, pero me quiero comprar un carro nuevo.

—Con el billete que tú estás ganando, podrías andar en un avión.

Cuando salimos de allí, me llevó a recoger a Estela. Después fuimos a una agencia Cadillac que había en Biscayne. Ese día empecé a querer a la gordita aquella. Cuando llegamos a la agencia y les mostraron los modelos nuevos que habían acabado de llegar, ella, poniéndole sus brazos alrededor del cuello, le dijo:

—Pipo, el que tú tienes es mucho más lindo que ese. No lo cambies. Además, a ti te ha ido muy bien con él. No lo cambies, Pipo.

Aquella gorda valía un millón de pesos.

Aquel día, el tema del programa de Avelino Morejón, era "El espiritismo". Avelino comenzó diciendo:

—Yo no creo, ni dudo. Cuando yo era chiquito, en mi casa había sesiones de espiritismo todos los viernes. El espíritu que se posesionaba de mi tía Angélica era un negro congo que se llamaba Aniceto. Y decía cada cosa… Pero bueno, no soy yo quien tiene que hablar de eso, son ustedes, nuestros oyentes. Aquí tenemos una lista enorme con sus nombres y sus teléfonos, y los iremos llamando poco a poco para que opinen. Pero antes, un comercial que tiene que ver con lo que vamos a tratar hoy.

El comercial estaba grabado por la sobrina de Carmelina, y tenía que pagarle a Avelino diez pesos cada vez que salía al aire. Iba precedido por una misa de Bach. Estaba muy bien grabado. Después que la música bajaba, se quedaba de fondo y se oía la voz de Lula:

—¿Tú no crees en el más allá? ¿No crees que las almas regresan? ¿No crees en las cosas que dicen los espíritus buenos? Ellos, que saben lo que tú te mereces, te pueden aconsejar. La Hermana Carmelina los pone en contacto contigo. Si no sabes quién es la Hermana Carmelina, pregúntale a cualquiera que la haya consultado. Llama al teléfono 452-2627, y pide un turno. Entérate de todo lo que les puede ocurrir a ti y a tu familia. Consúltate con la Hermana Carmelina, y ella te dirá todo lo que te interesa saber.

Al terminar el comercial, Avelino volvía a elogiar a la tía de Lula:

—Yo tuve la suerte de entrevistar a la Hermana Carmelina en este programa, y se cayeron las líneas de tantas llamadas que recibimos. Esa es una de las causas por las que el tema de hoy está dedicado a esa ciencia. A los que no tienen conocimiento de eso, les recomiendo que lean cualquier libro de Allan Kardec, que ese es el que más sabe. Bueno, ya el primer oyente está en comunicación con nosotros. Matilde,

¿me oye?

—Sí, perfectamente.

—Baje un poco su radio para que se vaya el pito ese.

—¿Cómo?

Le habló un poco más alto: —Que baje la radio.

Ella lo hizo.

—O.K., ahora sí. ¿Qué opinas tú del espiritismo, Matilde?

—Yo creo en eso desde hace muchísimo tiempo, desde que murió mi tío Ambrosio.

—A ver, cuéntanos.

—Mi tío Ambrosio murió cuando yo tenía como seis o siete años.

—¿De qué murió?

—De algo malo.

—Debe haber sido cáncer, porque antes la gente no decía esa palabra. Le tenían respeto. Además, cuando aquello, la gente se moría nada más de dos cosas: de algo malo, o de repente. Bueno, perdóname por interrumpirte. Sigue con tu historia, que debe ser muy interesante.

—Gracias. Como le dije, yo era muy chiquita, y mi tío Ambrosio me quería mucho a mí. Bueno, pues dos días después de haber muerto él, todas las noches se me presentaba, me pasaba la mano por la frente, me despertaba y me decía muy bajito: "Yo te quiero mucho, Matildita, diles que no lloren más por mí, que yo soy muy feliz." Y desaparecía.

—¿Tú nunca le contaste eso a tu familia?

—Cuando me salió dos o tres noches seguidas, yo se lo dije a mi mamá.

—¿Y qué hizo ella?

—Consultó con una espiritista, y le dijo que le diera una misa.

—¿Y qué pasó?

—No me salió más, vaya, después que le dieron la misa.

—¿Ven lo que les digo? ¿Hay que creer o no? Vamos a

157

comunicarnos con otro oyente.

Marcó pacientemente un número, y se oyó cuando descolgaron.

—¿Oigo?

—¿Abelardo García?

—Sí, ¿qué quiere?

—Le habla Avelino Morejón.

Casi gritando le contestó: —¿Y quién coño es Avelino Morejón?

—Hable bien señor, está saliendo al aire.

—Bueno, pues sáqueme del aire, comemierda, que yo trabajo de noche y necesito dormir.

No le quedó más remedio que complacerlo. Lo sacó del aire.

—Le ruego a mis oyentes que me perdonen, pero gente maleducada hay en todas partes del planeta. Y hoy me tocó a mí este estúpido. No voy a llamar a nadie más. Voy a contarles mis experiencias con esta ciencia, que son algunas.

Después que contó varios casos que según él, le habían ocurrido, despidió el programa recomendando de nuevo a la Hermana Carmelina.

Ya fuera del aire, Lula lo felicitó por el programa y le dio las gracias.

—Yo no sabía que usted era fanático del espiritismo.

—No hombre, qué voy a creer yo en eso. Yo he hablado así del espiritismo porque ustedes se anuncian conmigo.

De allí, Lula se fue a *La Voz del Exilio*, el periodiquito de Romerillo. Cuando llegó, la puerta estaba abierta. Entró y se sentó a esperar que viniera alguien a atenderla. En la redacción, que estaba cerca de donde estaba sentada Lula, Romerillo, Felipe, Chacho y Ñoña hablaban de la posible invasión a Cuba. Romerillo estaba en el uso de la palabra:

—No coman mierda. Si los americanos atacan a Cuba, primero bombardean la Isla de punta a cabo, y por lo menos mueren cien mil cubanos. Así es que pídanle a Dios que no lo hagan.

Los tres, gritando, trataron de contestarle al mismo tiempo, hasta que dejaron hablar a Ñoña.

—Eso no va a suceder, porque los que van a invadir Cuba van a ser cubanos. O ¿ustedes no saben que se están entrenando en Guatemala? Eso lo sabe todo el mundo en Miami. Las oficinas para inscribirse están ahí en Flagler.

—¿Dónde están, Ñoña? que me interesa saber eso.

—¿Pa' qué, Felipe? No me digas que tú quieres ir a pelear a Cuba.

—Yo sí, es lo menos que puedo hacer.

Romerillo enseguida saltó, diciendo: —Pues yo no. Yo realizo mi labor desde este periódico, pero no disparo ni un tiro. Primero, porque no sé.

—Pero en Guatemala te entrenan, Rome.

—Déjame terminar. Segundo, porque soy muy pendejo. Yo veía por televisión a esa gente que fusilaban en Cuba, la valentía con que se enfrentaban al paredón de fusilamiento, y me erizaba. Pensaba, coño, si a mí me van a fusilar, tienen que apuntar pa' abajo. Pa' llevarme al paredón ese hay que llevarme arrastrao, y voy dejando por el camino, desde la celda al paredón, tremendo rastro de mierda.

Después que oyó a Romerillo decir eso, Lula se tuvo que tapar la boca para poder reírse. En la pequeña redacción, después que rieron por un rato, Chacho tomó la palabra.

—Yo estoy muy viejo pa' invadir a Cuba, pero si fuera joven, no iría. Los americanos embarcan a cualquiera. Una vez…

Felipe lo interrumpió: —Pues yo, Felipe Oviedo, a pesar de todo lo que dicen ustedes, voy. Es más, me voy a inscribir hoy mismo. Averíguame la dirección exacta, Ñoña.

Lula se mostró muy sorprendida por lo que acababa de decir Felipe. El día anterior, había entrevistado a su señora, que había ido a su casa a pedir un turno con Carmelina. Esta le había dicho que su esposo, Felipe, era uno de los dueños de

La Voz del Exilio. Se levantó y se fue rápidamente de allí, para evitar que la vieran. Se le jodió a Romerillo el anuncio de la consulta de Carmelina que iba a publicar en su periódico.

Lula llegó de lo más contenta a la casa.

—¿Qué te pareció el programa de Avelino?

—Muy bueno, aquí llamaron cantidad. ¿Cuánto tuviste que darle extra?

—Veinte pesos. El tipo es un fenómeno y el programa se oye.

—Sí, sí, muy bueno. ¿Fuiste al periódico a poner el anuncio?

—Sí fui, pero te vas a quedar fría cuando te diga por qué no hablé con nadie del periódico.

—¿Qué me quieres decir con eso?

—¿Te acuerdas de la mulata que no pudiste consultar el lunes porque no sabíamos nada de ella?

—Sí.

—Puedes darle una cita cuando te dé la gana. Ya tengo todo su historial.

Y le contó todo lo que había escuchado.

—El marido se llama Felipe y quiere ir a la invasión de Cuba.

—Oye, ahora que el negocio está subiendo, no podemos fallar. Hay que buscarse a alguien, porque tú ya no puedes hacerlo, pa' que le meta el deo a los que están esperando turno, y yo saber lo que tengo que decirles. Si no, fracasamos.

Ricardo estaba trabajando para la CIA, y ya había dado tres viajes a Cuba. Llevaba armas y municiones hasta un punto determinado de la costa de la isla, y las dejaba allí. El trabajito era bastante arriesgado. Esa noche daría el cuarto viaje, pero no pudo ocultárselo más a Tania.

—A mí no me gusta meterme en tus cosas, pero todo lo que estás haciendo está muy raro y yo estoy preocupada.

—No tienes por qué preocuparte.

—No me digas. ¿Tú crees que es normal que tú salgas de aquí sin decirme a dónde vas, y te aparezcas dos o tres días después que no hay quién te conozca? La última vez llegaste con una peste a pescado. ¿Tú estás dando viajes a Cuba? Ese americano que te llama es de la CIA, ¿no?

Ricardo siguió amarrando un bulto que tenía sobre la cama, sin contestarle.

—¿No vas a decírmelo?

Se volvió hacia ella, la miró fijamente y, después de una pausa, le dijo: —Esto que estoy haciendo, no puede saberlo nadie.

—Ya me imaginaba que la CIA estaba metida por el medio. Ten cuidado con esa gente. ¿Qué estás haciendo?

—Estoy dando viajes a Cuba.

—¿Para qué?

—Para llevar armas y municiones. Este será mi último viaje. Cuando regrese, tendré que irme para Guatemala.

—¿A llevar armas también?

—No, ya te contaré.

En eso, sonó un claxon de automóvil afuera.

—Ahí están, me tengo que ir.

Le agarró la cara y le dio un beso sin importancia.

—Pasado mañana estoy aquí.

—Si Dios quiere.

Se fue, y ella se quedó muy preocupada. Se sentó en la cama, y sacó un rosario de la cartera. En ese momento sonó el teléfono.

—¿Oigo?

—¿Es la señorita Tania?

—Sí, es la que habla. ¿Qué desea?

—A lo mejor usted no me recuerda. Yo la conocí el otro día en el Downtown, cerca de la iglesia de Gesu. Le di una tarjeta porque quería utilizarla como animadora.

Riendo suavemente, le contestó: —Ah, sí, ahora recuerdo.

—Acuérdese que me dijo que me llamaría para darme una respuesta.

Jorge Miranda era el dueño de un cabarecito en Miami Beach, que se llamaba el Oasis. De día funcionaba como restaurante de comida cubana. El, además de ser muy buen tipo, caía muy bien: era alto, trigueño, de facciones cinematográficas, y con su labia convencía a cualquiera.

—Este puede ser el comienzo de una carrera artística para usted.

—No, yo no sirvo para eso. Nada más que de pensar que me voy a enfrentar a un público, me pongo a temblar.

—¿Por qué no hacemos una cosa? ¿Por qué no hablamos de esto personalmente?

Ella guardó silencio.

—Podemos cenar esta noche.

Ya casi estaba convencida. Un poco dudosa, le contestó: —No sé.

—Anímese.

Volvió a hacer una pausa.

—¿En qué tiempo la recojo?

—Deme treinta minutos. ¿Le parece bien?

—Sí, solamente necesito la dirección. Son las ocho y cinco; a las nueve menos veinticinco estoy frente a su casa. Deme la dirección.

A las ocho y treinta y cinco tocaron la puerta de Tania: era Jorge Miranda, desde luego.

Antes de abrir le dijo: —Verdad que eres puntual.

Ya estaba lista. Salió al pasillo.

—Cuando quieras. ¿Adónde vamos?

—¿Adónde te gustaría ir? ¿Te parece bien que cenemos en el cabaret y así lo conoces?

—Buena idea.

Y salieron rumbo a la playa.

El Oasis no era tan pequeño; cabían unas cien personas sentadas. La decoración interior era un poco picúa: las paredes estaban adornadas con fotos, tanto de colores como de blanco y negro, de calles y edificios de La Habana. Tenía un escenario no muy grande, donde se presentaban los shows. Cuando llegaron, habían solamente diez o doce personas.

—Este es el escenario donde te vas a presentar.

—Ya usted habla como si yo hubiera dicho que sí.

—Estoy casi seguro. ¿Quieres ver tu camerino?

Esta vez, ella se echó a reír.

—Ah, camerino y todo, usted es tremendo.

Fueron a sentarse en una mesa apartada. El lo tenía todo preparado: había separado la mesa con tiempo. Llamó al camarero para que llenara las copas de champán. Jorge alzó la suya.

—Por la futura estrella del Oasis.

Tania volvió a reírse.

—Usted sí que va rápido. ¿No podría disminuir un poco su velocidad?

De los altavoces salió una música instrumental suave.

El se levantó y le extendió la mano, invitándola a bailar. Algún empleado, posiblemente por órdenes de él, bajó un poco las luces, y bailaron un rato hasta que él se le pegó. A ella no le gustó aquella pegadera, por lo menos tan rápido. Fueron a sentarse a la mesa, y él llamó a uno de los camareros para que les sirviera la cena. Estuvieron un momento sin hablar. El sabía que había metido la pata y se decía a sí mismo: La cagaste, Jorge. Terminaron la botella de champán, y después cenaron con vino muy bueno, que él había seleccionado para la ocasión.

Cuando terminaron, ya había llegado mucha gente, y el cabaret estaba casi lleno. Salieron a bailar de nuevo. Esta vez, él no cometió el mismo error; se demoró en apretarla. Cuando lo hizo, ella no protestó, sino que se dejó llevar; el champán y el vino estaban cumpliendo su misión.

Al rato de estar bailando pegaditos, él le dijo muy bajito al oído:

—Gracias.

—¿Por qué?

—Por muchas cosas. Por estar aquí, por estar conmigo, por ser la futura presentadora de mi cabaret.

—Estás más loco...

Estuvieron bailando juntos hasta tarde. Cuando la dejó en su casa, eran como las tres de la mañana. La acompañó hasta la puerta y trató de besarla en la boca, pero ella lo agarró por los hombros y lo rechazó. Le había permitido que la besara en las mejillas dos o tres veces mientras bailaban, pero esto le parecía mucho.

—¿Qué vas a hacer mañana?

—No sé.

—¿Por qué no cenamos otra vez?

—No creo que pueda.

—¿Tan mal la pasaste?

—No, la pasé muy bien.

—¿Entonces?

—Yo tengo un compañero, Jorge, y vivo aquí con él. No sé por qué salí contigo esta noche.

—Si se puede saber, ¿dónde está él?

—Está de viaje.

—Si yo tuviera una mujer así, no me movería de la casa. Y si saliera, la llevaría a todas partes. ¿Puedo volverte a llamar?

—¿Por qué no?

—¿Y podremos volver a salir de nuevo?

—A lo mejor.

—Yo creo que sí. Cuídate.

Le besó una mano y salió rumbo a su carro.

Las consultas de Carmelina comenzaban a las tres de la tarde. A esa hora, ya habían como cinco clientes; entre ellos, Llillo, el dueño de la bodega donde ellas compraban. Cuando Lula entró al cuarto donde consultaba Carmelina, y le dijo a su tía que el de la bodega estaba allí de nuevo, esta comentó:

—A mí me parece que este comemierda está enamorado de ti.

—Primero te voy a pasar a la mulata que te dije.

—¿Cómo se llama ella?

—Olga. Hay dos mujeres ahí que no conozco. Te las voy a dejar para lo último, pa' ver si puedo enterarme de algo.

Segundos después, Olga, la esposa de Felipe, se sentó frente a Carmelina.

—Yo quisiera que usted me dijera, por favor…

—No, no me digas nada, déjame concentrarme.

La velita encendida que tenía Carmelina debajo de su cara, le daba un aspecto casi misterioso, que era lo que ella quería. Estuvo unos minutos con los ojos cerrados y en silencio. Después empezó a decir lentamente lo que había investigado su sobrina:

—A ti te preocupa tu marido.

Olga, que no dejaba de mirarle a la cara a la adivinadora, abrió sus ojos sorprendida y se movió en la silla.

—Yo quisiera saber…

—Te dije que no hablaras.

Se puso más tiesa de lo que estaba y se inclinó hacia delante, como para prestarle más atención.

—El está metido en algo que a ti no te gusta. Y pronto se irá de viaje. Lo veo rodeado de hombres con rifles, disparando. Está en otro país. Pero no se va a quedar allí.

Olga no se podía contener, y empezó a llorar.

—No llores, que a él no le va a pasar nada.

Mientras tanto, afuera, una amiga de Lula, haciéndose pasar por alguien que venía a consultarse, conversaba con las que estaban esperando su turno, para obtenerle a Carmelina algunos datos que pudiera utilizar.

Al cabo de un rato Olga salió del cuarto, persignándose y secándose las lágrimas. Una gorda que estaba sentada cerca de la puerta, le preguntó:

—¿Qué tal?

—Es lo más grande que he visto en mi vida. ¡Me ha dicho cada cosa!

La siguiente consulta le correspondió a Llillo, el dueño de la bodega. Esta era la tercera vez que venía.

—¿Cómo está, Carmelina?

—Bien, Llillo. Siéntate, por favor.

Llillo era muy bajito. Había estudiado para enano y se rajó en el segundo grado. Tenía más de cuarenta años; era calvo y barrigoncito. Parecía un tipo noble y bueno. La cara le ayudaba mucho: usándola bien, podía joder a cualquiera. La última vez que lo consultó, ella fingió caer en trance, y en esta ocasión iba a repetir eso. Empezó pasándose las manos por la cara y el cuerpo, como limpiándose algo y rezongando, para anunciar la llegada del ser, o sea, del espíritu. Esta vez la vela la tenía completamente debajo de la cara: la hacía lucir más misteriosa, casi tétrica. El rezongueo se hizo más fuerte. De buenas a primeras se calló, movió la cabeza de un lado al otro, y empezó a hablar como un negro congo:

—Buen día. ¿Cómo tú tá Llillo?

Llillo ya estaba acostumbrado a la voz del negro. En su consulta anterior, Carmelina había usado el mismo truco. Llillo se movió en la silla, mirando fijamente a la médium, pero no contestó.

Carmelina volvió a hablar como el negro congo: —¿Qué pasa Llillo? ¿Por qué no contetá? Yo preguntá cómo tú tá, y tú no contetá.

—No, yo estoy bien.

—Llillo, tú tá entretenío porque tú tá namorá.

Después de unos segundos de silencio, el negro volvió a hablar.

—Tú tá namorá de mujé mu bonita, pero no le dice na' a ella. Ella no sabe que tú tá namorá. Esa mujé te pué acé felí, Llillo.

—¿Cómo es ella?

La médium le describió a su sobrina. Llillo abría la boca de lo sorprendido que estaba.

—¿Cómo se llama?

—Se ñama Lula.

Y ahí terminó la sesión. Carmelina volvió a pasarse las manos por la cara y el cuerpo, hasta que se despertó.

—Ese negro es adivino, Carmelina.

—¿Te dijo algo bueno?

—Muy bueno, pero no se lo voy a decir a usted.

—Mientras sea bueno lo que te dijo…

Carmelina puso la vela a un lado, bajó la cabeza y colocó la frente sobre la mesita. Llillo la observaba callado. Después de unos minutos se incorporó, fingió estar cansada y exclamó:

—Cada vez que ese negro se mete en mi cuerpo, me deja extenuada.

—¿Cómo se llama él?

—Mambé. Traje a su espíritu porque se trataba de ti. Te noté preocupao y ese negro lo sabe todo.

Llillo, mirando para el techo, juntó las manos y murmuró:

—Gracias, Mambé. ¡Qué feliz me has hecho!

Era imposible que en el barrio hubiera uno más comemierda que él. Ese día, en lugar de diez pesos por la consulta, pagó veinte. Cuando le entregó el dinero a Lula, le dijo sonriendo: —Tenemos que hablar.

Tania descolgó el teléfono en el primer timbrazo, y oyó la voz de Ricardo.

—Ya estoy aquí.

—¡Qué bueno, mi amor!

—Vamos a salir esta noche, que tengo algo muy importante que decirte.

—No me voy a mover de esta casa.

Ricardo llegó como a las cuatro de la tarde. Estuvieron haciendo el amor hasta que oscureció, y como era el mes de agosto, se hizo de noche a las ocho y media.

Al rato, estaban listos para salir a cenar fuera. Y ella volvió a preguntarle: —¿Qué es lo que tenías que decirme que es tan importante?

El no le respondió. Fue hasta el refrigerador, sacó una botella de vino blanco que tenían allí descorchada, echó un poco en cada una de las copas que siempre utilizaban, alzó la de él y chocándola con la de Tania, le dijo: —Te pido que te cases conmigo.

Ella, muy emocionada, puso su copa sobre la mesa y se abrazó a él.

—¡Qué feliz me haces, mi amor!

—No he dejado de pensar en ti.

—Te necesito mucho, mi vida.

No se acostaron a templar de nuevo, porque los dos estaban muy cansados. Salieron a cenar. En el restaurante comenzaron a planear la boda.

—Tenemos que casarnos durante esta semana, porque dentro de diez días me tengo que ir. Pero esta vez, voy a demorar mucho más.

—¿Cuánto tiempo?

—No sé.

—¿Se puede saber a dónde vas?

—A Guatemala.

—¿A Guatemala? ¿Y qué vas a hacer allí?

—Entrenarme para invadir a Cuba.

Ella se quedó muy seria. Al cabo de un rato…

—Así es que nos casamos, y al día siguiente tú te vas para una guerra.

—Al día siguiente no, mi amor. Yo no me voy hasta dentro de diez o doce días.

—Yo no me caso.

—Pero, ¿por qué?

No sabía qué contestarle. Solamente lo miraba, y movía la cabeza de un lado al otro.

—¡Qué dichosa soy, carajo! Esto nada más me sucede a mí.

—Tania, por favor.

—Eso no es lo que yo quiero, Ricardo. Casi me parece que te estás burlando de mí.

—¿Cómo puedes decir eso, Tania?

—Parece que para ti, casarte conmigo no significa nada.

—Significa mucho, por eso te lo he propuesto. Por favor, Tania. Te necesito.

—Si me necesitas tanto, no te irías.

—En vez de hablar así, deberías estar orgullosa de mí.

—¿Por qué?

—Porque quiero luchar por la libertad de mi patria.

—Y dejarme a mí, porque la patria es más importante que yo.

—Para mí no hay nada en el mundo más importante que tú.

—Entonces, no te vayas.

—Me tengo que ir mi amor, compréndeme. Por favor, Tania, cásate conmigo, dame esa felicidad.

—Déjame.

Permaneció callada por un tiempo.

—Pídeme una copa más de vino.

Ricardo llamó al camarero y le pidió dos copas más. Cuando se quedaron solos, ella le dio alguna esperanza.

—Déjame pensarlo.

No lo pensó mucho. Al día siguiente le dijo que sí, y empezaron los preparativos para la boda, que no serían muchos. Ricardo fue a ver a Tico, a quien conocía desde Cuba, para que le preparara los papeles y se encargara también de buscar un local que no costara mucho para celebrar la ceremonia. Tico, que quería mucho a Ricardo y a su familia, se le brindó para hacerlo todo sin cobrarle un centavo.

—Ese va a ser mi regalo de bodas.

—Coño, muchas gracias Tico. Pero cóbrame algo.

—Ya te dije que ni un centavo. A mí no se me olvida lo que

tu padre hizo por mí en Cuba. Tú tranquilo, que yo me ocupo de todo. Vamos a hacerlo en el Centro Vasco, y tú verás qué bueno va a quedar eso. Invita a quien tú quieras.

—Nosotros no queremos mucha gente.

—Bueno, me tienes que decir con tiempo la cantidad de invitados, para lo de la comida y la bebida. Quiero que no falte nada. Vamos a bailar también.

Cuando Tico terminó de hablar con Ricardo, entró en una farmacia que estaba frente al parqueo donde me había dejado a mí, y se apareció con un nuevo frasco de perfume. El que usaba anteriormente para darme buen olor, lo botó el día que Camilito

—un parqueador del hotel Fountainebleau— le dijo que yo olía a casa de putas. Yo no sé a lo que huelen una casa de putas, pero aquel perfume debió haber sido muy barato, porque el olor era una mezcla de canela con mierda. Más mierda que canela. Después que me echó perfume por todos lados, hasta en el maletero, me llevó pa' Miami Beach. Allí lo estaba esperando Jorge Miranda, el dueño del Oasis, que era muy amigo de Tico.

—¡Qué puntual eres!

—Espérate, que voy a parquear y vengo pa' acá.

—Déjalo aquí mismo.

Me parqueó frente a la puerta del cabaret y se bajó.

—¿Qué es eso que me dijiste? ¿Estás organizando una boda?

—Sí, quiero ayudar al hijo de un amigo mío, que hizo mucho por mí en Cuba. Voy a hacerme cargo de todos los gastos.

—¿Y qué quieres de mí?

—Necesito que me consigas una orquesta, pa' amenizar un poco aquello. A ti te va a salir mucho más barata que a mí.

—¿Qué día es?

—Este sábado, a las tres de la tarde.

—No hay problema, te mando pa' allá al grupo que yo

tengo aquí.

—O.K. Yo te pago a ti y tú te encargas de ellos.

—Tú no tienes que pagarme nada, yo me ocupo de eso.

—No, cóbrame algo, que yo no vine aquí a pedirte que me regalaras tu orquesta ni nada de eso.

—No jodas, Tico. Táte tranquilo, si eso no es na'. ¿Ya almorzaste?

—No, pero no puedo quedarme. Coño, gracias Yoyi.

—Eso no es nada. Tienes que decirme dónde es la boda y a qué hora quieres a los músicos allí.

—¿Tú sabes dónde está el Centro Vasco?

—Sí, ya yo he estado allí. En la treinta y siete, en Coral Gables.

—¿Pueden estar allí el sábado, a las dos y media? Oye, ¿por qué no vas tú también?

—A lo mejor.

—Ve, chico, la vas a pasar bien.

Nos fuimos rumbo a El Toledo, en Biscayne, donde Tico tenía que recoger un dinerito, como decía él.

Todos los miércoles, Avelino le dedicaba su programa a los municipios de Cuba. Ese día, le tocaba a Batabanó. Después de presentar al historiador de la ciudad, empezaron las preguntas: ¿En qué año se fundó la ciudad? ¿Por qué le pusieron Batabanó? ¿Cuántos habitantes tiene?, etc. En toda la isla lo conocían y lo mencionaban constantemente: "Eres más comemierda que el bobo de Batabanó", o "Eso no se le ocurre ni al bobo de Batabanó". Eran frases que se oían mucho en las conversaciones de la gente. A pesar de que en cada pueblo de Cuba había un bobo, el de Batabanó le ganaba en popularidad a todos. Cuando ya el programa estaba llegando al final, Avelino lo mencionó:

—¿Ustedes creían que a mí se me había olvidado el bobo de Batabanó? ¿Cómo podría olvidárseme eso? A continuación les voy a hacer la última pregunta sobre el municipio de Batabanó. El oyente o la oyente que conteste correctamente, se ganará un almuerzo en el restaurante Josefita, en la calle Ocho y la avenida Quince, cinco galones de gasolina en la gasolinera de nuestro buen amigo Ignacito Galcerán, que está en la avenida Treinta y Dos y la calle Siete del Northwest y dos entradas para el cine Tívoli, que podrán usar cualquier día de la semana. Y aquí les va la pregunta: ¿Qué día murió el bobo de Batabanó? Empiecen a llamar, que don Fernando Vega, el historiador de la ciudad de Batabanó, estará aquí escuchando a los que llamen y dirá quién es el ganador o la ganadora. Vamos a contestar la primera llamada, a ver ¿cuándo murió el bobo de Batabanó? ¿En qué fecha?

El que llamaba era un hombre.

—El 4 de julio del 54.

—No, dice el señor historiador que no.

La segunda llamada la hizo una niña.

—El bobo de Batabanó murió el día que entró Fidel Castro a La Habana.

Todos en el estudio rieron. Y Avelino, que era un poco comemierda, en lugar de reírse también, empezó a regañar a los oyentes:

—Señores, este programa es un programa serio. Aquí se está hablando de la historia de Cuba, y le rogamos que no lo tiren a relajo. El bobo de Batabanó fue un personaje muy conocido en nuestro país, y yo creo que es importante que se sepa la fecha exacta en que murió. Un poco de respeto, por favor. Vamos a sacar al aire al siguiente concursante.

Era una mujer.

—El bobo de Batabanó murió el 15 de agosto de 1950.

—No, esa no es la fecha, dijo el historiador.

—Sí, esa sí es la fecha. A mí no se me puede olvidar, porque ese fue el día que me volaron el cartucho —queriendo decir que ese día le habían partido el culo.

Era muy temprano cuando llamaron ese día a casa de Felipe. Olga, su mujer, contestó el teléfono.

—¿Es la casa de Felipe Oviedo?

—Sí.

—¿El está?

—Sí, ¿de parte de quién?

—Dígale que dentro de quince minutos estoy ahí para recogerlo.

—Espérese un momento.

Y le dio un grito a su marido que estaba en el último cuarto.

—Felipe, te llaman.

El llegó hasta ella con un maletín de goma en la mano, aquellos que le llamaban gusanos. Lo puso en el suelo y cogió el teléfono.

—Hola, es Felipe el que habla.

—¿Estás listo?

—Listo.

—Pues en quince minutos estaré ahí para llevarte al aeropuerto.

—Muy bien.

Y colgó. Olga, que estaba al lado de él, empezó a llorar. Felipe la abrazó. Estuvieron largo rato sin hablar; solamente se escuchaba el llanto de ella. El le secó las lágrimas varias veces. Después trató de tranquilizarla.

—No llores más, mi amor. A mí no me va a pasar nada.

—¿Cómo lo sabes?

—Tengo que hacerlo. Se trata de la libertad de Cuba.

—A eso deben ir hombres que no tengan hijos. Acuérdate que tú tienes dos.

—Ellos no van a tener ningún problema, yo te he dejado todo resuelto.

—Sí, pero no te van a tener aquí, que es lo que más necesitan. No sé qué voy a decirles cuando regresen hoy de la escuela, y no te vean.

—Diles que yo tuve que ir de viaje, pero que no voy a demorar mucho en volver.

—¿Adónde te llevan?

—No sé, eso no me lo han dicho.

—¿Y dejas a tu mujer y a tus hijos, sin ni siquiera saber a dónde vas?

Afuera sonó el claxon del carro que venía a recogerlo.

—Ahí están.

Ella aumentó su llanto. El volvió a besarla. Casi gritando, Olga le pidió: —¡No te vayas, Felipe!

El la separó muy suavemente de su pecho, cogió el gusano y se dirigió al automóvil que lo estaba esperando.

—Coño, verdad que tú sabes cocinar. Esta ropa vieja te ha quedado...

A Carmelina le gustaba mucho como cocinaba su sobrina Lula; ese día estaban almorzando un poco tarde. Eran casi las dos, y por lo regular la Hermana comenzaba sus sesiones a las tres.

—¡Qué clase de embarque me has dado con Llillo el bodeguero! Hoy, si no me ha llamado veinte veces, no me ha llamado ninguna.

—¡El pobre!

—Todavía no me explico por qué le dijiste todo eso.

—La culpa fue tuya. Cuando yo te insinué que él estaba enamorao de ti, no me contestaste nada.

—Bueno, quítamelo de arriba. Cuando vuelva, dile que esa mujer que el congo le dijo, no le conviene.

—Yo no puedo decirle eso.

—Pues que se lo diga Mambé, pero quítamelo de arriba.

—Yo no me imaginé que estaba tan metío contigo. Y si prueba tu sazón, se vuelve loco. ¿Por qué no lo invitas a comer un día?

—Déjate de jodedera tía, que te estoy hablando en serio.

—Estoy jugando contigo chica. Cuando vuelva a consultarme, te soluciono eso.

—Hazlo, por favor.

Sonó el timbre del teléfono.

—Ese debe ser él otra vez. Sal tú y dile que yo no estoy.

Carmelina se levantó y fue al teléfono.

—¿Oigo?

Desde el otro lado, una voz masculina, muy grave y muy afeminada, le habló: —Por favor, con la Hermana Carmelina.

—Es la que habla.

—Carmelina, mi nombre es Roberto y quisiera tener una entrevista con usted.

—¿Usted quiere consultarse?

—No, lo que quiero es entrevistarme con usted para plantearle un negocio que se me ha ocurrido, y que creo que puede ser muy beneficioso para los dos.

—Bueno, espérese un momento. Déjeme ponerlo con mi asistenta. Ella es la que hace las citas.

Tapó el teléfono con la mano.

—Lula, este tipo dice que tiene un negocio que proponerme, y que quiere entrevistarse conmigo.

—Dile que venga esta noche a las siete.

—Díselo tú.

Y le dio el auricular.

—¿Usted puede estar aquí a las siete de la noche?

—A la hora que usted me diga. Me interesa mucho hablar con la Hermana Carmelina.

—Pues a las siete le esperamos.

Y colgó.

—Es loca, pero además de ser loca, es gordo y es negro.

—¿Cómo sabes eso?

—Por la voz, tiene voz de negro.

—¿Y cómo hablan los negros, Lula?

—Muy grave.

—Pues yo conozco negros que tienen voz de pito.

—Bueno, déjame recoger la mesa, que ya deben estar al llegar los primeros clientes.

Sonó el timbre de la puerta.

—¡Qué boca tienes, coño! Llévame el café al cuarto, que no quiero que me vean aquí.

Se levantó y se fue. Lula le abrió la puerta a quien tocaba. Era nada menos que Llillo.

—¿Cómo estás Lula?

—Bien Llillo, adelante. Siéntese, por favor.

A él le molestó que ella lo tratara de usted. Era la primera vez que lo hacía y eso le extrañó mucho. Se sentó, y ella fue al cuarto a hablar con su tía.

—¿No oíste quién llegó?

—Sí, el gran enamorado.

—No jodas más y haz lo que te dije.

—Tráeme un buen café y después puedes mandarlo a pasar.

Cuando Llillo entró al cuarto de consulta, ya Carmelina fingía que estaba en trance. El entró sin hacer ruido y se sentó frente a ella. La Hermana empezó a hablar con la voz de Mambé, el negro congo.

—Coño, ¿tú otra vé po' aquí, Llillo?

Llillo le contestó: —Sí Mambé, háblame de ella.

—Ella tá un poco rara, Llillo.

—¿Cómo rara?

—Sí, mu rara. Porque ella tá namorá de otro hombre. Uno que no vale lo que vale tú, pero tá namorá de él. Olvida a esa mujé, Llillo.

—No puedo, Mambé. Estoy muy enamorado de ella.

—Pero ella no tá namorá de ti.

Llillo se echó a llorar.

—No llore Llillo, buca otra mujé. Esa no te conviene. Adió Llillo.

—No, no te vayas Mambé, tengo que hacerte una pregunta. No te vayas.

Carmelina empezó a hacer lo que siempre hacía: movió la cabeza, rezongó, se pasó la mano por la cara y después abrió los ojos.

—¿Qué te pasa, Llillo? ¿Por qué estás llorando?

Llillo, que era un pobre comemierda, no podía contenerse. Lloraba a moco tendío. Carmelina le alcanzó la caja de Kleenex que tenía sobre su mesa.

—Suénate bien, Llillo. No llores más, chico.

—Es que usted no sabe lo que me dijo Mambé.

—¿Qué te dijo?

Llorando y sonándose los mocos, le contó lo que le había dicho Mambé el día anterior, y lo que le había dicho en esa sesión.

—Le he contado todo esto, porque esa mujer a la que se refiere Mambé es Lula, su sobrina.

La hija de puta de Carmelina se hizo la sorprendida.

—¿Lula, mi sobrina?

—Sí, ella misma. Ayer yo no quise decirle nada a usted, pero hoy tengo que decírselo.

—Cálmate, Llillo. Coge más Kleenex y sécate bien la cara, para que allá afuera no te vean así. Y págame la sesión a mí para que no tengas que enfrentarte a Lula.

—Sí, es mejor.

Metió la mano en el bolsillo, sacó un billete de veinte dólares y lo puso sobre la mesita. Carmelina fue hasta donde estaba él, y le puso la mano por arriba.

—Cálmate. Tú eres bueno, y algún día encontrarás una mujer que te hará feliz. Cálmate, vete tranquilo.

Llillo salió de la habitación mirando para el suelo. Lula lo observó desde lejos. Después, entró al cuarto a ver a su tía que le contó lo que le había dicho a Llillo a través de Mambé. Cuando terminó su relato, Lula no se pudo contener.

—Perdóname tía, pero ¡qué hijaeputa eres!

—¿Tú no me dijiste que te lo quitara de arriba?

—Pero no así, coño. ¡Pobrecito!

—¿Hay mucha gente allá afuera?

—Cuatro. A la primera que te voy a pasar es la peluquera esa que te di los datos, la que le pegó los tarros al americano. Además de ser muy puta, es una comemierda. Habla de lo más raro: no sé quién se imagina ella que es. Le voy a cobrar por adelantado, porque cuando le dije lo que costaba la consulta, me pidió que se la rebajara porque ella estaba atravesando por una situación muy difícil.

Cuando terminaron de desfilar todos los clientes, eran las seis y media de la tarde. Sonó el timbre de la casa.

—¿La Hermana Carmelina?

—Esa soy yo. Usted estaba citado a las siete, se adelantó un poco.

—Es que todavía no tengo carro y pensé que la guagua se iba a demorar más. Si usted quiere, me voy y regreso.

—No hombre, no. Pase adelante y espéreme unos minutos.

Entró a su cuarto y Lula salió de la cocina para atenderlo.

—Mucho gusto. Ella es mi tía. Eulalia es mi nombre, pero llámeme Lula, que así me dicen todos.

—¡Ay, qué graciosa! A mí me pasa igual. Yo me llamo Roberto, Roberto Dreke, pero todos los que me conocen, me llaman Bobby.

—¿Lleva mucho tiempo aquí?

—No, prácticamente acabo de llegar. Hace solamente dos meses y pico que llegué.

—¿Quiere un poquito de café?

—¿Qué cubano rechaza esa invitación?

—Entonces voy a hacérselo. Mi tía enseguida lo atiende.

Se fue de nuevo a la cocina. Parece que tenían coordinados los movimientos, porque en ese momento salió Carmelina a atender al santero. Se sentó frente a él y le extendió la mano.

—No nos habíamos presentado, mucho gusto.

—Encantado, Roberto Dreke, pero dígame Bobby.

—Pues mucho gusto, Bobby. Usted dirá.

—Por favor, tráteme de tú, para sentirme mejor.

—Muy bien, no hay problema.

—He oído cosas maravillosas de usted; de su bodeguero, sobre todo.

—¿De mi bodeguero? No me diga que Llillo fue a verlo.

—Sí, yo venía por otras cosas, como le dije por teléfono, pero creo que después de saber el motivo por el que Llillo fue a verme, me pareció que la razón principal de mi visita debía ser otra.

—Llillo se ha consultado conmigo varias veces. Hoy mismo estuvo aquí.

—Sí, él me lo dijo. Me contó todo lo que le dijo Mambé, el congo que se apodera de usted. Ese hombre necesita ayuda, Carmelina, está desesperado.

—¿Y a qué fue a verlo?

—Me pidió que le preparara algo para dárselo a Lula, su sobrina.

—No puedo creerlo.

—Me dijo que le cobrara lo que yo quisiera, y yo no me dedico a eso, señora. Pero hay mucha gente que sí lo hace, y eso es muy peligroso. He venido a verlas para que tengan cuidado. Lo único que le ruego es que no le diga nada a nadie que yo le he contado esto. Sobre todo a Llillo. No quiero que él se entere.

—Pierda cuidado.

En ese momento llegó Lula con el café. Bobby, que era muy educado, se puso de pie al llegar ella.

—Muchas gracias, no tenía que molestarse.

Se tomó el café, lo elogió, sacó dos tarjetas de su cartera, le dio una a cada una y se despidió.

—Ha sido un placer conocerlas a ambas, pero tengo que retirarme. En otra ocasión, les prometo estar más tiempo.

Fue rumbo a la puerta y, antes de abrirla, se volvió hacia Lula.

—Dile a tu tía que te cuente. Cuando nos encontremos de

nuevo, hablaremos de negocios.

Y se fue.

—¿De qué vino a hablarte?

—Ese maricón es buena gente, me ha dicho algo que ha pasado, que cuando te lo cuente no me vas a creer.

Y le contó su conversación con el negro. Lula se quedó muda. Miraba a su tía con la boca abierta, pero no decía nada.

—¿Qué te parece?

—Yo nunca me imaginé que ese hombre hubiera sido capaz de hacer eso.

—¡Qué hijoeputa! Ahora mismo voy a ir a verlo pa' cagarme en su madre.

—Si haces eso, se va a dar cuenta que el que te lo dijo fue el santero.

—Déjame ver lo que se me ocurre, pa' que no piense eso.

Fue a su cuarto a coger su cartera. Lula la siguió.

—Tía, ten cuidado.

Ella no le respondió.

—Tía, con esas cosas hay que tener mucho cuidado. ¿Qué le vas a decir?

—No sé, chica. Cuando vuelva, te cuento.

Y salió disparada rumbo a la bodega de Llillo. Como no le quedaba tan cerca, planeó lo que iba a decirle por el camino. Cuando llegó, Llillo estaba sentado frente a su caja contadora. En cuanto la vio, salió a su paso para saludarla.

—Eh, ¿y ese milagro? ¿Usted por aquí?

—Tengo que hablar contigo urgentemente, Llillo.

—¿Qué le pasa? Dígame.

—Aquí no, tiene que ser en privado.

Llillo tenía una oficinita en el fondo de la bodega. Echándole el brazo por encima, la dirigió hacia allá.

—Venga por aquí.

Cuando entraron, Carmelina cerró la puerta.

—Cuénteme, ¿qué le ha pasado?

—A mí, nada, pero a ti te puede pasar algo malísimo. Por

eso he venido a verte enseguida. Hoy me ocurrió algo que nunca me había ocurrido.

—¿Qué le pasó?

—Cuando terminé las consultas, Lula me trajo un café, y según ella, cuando iba a tomarlo di un salto en la silla y caí en trance. Dice Lula que se apareció Mambé y empezó a dar gritos, llamándola a ella. Dice Lula que estaba indignado, que cada vez que te mencionaba a ti, te llamaba hijoeputa y decía que tú ibas a hacer algo en contra de ella. Y que si lo hacías, él se iba a encargar de que te mataran, que te vigilara porque tú eras muy hijoeputa, capaz de cualquier cosa. Dice Lula que ella te defendía, pero Mambé seguía diciendo horrores de ti. ¿Tú has hecho algo?

Llillo se tapó la cara con las manos y empezó a llorar. De vez en cuando decía: —¡Ay Dios mío!

En un momento le entró a golpes a la pared gritando:

—Perdóname, coño. ¿Cómo yo pude hacer eso?

Carmelina fue a donde él estaba, y muy maternalmente le preguntó: —¿Qué fue lo que hiciste, mijo?

—Nada, nada.

Y seguía llorando y dándole golpes a la pared. Alguien, atraído por los ruidos que producían los piñazos de Llillo, tocó a la puerta:

—¿Qué es lo que pasa? ¿Algún problema?

Llillo, para evitar que entrara el que tocó, le contestó: —No pasa nada.

Debió dejar a Carmelina que lo hiciera, porque la voz le salió muy rara. Entre las lágrimas y los mocos de la nariz, la hacía sonar distinta.

El que había tocado volvió a preguntar: —¿Seguro?

Esta vez, fue Carmelina la que habló: —No pasa nada. Es que Llillo se cayó contra la mesa cambiando un bombillo.

—Ah, bueno. Cualquier cosa, me llaman.

Llillo se sentó en el suelo y siguió llorando bajito. Carmelina fue hasta donde él estaba, y le pasó la mano por la cabeza.

—No llores más, mijito. Si hiciste algo malo, pídele a Dios que te perdone.

Y se fue. Cuando llegó a la casa y le contó a Lula lo que había hecho, esta no hacía más que reírse.

—¡Coño, te la comiste! Eres genial.

—Lo único que me faltó decirle fue que todos los días le encendiera una vela a Mambé, pa' que lo perdonara.

—Ahora será él el que tendrá que preocuparse.

Aquel día, Romerillo y todos los que trabajaban en *La Voz del Exilo* estaban de fiesta. Era lunes, y Ñoña, que era quien llevaba la contabilidad, informó que ya habían salido de los números rojos, pues la semana anterior no se había perdido dinero. La utilidad era solamente dieciocho dólares con quince centavos, pero por lo menos, su director no tendría que meterse la mano en el bolsillo para seguir operando. En la reunión leyeron una carta de Felipe en la que, por motivos de censura, no les contaba prácticamente nada, ni siquiera les decía en qué país estaba entrenándose. También habían recibido una llamada de Olga, la esposa de él, para decirles que había recibido un cheque por cuatrocientos dólares, y como ignoraba quién lo había enviado, ella no sabía si cambiarlo o no. Romerillo les preguntó a los demás:

—¿Qué creen ustedes? ¿Debe cambiarlo?

Chacho, Ñoña y Vicente, que era el que limpiaba, pero que siempre se metía en las reuniones, dijeron que sí.

—Me alegro que piensen así, porque cuando me preguntó, yo le dije que lo cambiara.

Vicente, parado en la puerta de la oficinita con el mapo en la mano, opinó: —Eso se lo manda la CIA. Esa gente es del carajo.

—Claro que es la CIA, si ellos son los que están organizando todo eso.

Romerillo sacó de su maletín unas hojas de papel escritas.

—Esto me gustaría consultarlo, porque es un asunto bastante complicao.

Dijo eso mostrando las hojas de papel que había extraído de su maletín.

—Anoche escribí esto sobre la famosa invasión a Cuba. No tengo que decirles que yo siempre he desconfiado de los americanos, y ese misterio que se traen, no me gusta nada. Quiero que en el próximo ejemplar de *La Voz del Exilio* se publique este reportaje.

Y leyó lo que había escrito. Todos lo escucharon sin interrumpirlo. Cuando terminó les preguntó:

—Díganme, ¿qué les parece?

Ñoña, frotándose las manos, comentó: —¡Qué bueno está! Eso va a ser del carajo cuando lo publiquemos. Alguien tiene que decirles la verdad a esa gente. ¿Qué crees tú, Chacho?

Rascándose la cabeza, y mirando fijamente a Romerillo, opinó:

—Yo creo que se te fue la mano ahí. Nosotros no tenemos necesidad de pelearnos con esa gente.

—Yo no me estoy peleando con nadie, estoy diciendo simplemente la verdad. Que a alguien no le guste, eso es otra cosa, pero eso es noticia. La gente quiere saber lo que está pasando, y nosotros estamos en la obligación de decirlo.

—De todas maneras, yo no me metería en eso. Nos pueden joder. Es muy fácil jodernos. Pa' evitar que sigamos saliendo, lo único que tienen que hacer es tirar aquí un cóctel Molotov y se va este negocio pa'l carajo. Fíjense que nadie hasta ahora se ha metido en eso, y nosotros no debemos ser los primeros. Todo el mundo sabe que es la CIA la que está al frente de esa operación, y todo el mundo sabe que se están entrenando en Guatemala, pero nadie lo publica.

—En treinta años que llevamos de casados, nunca te había oído hablar así. Te me has apendejao después de viejo. Les has cogido miedo a los americanos.

—Miedo no, chica, pero ¿qué ganamos con eso?

Romerillo intervino: —Ganamos mucho Chacho. Después que publiquemos eso, nos van a respetar, algo que hasta ahora no ha ocurrido. Y si nos tiran ese cóctel que tú dices, vamos a ser mucho más importantes.

—Yo opino igual que tú. Mi marido está viendo fantasmas.

—Y en ese artículo, yo no digo todas las cosas que sé. Por ejemplo, ya están grabando las noticias que va a sacar al aire por Radio Swan el día que invadan Cuba. Esta famosa invasión está basada en la mentira. ¿Ustedes saben lo que es eso? ¿Grabar noticias que todavía no han ocurrido? Alguien tiene que decir eso, Chacho, y vamos a ser nosotros.

Ese viernes salió publicado el artículo de Romerillo. Al pobre Vicente lo hicieron hacer la guardia durante toda la noche, para evitar que le hicieran algún atentado a *La Voz del Exilio*, pero no pasó nada. Los pocos que lo leyeron no lo dieron importancia, o creyeron que era mentira.

Dos semanas después de haber sido publicado el controversial artículo del director, este volvió a reunir a su personal que ya contaba con dos empleados más, para hacerles saber que iban a ampliar el local. La juguetería de al lado había quebrado, y Romerillo había alquilado el espacio que dejaban para ampliar el negocio. Además, instalaría allí la maquinaria necesaria para imprimir ellos mismos el periódico.

Cuando terminó la reunión, Chacho se lo llevó para un lado y le preguntó: —¿De dónde coño has sacado tú tanto dinero?

El director sacó de su cartera un cheque a su nombre por cinco mil dólares.

El "coño" que echó Chacho, lo oyó todo el mundo, y alguien desde lejos preguntó: —¿Qué pasó ahí?

Entonces, bajó la voz y volvió a preguntarle: —¿Quién te dio eso?

—No importa quién me lo dio. Lo que hay que destacar aquí es, que en esta ocasión, triunfó mi intuición periodística.

—¡Que hijoeputa eres! ¿Tú sabías que esto iba a pasar?

—Claro. Parece mentira Chacho, que tú, que llevas tanto tiempo en este negocio, no te hubieras dado cuenta. Esto que yo hice, es el ABC del periodismo político.

—Pero, por pura curiosidad, ¿quién te lo dio?

—¿Pa' qué te lo voy a decir, si tú no lo conoces? Conténtate con saber que es alguien vinculado a los americanos.

La edición de *La Voz del Exilio* que salió el siguiente viernes, contaba con cuatro páginas más.

Aquel día, cuatro de los que habían hecho negocio con Tico para sacar la licencia de manejar, estaban esperando por él allí en el Highway Patrol, desde las ocho de la mañana. Llegó un poco tarde, pero enseguida se reunió con ellos en un localcito que tenía cerca de allí, para prepararlos para el examen escrito. Cuando les llegaron sus turnos, los cuatro aprobaron. En el examen práctico, uno de ellos, que había sido chofer de una guagua en La Habana, fue desaprobado por no aparcar bien. Salió de la oficina del Highway Patrol encabronao, diciéndoles a los que estaban en el portal:

—Ese que me examinó es un comemierda, decirme a mí que yo no sé manejar. Yo que fui quince años chofer de los Omnibus Aliados.

Fue el único a quien Tico no logró sacarle la licencia ese día. Los demás, todos aprobaron. Uno de ellos tuvo dificultad a la hora de aparcar, pero Tico, que no quería que le sucediera lo mismo que al chofer de las guaguas, le gritaba lo que tenía que hacer, hasta que su discípulo lo hizo bien.

—Córtalo todo… No tanto… así.

Tico, como sabía que el que lo estaba examinando no hablaba español, estaba muy confiado. Pero el inspector, cuando terminó su examen, fue hasta donde él estaba y le llamó la atención:

—I don't know what you told him, but don't do it anymore.

De allí salimos como a las diez de la mañana. Tico volvió a la agencia de carros nuevos. No sé cuál fue el que escogió para sustituirme a mí, pero cuando yo vi a uno de los empleados llegar hasta donde yo estaba con la llave en la mano, pensé: Me jodí. Tico me cambió. Y me puse triste. Porque Tico, además de tenerme siempre limpio y perfumado, frecuentaba lugares agradables y alternaba con gente simpática y jodedora. Cuando lo vi irse en su carro nuevo, un Cadillac blanco, le pedí a Dios que me consiguiera otro dueño como él.

El Centro Vasco estaba abarrotado. Cuando Tico llegó y vio aquello, se encabronó.

—¿De dónde salió tanta gente? Yo invité na' más que treinta o cuarenta personas.

Juanito, el dueño, que lo vio llegar, se acercó a él.

—Esto es del carajo, Tico. Yo cociné para cincuenta personas y aquí hay como doscientas.

—Bueno, manda a buscar más bebida, haz más comida, trae más camareros, pero yo no puedo hacer el ridículo.

—Ese es el problema de las fiestas estas, que se cuelan una pila de descaraos.

—¿Qué le vamos a hacer?

La orquesta empezó a tocar y tuvieron que continuar la conversación a gritos.

—Resuélveme esto, Juanito, que yo sé que tú puedes.

—Me cago hasta en la hora en que nací. A mí siempre me pasa igual.

Y se fue rumbo a la cocina. Tico se dirigió al bar. Allí se encontró con Jorge, el dueño del Oasis.

—¡Coño, qué bueno que viniste!

—¿Qué te parece mi orquesta?

—Muy buena, pero ve allí y diles que toquen un poco más

bajito, porque no se puede ni hablar.

—Las fiestas no son pa' hablar. Son pa' bailar y beber.

En ese momento llegó Tania, acompañada de Ricardo, su futuro marido.

—Mira Jorge, ella es la novia.

Jorge, haciéndose el que no la conocía, se inclinó ante ella.

—Mucho gusto, Jorge Miranda.

—Y él es el agraciado futuro marido de ella.

La orquesta paró de tocar y se oyó la voz del que había instalado las bocinas, que siempre quería destacarse como maestro de ceremonias, y que no sabía ni hablar: —Silencio, por favor, silencio.

Pero todos seguían hablando.

—Hagan silencio, por favor, que va a empezar la ceremonia del enlace matrimonial.

Uno que estaba cerca de él, le dijo: —Tú no cambias, siempre hablando mierdas.

Poco a poco fueron haciendo silencio. Los que se casaban se sentaron a una mesa frente al abogado que había llevado Tico, que ya tenía un peo del carajo. Primero se le perdieron los espejuelos, y después no encontraba los papeles. Al fin empezó la ceremonia, como anunció el de las bocinas.

Después que ambos firmaron, empezaron las felicitaciones, y a pesar de que casi todos los que estaban allí llevaban poco tiempo en los Estados Unidos, ya habían adquirido la costumbre esa de besar a la novia. Jorge se aprovechó, y cuando le llegó su turno, acercó su cara a la de Tania, la besó y le dijo al oído:

—¿Por qué me hiciste esto?

El de las bocinas, sin contar con la orquesta, anunció el vals del aniversario. Kiko, el director, encabronao, le gritó desde el piano:

—¿Qué coño es eso chico?

—¿Tú no conoces el vals del aniversario?

—¡Vete pa'l carajo! No anuncies más na' y ocúpate de tu

sonido.

La fiesta le costó a Tico casi el doble de lo que él había calculado, pero quedó muy buena.

Cuando en Miami se supo la noticia de la invasión de Playa Girón, la alegría entre los exiliados fue tremenda. Una estación de radio que transmitía en español, a cada rato daba un anticipo de la guerra en Cuba, que los hacía saltar de alegría y gritar: ¡Viva Cuba libre!

De acuerdo con las noticias de la radio cubana de Miami, el Comandante Almeida había caído preso con todos sus ayudantes, Raúl Castro había sido fusilado, Fidel se había ido del país, y las tropas cubanas ya habían ocupado los cuarteles de casi toda la isla. Las noticias no podían ser mejores; decenas de cubanos se amontonaban frente a las oficinas del que llamaban Frente Revolucionario Democrático, para tratar de comprobar lo que habían escuchado por radio. Los dirigentes máximos no estaban allí, pero habían designado a uno que trabajaba con ellos, para que se comunicara con los exiliados y les informara cómo iba todo. De vez en cuando, el hombre salía de las oficinas y se dirigía a los que allí estaban:

—Acabo de hablar con Arencibia en Washington, y me informó que las tropas nuestras ya llegaron a La Habana y ocuparon el campamento de Columbia.

Todos gritaban y aplaudían. No transcurría ni una hora, sin que el hombre saliera a dar más informaciones:

—Ya se calcula que hay más de mil milicianos muertos y como cinco mil prisioneros. Nuestras tropas siguen avanzando.

Un hombre sacaba del bolsillo una caja de cigarros y una de fósforos; las ponía sobre una mesita que había allí, y les explicaba a los exiliados cómo se estaba llevando a cabo la invasión.

Señalando la caja de cigarrillos, les decía: —Estas son las

tropas de los comunistas.

Después agarraba la caja de fósforos y agregaba: —Y estas son las nuestras.

Volvía a agarrar la caja de cigarros: —Los comunistas están aquí —y la colocaba en un extremo de la mesita—. Y nosotros los tenemos cercados, porque nuestros hombres están atacándolos por aquí atrás.

Decía eso con la caja de fósforos en la mano, y seguía la alegría entre los que escuchaban. Seguían los aplausos y los gritos de ¡Viva Cuba libre! Eso se repitió durante dos días, pero al tercer día, las buenas noticias se acabaron: ya se sabía que la invasión había sido un fracaso. El presidente Kennedy le negó a los cubanos su apoyo, y los fidelistas fueron los vencedores. Aquel grupo de cubanos que frecuentaba las oficinas del Frente Revolucionario no se resignaba, y continuaba asistiendo allí para saber si era verdad lo que habían escuchado por radio. Esperaron como dos horas por el hombre que siempre les informaba. Ya molestos, empezaron a golpear la puerta de las oficinas y el hombre salió y se dirigió a ellos, pero los gritos no permitían que se escuchara lo que les decía. Al fin alguien empezó a pedirles que se callaran, para poder enterarse de lo que pasaba.

—Hagan silencio, por favor.

Pero las protestas seguían:

—A mí no hay cosa que me joda más que me engañen.

—Y a mí.

—Pero dejen que el hombre hable, coño, pa' saber en qué ha parao la cosa.

Poco a poco dejaron de gritar. Cuando hicieron silencio, el hombre, con una cara de mierda del carajo, se dirigió a ellos:

—Señores, acabo de hablar con Arencibia en Washington, que es quien nos ha estado informando durante todos estos días, y me ha dicho que todo ha fracasado. Cientos de nuestros hombres han caído en poder del enemigo. Todavía no sabemos la cantidad exacta de nuestras bajas, pero se supone que sean bastantes. Total, que perdimos: todo ha sido un fracaso.

En medio del corto silencio que se hizo, un viejo, que iba todos los días a obtener información, se dirigió muy finamente al vocero del Frente Revolucionario.

—Por favor, ¿me puede decir su nombre?

—Medardo.

—Muchas gracias, Medardo. ¿Usted me puede dar la dirección del señor Arencibia en Washington, el que ha estado dándole a usted todas esas noticias sobre la invasión?

—Sí hombre, cómo no. ¿Para qué la quiere?

—Pa' cagarme en su madre. Llevo tres días, como un comemierda, con una caja de cigarros y una de fósforos, explicándole a la gente cómo estábamos realizando la invasión.

Aquel viernes, el ejemplar de *La Voz del Exilio* estaba dedicado a Felipe. En primera plana aparecía su fotografía, con un pie grabado grande que decía: "Murió por la libertad de su patria". Debajo podía leerse una biografía de Felipe Oviedo, que figuraba en la lista de invasores que habían caído en Playa Girón. Ese día, todos los del periódico visitaron a su viuda.

—¿Ustedes creen que este sacrificio que ha hecho mi marido ha servido para algo?

Romerillo, a quien le gustaban estas situaciones, se sentó junto a ella para consolarla. A él, en su pueblo, lo contrataban para despedir duelos en el cementerio y ese trabajo lo disfrutaba mucho.

—Tú sabes cuánto yo distinguía y quería a Felipe. Su dedicación a la libertad de su patria, me hizo admirarlo desde que lo conocí, y eso que ha hecho, lo inmortalizará. Cuando sus hijos crezcan, vivirán orgullosos de que su padre haya sido un patriota que ofrendó su vida para ver a su patria libre.

Olga casi no le prestó atención: solamente lloraba abrazada a sus hijos.

El mayor de los dos que contaba tres años, le preguntó: —¿Y papi cuándo viene, mami?

Esta vez fueron todos los que lloraron. Cuando salieron de allí, fueron oyendo en el radio del carro el programa de Avelino, en el que solamente se hablaba de la invasión de Playa Girón. Familiares de los que habían participado en ella, eran entrevistados por Avelino. Ese día ofreció un premio a la primera persona que llamara diciendo quién era el autor de una poesía, cuyo final era: "Que no deben ondear dos banderas, porque basta con una, la mía". Enseguida llamó uno de los oyentes.

—El autor es Bonifacio Byrne. ¿Quiere que se lo recite completo? Con esos versos yo me gané un premio en La Corte Suprema del Arte.

—No, no es necesario, con el final tenemos. Pase mañana por nuestros estudios para que recoja el premio.

El premio consistía en una banderita cubana, con un letrerito enroscado en el palito que decía: "Show de Avelino Morejón", que así se llamaba su programa.

Volví a caer en la farándula. Mi nuevo dueño era el director de la orquesta del cabaret Montmartre. Antes de ir a su casa, fue a ver a su querida para dar una vueltecita con ella.

—Pero mira como estoy, Chino. ¿Me vas a sacar de la casa con esta ropa? Ni siquiera me he peinado.

—Eso no importa, nadie se va a dar cuenta. Móntese en su Cadillac.

Y dio por el barrio la vueltecita que se había prometido a sí mismo.

Había pasado el tiempo. Lo de Playa Girón había quedado atrás. A mí me parece que esa fue la última esperanza de los exiliados. Los que no habían zafado sus maletas se decidieron a hacerlo, porque todo indicaba que eso iba a ser largo y tendido. Si a alguien le preguntaban:

—¿Qué tú crees de esto?

Le contestaban: —¿Esto? Esto pica y se extiende.

Ya había en Miami muchos lugares para bailar y divertirse. Uno de ellos, el Montmartre, presentaba esa noche a Julio Iglesias. Cuando la orquesta del Chino ejecutó el primer número, se llenó la pista de baile. El cabaret estaba totalmente lleno, no cabía ni un alfiler. Esa noche, Julio Iglesias haría su primera presentación fuera de España: ya estaba empezando a gustar en América y su debut en Miami representaba mucho para él. A las doce en punto se apareció en la pista. Después de la gran ovación que le dieron al salir, cantó como diez minutos antes de saludar al público. El cabaret estaba lleno de cubanos y él lo sabía. Lo que no sabía era que si iba a cantar a Cuba no podría pasar por aquí jamás. Y en su saludo, después de decir: "Estoy encantado de estar aquí", y todas esas mierdas, se le ocurrió anunciar que, debido a tantas cartas que había recibido de Cuba, viajaría próximamente a la isla para presentarse allí. Aquello fue del carajo: una mujer que se estaba comiendo un bistec en una mesa muy cerca de la pista, se levantó con el plato en la mano y le gritó al marido:

—¿No te dije, Pipo, que este tipo era comunista? —y le tiró el bistec con plato y todo.

Ese fue solamente el comienzo. Después empezaron a gritar y a tirarle pedazos de hielo, vasos, botellas, cubiertos, floreros, sillas y de todo cuanto había en el cabaret. A él se lo llevaron corriendo para el camerino y lo encerraron allí hasta que llegó la policía, que para protegerlo, se lo llevó en uno de esos carros que ellos usan para trasladar a los delincuentes. Esa noche, desde luego, todo terminó, como dicen los cubanos, como la fiesta del Guatao. Según le oí decir al Chino, cuando empezó la bronca, el dueño del Montmartre le gritaba a los músicos: "Sigan tocando, no paren", para ver si eso ayudaba en algo a solucionar el problema. Pero aquello no había quién lo parara. Al director le jodieron el contrabajo, a uno de los cantantes le explotaron una botella en la frente, y después, para terminar bien la fiesta, cuando el Chino iba a recoger el carro acompañado de su querida Ivonne, su mujer, Ofelita, salió de atrás de una pared y les entró a carterazos a los dos, mientras gritaba:

—¡Me dejaste en la casa para venir con la puta esta a ver a Julio Iglesias!

Esa noche me di cuenta que estos nuevos dueños míos eran bastante chusmas.

El Chino, mi nuevo dueño, se fue del Montmartre con su orquesta para la playa. Hizo negocio con Miranda, el dueño del Oasis, y a mí me gustó el cambio. El Montmartre era más concurrido y más céntrico, pero en el Oasis, el Chino me parqueaba bajo techo. Por cierto, nunca supe por qué le decían el Chino. Era un cubano típico. Y la sortija de brillantes, el reloj enorme que lucía en su mano izquierda y los espejuelos calobar que usaba hasta de noche, lo identificaban como tal.

El Oasis abría los siete días de la semana. Y allí estaba el Chino con su orquesta todas las noches: solamente los viernes y los sábados iba suficiente gente como para no perder dinero. El show que presentaba era malísimo: tenían a una pareja de maricones españoles, muy gordos los dos, que cantaban y bailaban. Los acompañaba un cubano viejo, que se dedicaba a tocar música flamenca en Cuba. En la cara se le notaba el disgusto que le producía ese trabajo. Aquel par de gordos, ni cantaban, ni bailaban, y yo creo que no eran ni andaluces. El show lo cerraba una putica que bailaba rumba; su nombre artístico era Yuya, la atómica. Tampoco servía. Como les dije, los días entre semana no iba casi nadie, y yo me aburría como carajo.

Una de esas noches —creo que era martes— se presentó allí, sola, mi primera dueña. Me dio mucha alegría verla de nuevo. Las luces de la entrada me permitieron contemplarla: lucía bella. No pude oír lo que decían, pero el portero se derretía atendiéndola.

—Buenas noches, ¿está el señor Miranda?

—¿De parte de quién?

—Mi nombre es Tania, estoy citada con él.

—Adelante, por favor.

La condujo a la mesa que siempre usaba Miranda cuando tenía alguna invitada.

—Siéntese aquí, por favor. Enseguida le aviso. Me dijo que se llamaba Tania, ¿no?

—Sí.

Fue hacia el interior del restaurante, y casi al momento se presentó Jorge.

—Yo creía que no ibas a venir.

—¿Por qué?

—No sé, me parece que me estás huyendo. Te he llamado un montón de veces.

—Y yo siempre te he contestado tus llamadas.

—Bueno, no vamos a discutir eso. Lo importante es que estás aquí, tan bella como siempre.

Se apareció el camarero, sin que nadie lo hubiera llamado, con una botella de champaña dentro de una hielera y dos copas finísimas. El muy bruto le sirvió primero a él, y Miranda le indicó que había metido la pata. Se dio cuenta y cambió las copas.

A esa misma hora, en casa de Carmelina tocaron a la puerta. Lula preguntó:

—¿Quién es?

—Bobby.

—¿Qué Bobby?

—Qué pronto te olvidastes de mí.

Para hacerse el muy educado, metía eses donde no iban. Lula fue hasta donde estaba su tía, y le habló muy bajito:

—Es el negro santero. ¿Qué le digo?

—Déjalo pasar.

Lula le abrió la puerta.

—Buenas noches. ¿Cómo están por aquí?

—Bien, muy bien. Pase adelante, Bobby.

—Muchas gracias.

Carmelina, desde donde estaba, lo saludó: —Eh, ¿y ese milagro?

—Perdóneme que la moleste a estas horas de la noche.

—No hombre, no hay problema. ¿Qué se le ofrece?

—Quisiera consultarme con usted lo más pronto posible.

Lula intervino: —¿Qué le parece mañana a las diez?

—¿No podría ser ahora?

—¿Ahora?

Se volvió hacia Carmelina.

—Señora Carmelina, si yo no estuviera atravesando por un momento tan amargo y triste, no le pediría que me atendiera a estas horas de la noche. Pero es que no aguanto más.

Se puso las manos en la cara y se echó a llorar, arrodillándose delante de ella.

—Por favor, señora Carmelina, atiéndame, que estoy sufriendo mucho.

—No se ponga así, hombre.

El negro, inconsolable, puso su cabeza entre las rodillas de la adivinadora.

—Trate de evitar que yo me suicide esta noche, por favor…

Carmelina se llevaba bien con los maricones, pero los santeros le caían muy mal. A pesar de eso, se condolió del pobre negro. Le levantó la cabeza, lo agarró por los hombros y lo puso de pie.

—Voy a complacerlo, pero no llore más. Venga conmigo.

Y lo llevó con ella a la habitación donde daba sus consultas.

Lula se quedó contemplando el cuadro, y después dijo: —Bobby me jodió la noche que yo quería acostarme temprano.

Aquella noche en el Oasis había muy poca gente. Jorge invitó a Tania a bailar, pero no la llevó hasta la pista. Se quedó con ella en un rinconcito oscuro que estaba al lado de su mesa. Bailaban, y Jorge la apretó contra él. Tania, que ya había tomado varias copas de champán, no lo rechazó.

—Acuérdate que estás bailando con una mujer casada.

Eso se lo dijo con mucha putería.

—A mí no tienes que recordarme eso. Yo fui a tu boda.

La apretó más y le dio un beso.

Cuando terminó la música, estaban dándose la lengua.

Por mucho que Carmelina le aconsejara, Bobby no dejaba de llorar; ella empezó a tutearlo: —No llores más.

Pero él, como si no la oyera, cada vez lloraba más alto.

—No llores más, que así no puedo trabajar.

El negro continuaba llorando, y ella se cansó.

—¡Cállate ya, coño!

Al fin, Bobby le hizo caso. Cogió un Kleenex de la cajita que estaba sobre la mesa, se secó las lágrimas y dejó de llorar.

—Cuéntame, ¿qué te pasa?

—Ay, señora Carmelina, ¡qué triste es lo que me pasa!

—No vuelvas a empezar a llorar, porque te boto de aquí, coño.

—No voy a llorar más.

—Bueno, cuéntame.

Haciendo un esfuerzo por no derramar una lágrima, empezó a confesarse.

—Yo estaba muy enamorado, señora Carmelina. Estaba no, estoy. El es un muchacho americano de muy buena familia. Lo conocí hace un poco más de un año. El se interesó por la religión que yo profeso y vino a verme. Perdóneme que le hable así, pero tengo que contarle las cosas tal y como sucedieron, para que usted pueda tener una buena idea de lo que me ha pasado.

Todo aquello era muy desagradable para la tía de Lula.

Nunca se había encontrado en una situación como esa. Estuvo a punto de decirle que se fuera pa'l carajo, pero se contuvo y lo dejó continuar.

—Desde que lo vi, me enamoré de él. Tiene veinticinco años, es rubio, y tiene los ojos verdes.

—No entres en tantos detalles, que eso no me interesa.

—Está bien. Como le dije, quedé flechado enseguida. Hemos vivido juntos más de un año. Yo era muy feliz, y creo que también él lo era…

Y volvió a llorar. Las lágrimas y los mocos, mezclados, los tenía sobre el labio superior, amenazando con llegarle a la boca. Carmelina cogió un Kleenex de la cajita y se lo puso en la mano.

—Límpiate. Ya te dije que no lloraras más.

Trató de levantarse. Carmelina se dio cuenta que sus intenciones eran ir hasta donde estaba ella y abrazarla. Lo agarró firmemente por los hombros y le dijo:

—No te muevas de ahí. Ya te advertí que si continuabas así, te saco de aquí.

Y le gritó a su sobrina: —¡Lula, trae un vaso de agua!

Después de mirar a la vieja, y sin saber qué decir, cogió varios Kleenex, se sonó la nariz y se secó la cara. Cuando Lula llegó con el agua, ya estaba más repuesto. Ahora la excitada era la consejera: todo aquello le daba asco, y quería terminar la consulta lo más pronto posible.

—¿Qué más? ¿Qué quieres que yo haga? ¿Qué quieres que te diga?

—Sólo quiero que me aconseje.

—Mira Bobby, si tú fueras mujer, a lo mejor yo podría darte un consejo, pero en estas cosas de macho con macho no sé qué decir. ¿Con quién se te fue él?

Llorando otra vez, le contestó: —No me recuerde a ese desvergonzado.

Carmelina ya no podía soportar más aquella situación. Se levantó, fue hasta donde estaba el negro, casi lo obligó a ponerse de pie, lo llevó hasta la puerta de la habitación, salió con él a la sala, cogió una de las velas que le tenía encendida a la Santa Bárbara de Lula, la apagó, y se la puso en las manos.

—Enciéndele esta vela a San Judas Tadeo. Yo no sé en tu religión a quién tienes que encendérsela, pero en la mía, San Judas es el santo de los imposibles. La visita, págasela a mi sobrina antes de irte.

El pobre negro asentía con la cabeza a todo lo que Carmelina decía. Le dio treinta dólares a Lula y se fue.

—¿Por qué lo trataste tan mal? Yo oí todo lo que le dijiste.

—Ay Lula, no jodas. ¿Qué le puedo yo aconsejar a un maricón viejo para que recupere a un americano de veinticinco años, rubio y de ojos verdes?

—No debieras haberle consultado.

—Yo no sabía que venía a plantearme un problema de adulterio.

—Ay tía. ¡Eres del carajo!

Tania y Jorge se despertaron tarde, ella primero que él. Cuando el dueño del Oasis abrió los ojos, se la encontró frente a la cama, vestida y maquillada, con una taza de café recién colado en la mano.

—Buenos días.

Jorge se incorporó, y la contempló durante un rato.

—Deja el café ahí en la mesa y ven pa' acá, anda.

—¿No estás satisfecho todavía?

—Contigo nunca estaré satisfecho. Quítate esa ropa y acuéstate aquí al lado mío.

Tania puso la taza de café sobre la mesa y se sentó en la cama, cerca de él. Ahí comenzó la segunda tanda. Estuvieron templando hasta las tres de la tarde. Estando todavía en el apartamento de ella, vieron por televisión la noticia de que el presidente Kennedy había llegado a un acuerdo con Fidel Castro, para que este devolviera a los prisioneros de Playa

Girón: el gobierno americano tendría que enviar a Cuba sesenta y cinco millones de dólares en alimentos y medicinas. Cuando el locutor terminó de hablar, Jorge le gritó desde la cocina:

—¿Qué te parece eso?

—No me interesa. Mañana voy a presentar mi demanda de divorcio, y cuando él llegue aquí, ya no seremos marido y mujer. Vamos a comer algo, que me estoy muriendo de hambre.

Cuando unos días después, Ricardo llegó a Miami en el segundo vuelo que traía a los de la Brigada 2506, alguien se encargó de darle la noticia de su divorcio, en cuanto salió del avión. El día que fue al apartamento a buscar las pocas cosas que allí le quedaban, Tania no se encontraba. Recogió todo y le dejó una nota a su ex-mujer al lado del teléfono: "Me alegro que lo hayas hecho antes de llegar yo. Ya me habían dicho lo bien que te habías portado durante mi ausencia."

El periódico de Romerillo había crecido: ya tenía más de treinta páginas. De los anuncios no podían quejarse, cada día tenían más. Aquel día, el director se reunió con todo su staff.

—Tengo dos noticias que darles: una buena y otra mala.

Ñoña dijo enseguida: —Di la buena primero.

—O.K. La buena noticia es que en la última tirada vendimos más de tres mil pesos en anuncios.

—¿Y la mala?

—Que la CIA nos ha retirado su apoyo económico.

Chacho, el jefe de redacción, a quien aquel negocio con la CIA nunca le había gustado, se adelantó a todos: —Que se vayan pa'l carajo. Ese trato nunca debimos haberlo hecho.

Ñoña, su mujer, que era menos anti-americana que él, suavizó un poco.

—No digas eso, mi vida. ¿Alguna vez te dijeron sobre lo que tenías que escribir o sobre lo que no debías decir?

—No, pero no hacía falta. Aquí sabíamos, por ejemplo, que no se podía hablar mal de ellos o del gobierno.

Ñoña intentó hablar otra vez, pero Romerillo la frenó con una señal. Quería contestarle a Chacho, porque le jodió lo que este había dicho respecto al trato con la CIA.

—Mira Chacho, la CIA le salvó la vida a este periódico. Cuando yo te dije lo que había logrado, para que ellos mantuvieran la salida de *La Voz del Exilio*, tú mismo me felicitaste. ¿Te acuerdas?

Chacho no le contestó.

—Contéstame. ¿Se te olvidó que tú me felicitaste cuando aquello?

—Bueno sí, pero eran otros tiempos.

—Claro que eran otros tiempos. Y si yo hubiera rechazado la oferta de ellos, *La Voz del Exilio* se iba pa'l carajo, porque no podía inventar el dinero que hacía falta para mantenerlo.

—No, yo estoy de acuerdo contigo.

—Entonces, ¿por qué dijiste que ese trato nunca debíamos haberlo hecho?

—No lo des tanta importancia a eso, chico.

—¿Cómo no voy a darle importancia, coño, si yo fui el que hice el trato?

Ñoña intervino: —Bueno, dejen ese tema. Vamos a trabajar, que estamos bastante atrasados para la edición del viernes.

Se fueron todos menos Chacho, que se levantó, cerró la puerta y se sentó de nuevo, pero esta vez, al lado de Romerillo.

—¿Y tú no piensas trabajar?

—Claro, pero antes quiero hablarte de algo muy personal.

—¿De qué se trata?

—Yo no te conozco desde hace tanto tiempo, pero siempre te he respetado.

—¿A qué viene eso?

—Desde hace algún tiempo estaba por decirte esto, pero como uno hace con su vida lo que le da la gana…

—Termina con los preámbulos, Chacho. ¿Qué es lo que te pasa?

—Aquí todo el mundo sabe que estás viviendo con Olga.

—¿Y eso qué tiene que ver? Ella es una mujer y yo soy un hombre.

—Sí, pero ella es una mujer viuda, de un hombre que fue amigo tuyo.

—Felipe murió hace tiempo, Chacho. Y tanto a ella como a mí nos hacía falta compañía.

—Pero coño, ¿habiendo tantas mujeres?

—Esa es la que me gusta, y no me hables más de eso.

—Metí la pata, no debí habértelo dicho.

—No te guíes por las maquinaciones que te da tu mujer.

—No, ella no me ha dado ninguna maquinación. El culpable fui yo que me equivoqué.

Ahí terminó la conversación. Se levantó, y cuando estaba cerca de la puerta se volvió.

—¿Hasta cuándo le envío a Olga el chequecito semanal?

—Hasta que este periódico cierre, se venda o se queme. Ese cheque se le envía porque su marido, aunque no había ningún papel firmado, era fundador y accionista de *La Voz del Exilio*.

Después del fracaso de Playa Girón, el exilio empezó a cambiar: esa había sido nuestra última esperanza. Ahora el pesimismo era general. Aquí van algunas de las frases u opiniones que escuché en la calle, además de "Esto pica y se extiende", como mencioné anteriormente: "Aquí el que no se adapte, está muy mal", y "Hay que aprender inglés; el que dentro de poco no hable ese idioma se jode."

Y a los cubanos no les quedó más remedio que adaptarse. La emisora desde donde transmitía su micrófono abierto Avelino Morejón, se convirtió en totalmente hablada en español, y lo nombraron director de la misma. Se abrieron decenas de bodegas y restaurantes cubanos. Los supermercados americanos, en vista de la competencia, se llenaron de yuca, boniato y plátano maduro. Miami siguió recibiendo a los cubanos: más de cien mil habíamos salido de Cuba. No voy a contar cronológicamente todo lo que ocurría en Cuba y en Miami durante todo aquel tiempo, pues pasaron muchas cosas. Y cada vez que en la isla empezaban a protestar, Fidel inventaba algo para que salieran de allí. Así inventó los vuelos de la libertad, Camarioca, Mariel, etc.

The Miami Herald sacó una edición en español, *El Nuevo Herald*, y te la mandaban a tu casa gratis junto con la edición en inglés. Como habían muchos que preferían leer en español, *El Nuevo Herald* empezó a crecer. El *Diario Las Américas*, siempre fiel a nuestra causa, sufrió un poco con la aparición de *El Nuevo Herald*. Al principio de los setenta, habían bodegas y restaurantes cubanos por todo el condado Dade. Algunos de los nombres que le ponían, recordaban pueblos y regiones de Cuba: El Rincón de Güira de Melena, La Cuevita de Marianao, y El Tomeguín de Guane, entre otros.

La cifra de agrupaciones anti-castristas ya pasaba de cien. El número de emisoras que transmitían las veinticuatro horas del día en español aumentó. Algunas de ellas empezaron a transmitir menos números musicales cubanos, y más grabaciones de orquestas y cantantes españoles. Avelino Morejón fundó una agrupación anti-castrista y creó un programa de micrófono abierto para que sus oyentes opinaran de política.

Yo volví a cambiar de dueño. Ya al Chino le daba pena llegar al Oasis con un Cadillac viejo. Después de haber estado con él más de diez años, me causó tristeza caer otra vez en una agencia de carros usados, sin saber quién sería mi nuevo chofer. Mientras estuve con el Chino, la pasé muy bien. Siempre me ocupaba gente de la farándula. Y hasta las broncas que tenían entre ellos me divertían. Además de la noche del concierto de Julio Iglesias, hubo otro escándalo. Cuando

Ofelita se escondió detrás de mí para sorprender a su marido con Ivonne, también la pasé de lo mejor. El Chino iba muy confiado a recoger a su querida, quien venía de lo más emperifollada. En cuanto entró y lo besó, su mujer, que era bastante chusma, salió gritando y dándole carterazos a su rival:

—¡Bésalo otra vez, hijaeputa!

Ivonne se aguantaba el pelo con las dos manos, tratando de evitar que Ofelia la despeinara con la cartera y le gritaba a su amante:

—Pero haz algo tú, coño. Aguanta a esta loca.

La gente del barrio y los que pasaban por allí, la estaban pasando de lo mejor. Después Ofelia la emprendió también con su marido, y en el primer carterazo le rompió los calobares.

—Te lo dije maricón, que si te volvía a agarrar con ella te ibas a acordar de mí.

—Está bueno ya chica, coño. Estás haciendo el ridículo.

—El ridículo lo estás haciendo tú, hijoeputa.

La bronca terminó cuando dos de los vecinos intervinieron, y le quitaron a Ofelia de encima a los dos.

Pero volviendo a lo que les decía anteriormente, me sentí muy mal cuando el Chino me cambió por un carro nuevo.

A Emilito siempre le había gustado la política. El, que tenía solamente dos años cuando su familia lo trajo de Cuba, no se expresaba muy bien en español, a pesar de que ese era el único idioma que se hablaba en su casa. Su padre, que había sido concejal en La Habana, quería que su hijo siguiera su ejemplo y asistiera a cuantas reuniones celebrara su partido en el barrio. Siempre le decía: "Fíjate bien en todo esto, porque dentro de poco tú vas a ser comisionado."

Una noche, en una comida que ofreció en su casa a un americano que aspiraba a la alcaldía, brindó por el triunfo de este y le presentó a su hijo Emilito, que ese día cumplía catorce, como futuro comisionado de la ciudad de Miami. Todo eso se lo dijo en español, y Junior se encargó de traducirle al gringo. Nadie se explicaba cómo se entendían, cuando estaban solos él y el americano.

La Flor del Southwest se llamaba el restaurante que Romerillo había escogido para las tertulias de los sábados. Allí se reunían a las once de la mañana, y hablaban mierdas hasta la una; le servían el almuerzo, que pagaban entre todos, y seguían hablando hasta las tres o las cuatro. A la primera tertulia, Romerillo invitó a un profesor universitario, un ex-alcalde de La Habana, un ex-ministro del gobierno de Batista, un expreso político y Avelino Morejón, que no sabía un carajo de lo que allí se hablaba, pero que era director de la emisora en español que más se oía en Miami. Asistieron a esa primera tertulia casi veinte personas, muchas, para poder llevar a cabo una discusión de altura, como decía el director de *La Voz del Exilio*, pero algunos invitados llevaron con ellos a amigos o parientes. Romerillo, para que se enteraran de lo que no sabían, que el almuerzo después de esa reunión, sería pagado por los asistentes, lo dijo antes de empezar a discutir algún tema.

—El que no desee participar del almuerzo, que levante la mano.

Seis lo hicieron. Chacho los contó y llamó al dueño de la Flor del Southwest.

—Oye, vamos a ser trece. Anuncia lo que nos van a dar, por si hay alguien que no come pollo.

Bautista, que además de dueño era el chef, se dirigió a todos.

—El plato fuerte va a ser arroz con pollo.

Uno del grupo dijo bajito: —Este hace un arroz con pollo del carajo.

—Primero les serviré una ensalada. De postre pueden

escoger entre boniatillo y arroz con leche y, desde luego, café. ¿Qué les parece?

Casi a coro dijeron que les gustaba el menú.

—O.K. Pues ahora vengo pa' acá, porque yo también quiero participar de esto.

Y se fue. Romerillo tomó de nuevo la palabra:

—Damos comienzo a nuestra primera tertulia. ¿De qué vamos a hablar? De Cuba, desde luego. El tema que yo quisiera como objeto de discusión hoy, es el cambio que se ha experimentado en el exilio con respecto a nuestra patria. ¿Creen ustedes que ahora se piensa menos en ella? ¿Opinan que hay menos deseos de regresar?

Cuatro levantaron el brazo.

—A ver tú. ¿Qué opinas?

—Yo creo que sí, que se le ha perdido el amor a la patria. Nosotros necesitamos tener nuestro propio periódico y nuestra propia estación de radio, para poder llevar a cabo una buena labor en contra del comunismo.

Avelino Morejón, sin pedir permiso para hablar, se levantó: —El periódico casi lo tenemos, porque el *Diario Las Américas* realiza una gran labor en contra de la dictadura de Fidel Castro.

Varios de los asistentes le dieron la razón: —Eso es verdad.

—Los dueños son nicaragüenses, pero nos secundan en todo.

Uno de los presentes, gritó: —No, la verdad es que son del carajo.

Romerillo se puso de pie enseguida.

—Señores, respeten, que hay damas.

Y Ñoña, la mujer de Chacho, comentó bajito: —Por eso hay que tener mucho cuidado a la hora de invitar a la gente.

El mismo que había dicho carajo volvió a levantarse: —Perdón señores, se me fue.

Avelino continuó: —Y eso de que a los cubanos nos hace falta una emisora de radio, no es cierto. La emisora para la que yo trabajo, transmite veinticuatro horas diarias.

—Sí, veinticuatro horas diarias anunciando bola, palomilla y cañada. ¿Qué programa político tienen ustedes para hablar de la tragedia de nuestro país?

—Bueno, yo tengo un programa de micrófono abierto, donde cualquier oyente puede opinar libremente.

—Sí, yo lo he oído. Ustedes lo que tienen son oyentes de tercera categoría, que llaman para ganarse una entrada para un cine, o un sándwich de jamón y queso en una cafetería cubana.

Otro, en un tono más agresivo, atacó a Avelino: —Es verdad lo que dice ese señor, chico. ¿Qué sabes tú de radio? A ti yo te conozco de La Habana. Tú eras taxista. Tú no sabes na' de eso.

Romerillo se levantó, y se dirigió al que había ofendido a Avelino: —Señor, no sé quién lo invitó a usted a esta reunión, pero si no sabe respetar a los que opinan, lo mejor que puede hacer es marcharse.

—Sí, es mejor. Si no puedo decir lo que siento, me voy pa'l carajo.

Después que el hombre se marchó, hubo un silencio. Romerillo le preguntó a Chacho: —¿Quién invitó a este?

El ex-ministro de Batista tomó la palabra:

—Cosas como esta que acabamos de presenciar, son las que contribuyen a que continuemos aquí. Nosotros los cubanos, individualmente, no hemos perdido el amor a nuestra patria, pero colectivamente, actuamos como si no la quisiéramos. Y ese ha sido siempre nuestro gran defecto. Cada uno quiere proceder por su cuenta, somos muy individualistas. ¿Cuántas organizaciones anti-castristas tenemos ya? Cientos. ¿Por qué? Por lo que acabo de señalar: nadie se une a nadie, todos quieren protagonizar. La labor que tenemos que realizar es la de unirnos. Si no lo hacemos, estaremos aquí por los siglos de los siglos, y Fidel Castro seguirá gobernando este exilio y haciendo lo que le da la gana.

El Chef Bautista inició un aplauso, y los demás lo siguieron.

Tomó la palabra el profesor universitario.

—Acepté la invitación que me hizo el director de *La Voz del Exilio* sin ponerme a pensar que aquí, hoy, podríamos resolver algo. Vine porque me gusta hablar de Cuba, porque no me canso de hablar de Cuba. Tiene razón el doctor Vergara: nosotros no somos capaces de unirnos. Si al llegar Fidel Castro al poder, nos hubiésemos unido para luchar contra él en lugar de venir para Miami, a esperar que los americanos nos resolvieran nuestro problema, hoy no estaríamos aquí y Cuba sería libre. Pero lo más cómodo era marcharse, y que viniera otro a resolver aquello.

El profesor se extendió mucho. Empezó a hablar de los males de nuestra república, desde su fundación hasta la llegada de la revolución. Hizo alarde de sus conocimientos de historia. Era más de la una de la tarde, y él continuaba hablando. Algunos se mostraban muy interesados, y otros pestañeaban de vez en cuando. Y la mayoría estaba desesperada para que terminara, para poder meterle mano al arroz con pollo. Algunos, sin que el profesor pudiera verlos, le hacían señas a Romerillo para que cortara la interminable conferencia del historiador. Se pasaba el dedo por el cuello, como queriendo decirle: corta. Y el propio Romerillo, que también tenía deseos de que terminara la larga participación del hombre de la universidad, aprovechando una pausa que hizo en el discurso, le dijo:

—Perdóneme profesor. Yo soy posiblemente el que más interesado está en lo que usted nos dice, pero desgraciadamente se nos ha hecho tarde, pues tenemos que entregar este salón a las dos y media y todavía hay que almorzar. Le ruego que me perdone, y se comprometa con nosotros a continuar su disertación en nuestra próxima tertulia.

—Es que uno se extiende sin darse cuenta, perdóneme.

Los que estaban cerca de él, lo felicitaron por su discurso y Chacho, sin que los demás lo oyeran, le comentó al que tenía al lado:

—Habló con cojones.

Una noche que Miranda no había ido a su cabaret, Tania, un poco pasadita de tragos, se puso a cantar boleros románticos, acompañada por el pianista de la orquesta del Chino. Cuando regresó a su mesa, la estaba esperando Tico, el personaje que había costeado la boda de ella con Ricardo.

—¿No te acuerdas de mí?

—Sinceramente, no.

—Yo soy Tico, chica, el amigo de Ricardo.

—Ay, perdóname.

Se levantó y le dio un beso.

—Es que ha pasado mucho tiempo. Ahora tengo menos pelo y estoy más barrigón.

—Pues yo te encuentro más o menos igual.

—Oye, yo no sabía que tú cantabas tan bonito.

—¿Tú crees?

—Yo conozco a muchas que viven de eso que no son ni tu chancleta.

—No seas exagerado, Tico.

—No, te lo digo en serio. ¿Por qué no te dedicas a cantar?

—¡Qué va! Yo no conozco a nadie que me pueda introducir en ese ambiente. Es muy difícil.

—Yo tengo los contactos. Si tú quieres, te represento.

—No me hagas reír, Tico.

—Te estoy hablando en serio. Si te dedicas a eso como es debido, tienes que triunfar. Además de tener buena voz y saber cantar, tienes una cara y una figura que ya quisieran muchas pa' un día de fiesta. Yo tengo un amigo en el Canal 23 que nos puede ayudar. ¿Cuándo quieres conocerlo?

—¿Quién me iba a decir a mí que tú ibas a ser mi

representante, cuando yo me decidiera a ingresar en la farándula?

—¿Qué vas a hacer mañana? Esto hay que hacerlo en caliente.

—¿A dónde me vas a llevar?

—Primero a Yamil, el mejor fotógrafo de Miami, que es muy amigo mío. Tenemos que hacer un buen resumé. Yo no puedo presentarte como si fueras una aficionada. ¿Tú tienes que contar con Jorge para hacer esto?

—Yo no tengo que contar con nadie, Tico. Yo hago con mi vida lo que me dé la gana.

—Entonces, ¿a qué hora quieres que te vaya a recoger mañana?

—¿A qué hora te conviene?

—No, dime tú.

—¿A las diez?

—¿De la mañana?

—Claro.

—O.K. Anota ahí mi dirección y mi teléfono.

Avelino Morejón, después de la tertulia a la que asistió en la Flor del Southwest, decidió incorporar a la estación un programa político. Antes de concebir cómo lo haría, le dio nombre y lanzó al aire la promoción:

—Escuche a partir del lunes 18 de este mes, "Hablando de Cuba", un programa dedicado a nuestra patria, donde participarán, además de nuestros queridos oyentes, las figuras más destacadas del exilio cubano. Lo que ocurre en nuestra patria, lo que algunos medios te ocultan, o lo que muchos no tienen valor para decir, podrás escucharlo en "Hablando de Cuba", todos los días a las seis de la tarde.

Al primer programa asistieron, además de Romerillo, que era muy amigo de Avelino, Alberto Monagas, un ex-coronel que perteneció al ejército de Batista, Aracelio Vergara, que había sido senador también en esa época, y Eulalia Gargallo, una vieja medio puta que se había postulado para concejal en La Habana y nunca salió electa. Aunque ya estaba viejucona, no descuidaba su presencia: a las siete de la mañana salía para la calle con una cantidad de maquillaje del carajo, y se echaba perfume hasta el cielo de la boca. Tú le dabas la mano por la mañana y a las doce de la noche, todavía no se te había quitado el olor a Eulalia Gargallo.

Cuando Avelino empezó el programa aquel día, todas las lucecitas del teléfono se encendieron inmediatamente.

—Vamos a abrir nuestros micrófonos. Primera llamada, "Hablando de Cuba", está usted en el aire.

—Oiga, ¿puedo hablar con Avelino?

—Es Avelino el que habla, dígame.

—¿Es Avelino?

—Sí, dígame.

—Lo quiero felicitar por ese programa. Nos hacía mucha falta.

—Muchas gracias. Otra llamada, "Hablando de Cuba", está usted en el aire.

—¿Me puede complacer con Alborada, de Orlando Vallejo?

—Llame después de las ocho, ahora no pasamos música.

—¿Y de Los Panchos, no tiene nada?

—Ya le dije que a esta hora no pasamos música. Otra llamada, "Hablando de Cuba", está usted en el aire.

—Oiga, Avelino. Usted ha llevado nada más que batistianos al programa.

Eulalia gritó desde lejos: —Yo nunca fui batistiana, señor.

—Cuando invito a alguien a mi programa, nunca me fijo en su militancia política. No me importa si fue batistiano o fidelista; lo único que le exijo es que sea cubano y quiera a su patria. Vamos con otra llamada, "Hablando de Cuba", está usted en el aire.

—¿De qué dijo usted que iba a hablar hoy?

—Hoy, mañana y todos los días que este programa salga al aire, se hablará de Cuba.

—Pues me alegro, porque yo quisiera leer unos versos que hice anoche, dedicados a Cuba.

—Bueno, si no son muy largos.

—No, son corticos.

—O.K. Léalos.

—¿Usted no me podría poner un poco de música de fondo?

—No, lo siento mucho. Y acabe de leerlos, porque no tenemos mucho tiempo.

—O.K. Dicen así:

Oh, mi Cuba, Cuba, Cuba,
siempre estoy pensando en ti,
desde el día en que me fui,
no tengo consolación.
Se me arruga el corazón,
Cuba, Cuba, Cuba, Cuba,
el corazón se me arruga.

—¿Eso es todo?

—Sí, ¿qué le pareció?

—Muy bien, vamos a pasar a unos mensajes comerciales.

Cuando cerró el micrófono, los que estaban allí, empezaron a reírse.

—¿Se han fijado la cantidad de paquetes que hay que aguantar? Cuando me preguntó ¿qué le pareció? me dieron ganas de decirle una mierda, pero no se puede.

Cuando Tania y Tico llegaron al estudio de Yamil, el fotógrafo, este los estaba esperando. Ya tenía preparado un set especial para retratarla.

—¿Trajiste bastante ropa?

—Sí, mire, ahí viene Tico con ella.

Tico, que había ido a buscar el vestuario de su amiga, llegó al estudio con cuatro o cinco perchas en cada mano, donde había vestidos de todos los colores y estilos. Yamil salió al encuentro de él, y se los quitó de la mano.

—Sígueme Tania, ven por aquí.

Y la condujo a un cuartico que tenía en la parte de atrás.

—Aquí te puedes cambiar.

Colgó la ropa en una especie de tendedera que había allí.

—Coge tu tiempo.

Y salió rumbo a la sala a brindarle un poco de café a Tico, que estaba allí esperando.

—Siéntate, que esto va pa' largo. ¿Quieres un poco de café?

—No, gracias. Yo desde que dejé de fumar, no tomo café.

—Bueno, ponte cómodo que mientras ella se cambia, yo voy al laboratorio para trabajar en unas ampliaciones que tengo pendientes.

Y salió rumbo a la parte trasera de la casa, donde tenía su pequeño laboratorio. Pero en lugar de ponerse a trabajar en las ampliaciones que le había dicho a Tico, fue a rascabuchear a Tania. El tenía preparado aquello para ver desnuda a cuanta mujer fuera a retratarse en su estudio. Tenía varios huecos hechos en la pared que daba al cuartico donde se cambiaban las mujeres. Los había hecho de tal manera, que las que allí se desnudaban no podían darse cuenta que al otro lado estaba Yamil dándose banquete. Y es que él, además de ser muy buen fotógrafo, era un enfermo sexual.

Cuando llegaron los marielitos, ya yo llevaba como seis meses en una agencia de carros de uso de tercera clase. A mí me tenían tirao pa'l final del lote. De vez en cuando me arrancaban el motor, para que no se fuera a echar a perder, pero ni siquiera un trapo me pasaban. No me cabía más mierda encima. Un día se apareció en la agencia un marielito de unos veinte años, acompañado por un tío de él. Desde que los vi llegar, me di cuenta que no tenían mucho dinero, y me imaginé que iban a llegar hasta donde yo estaba, pues no había en toda aquella agencia un carro más barato que yo. Cuando se acercaron a mí, el tío, que era el que ponía la plata, le dijo a Vladimir, que así se llamaba su sobrino:

—Este mismo es el carro.

—Pero tío, ¡qué jodío está!

—No está jodío, lo que está es sucio. Este carro se ve que está entero. Tiene na' más que veinte años.

—Veintiuno. Fíjate que dice ahí que es del 59.

—Bueno, ¿y qué? Yo lo veo muy bueno: no tiene ni una marquita, se ve que nunca ha chocao. ¿Qué tú crees? ¿Le metemos mano? Quieren doscientos pesos por él.

—Ofrécele ciento cincuenta, a ver qué te dicen.

Yo, que estaba loco por salir de allí, le empecé a rogar a Dios que me vendieran en el precio que ellos ofrecían, y así fue: me compraron por los ciento cincuenta que ofrecieron. Me llevaron para la casa que el tío tenía en Hialeah. La había comprado hacía muy poco tiempo. Tato y Tula llevaban casados más de treinta años, y no tenían hijos, así que la llegada de Vladimir los hizo felices. Ella estaba esperándonos, pues Tato la había llamado desde la agencia para darle la buena noticia de que ya Vladimir tenía carro pa' moverse.

Cuando Romerillo decidió celebrar la segunda tertulia en la Flor del Southwest, encargó a Ñoña, la mujer de Chacho, para que seleccionara a los que serían invitados. Le indicó que debía advertirles a los participantes que no se admitirían personas no invitadas, pues en la primera reunión que tuvieron, asistieron chusmas y cubanazos, que la echaron a perder.

Ese sábado, a las doce, ya habían llegado casi todos los tertulianos. Romerillo, como siempre, fue el primero en hablar.

—Menos mal que hemos sido puntuales. Son las once en

punto, y vamos a comenzar. Parecemos ingleses en lugar de cubanos.

Alguien comentó: —Lo que has logrado es un milagro.

—¿Qué les parece si hablamos hoy de la llegada de los marielitos?

Todos estuvieron de acuerdo: en esos momentos era de lo único que se hablaba. El profesor Aragón tomó la palabra:

—¡Qué facilidad tiene ese hombre para convertir las derrotas en victorias! Porque todo esto comenzó cuando un grupo de hombres y mujeres valientes y amantes de la libertad, penetraron en la embajada del Perú en La Habana.

—Efectivamente, así fue.

—Que por cierto, esos, que fueron los que facilitaron el éxodo, todavía están pasando necesidades en algún lugar del Perú, sin esperanzas de que puedan venir a vivir aquí. Pero bueno, vamos a hablar del tema que escogimos hoy. ¿Quienes opinan que la llegada de estos cubanos nos ha perjudicado y quienes creen lo contrario?

Chacho fue el primero en opinar.

—Yo creo que nos ha perjudicado. Esos recién llegados han destruido la buena imagen que tenían los americanos de nosotros.

Alguien le interrumpió: —Todo lo que ha llegado es mierda.

Romerillo saltó: —Por favor, esa no es manera de expresarse, y menos de unos compatriotas.

—Esos no son compatriotas míos.

—Cada uno opina lo que quiere, pero el señor Bru estaba en el uso de la palabra, y usted lo interrumpió.

El tipo, de mala gana, comentó: —O.K., que siga hablando.

Parece que esta vez también se había colado uno que no era de la preferencia del director de *La Voz del Exilio*.

Chacho Bru, continuó dando su opinión: —De los ciento veinticinco mil que han llegado, ciento veinte mil son chusmas y delincuentes.

Vergara, el ex-ministro de Batista, intervino: —No sea tan injusto. Es cierto que el castrismo vació las cárceles de Cuba, para enviarnos toda la morralla que contenían, pero también es cierto que esos no son la mayoría. La mayoría está compuesta por gente honrada y trabajadora. Han venido infinidad de escritores, poetas, pintores, músicos, etc. que no habían podido salir de aquel infierno, y aprovecharon esta oportunidad para ser libres.

El mismo que había interrumpido a Chacho, volvió a hablar:

—Pues yo no sé donde se han metido, porque entre los que yo he conocido no hay ninguno que valga la pena. No hay nada más que infiltrados de Fidel y milicianos arrepentidos.

Bautista, el chef, quiso contar una experiencia que había tenido:

—A mí me trajeron aquí a uno que, según él, era cocinero. Le di trabajo y no sabía ni cortar una cebolla, y a los tres días me dijo que le pagara, porque aquí había que trabajar mucho.

El profesor universitario, sin levantarse de su silla, dijo en voz alta: —Deje que los agarre el melting pot. Aquí ha llegado todo tipo de gente de todos los países del mundo, y se han adaptado al sistema, han entrado en el melting pot.

Ñoña lo interrumpió: —Sí, pero usted está hablando de europeos que emigraron de sus países para hacerse un futuro aquí, trabajando y adaptándose. Y lo que acaba de llegar de nuestro país, con muy pocas excepciones, es lo peor que había allí.

El chusma volvió a hablar: —Esos, se cagan en el melting pot ese.

El camarero, que los estaba escuchando, intervino: —Les ruego que me perdonen, pero quiero opinar. Yo vine por el Mariel. Llevaba ya más de quince años preso cuando se me dio la oportunidad de salir. Afortunadamente, pude traer a mi mujer y mis dos hijas conmigo. La menor, que tiene veinte años, trabaja en una oficina de día y estudia por la noche; y la mayor, al revés, trabaja de noche y estudia de día. Ella es dentista y está haciendo su reválida. Yo, desde que llegué, estoy trabajando.

Bautista, que oyó lo que estaba diciendo, vino de la cocina con el cucharón en la mano.

—¿Y cómo tú nunca me dijiste eso?

—No era necesario.

El que le había estado echando con el rayo a los marielitos, comentó bajito: —Coño, la cagué.

El Nuevo Herald había tenido tanta aceptación, que empezaron a cobrarlo. Y en aquella edición donde aparecía la noticia de que: "a partir del día primero, los suscriptores que deseen seguir   recibiendo nuestra versión en español, tendrán que pagar tanto extra", figuraba en primera plana una fotografía de Bobby, el santero, muerto al lado de su ex-compañero, un americano con quien según algunos, el negro había hecho un pacto suicida. Otros ponían en duda esa versión, y aseguraban que el santero había asesinado al hombre de su vida, suicidándose él después. El balazo que tenía el americano en la parte de atrás de la cabeza, daba a entender esa segunda versión. Cuando, al día siguiente, apareció publicada la carta que había dejado Bobby, se confirmó lo del homicidio y suicidio. Comenzó a escribirla en inglés: "I, Roberto Oviedo, guan tu declarer, que nobody is culpable..."

Pero, parece que después se dio cuenta, que aquella mierda no habría quien la entendiera, y siguió en español...

No curpen a nadie por esto que ha pasado. La curpa es mía. O mejol dicho, del amol tan grande que e sentido aquí en mi corazón. El día que me dijo que no vorvería a verme, er cielo se me nuvló. Cuando yo era niño, bibía enamorado de un altista americano que yo beía en el cine, que se llamaba Alan Lad. Y él era su bibo retrato. Er día que lo conosí, quedé prendido de er. Bibimos casi dos años junto, que fueron los años ma felises que yo e tenido en mi bida. No me arrepiento de lo que ise. Vorvería aserlo otra ves. Dios es testigo de lo que estoi disiendo. Yo con esta me despido. Yo quiero a todo er mundo. Adios.

No firmaba. Debajo de lo escrito aparecía la marca de un beso; el color del creyón que usó era de un rojo muy intenso. Se parecía al que usaban en Cuba para pintar las puertas de las cuarterías. Y como el negro era tan bembón, aquella mancha roja ocupaba casi la mitad de la hoja. Ese día, Avelino abrió sus micrófonos para que sus oyentes opinaran sobre el caso:

—Micrófono abierto. Está usted en el aire.

—Que Dios los acoja en el cielo a los dos.

—Micrófono abierto. Está usted en el aire.

—El que le habla, pertenece a esa religión. Yo puedo decirle que ese tipo no era santero ni la cabeza de un guanajo.

—¿Usted lo conoció?

—Desde que llegó al exilio.

—¿Y no era santero?

—No hombre, no. Desprestigió a nuestra religión con su mariconería.

El peor de todos los dueños que he tenido ha sido el Vladimir este. Cuando aquella mañana su tío Tato, mientras me lavaba, le dijo al amigo que le ayudaba en la limpieza de mi carrocería lo que pensaba hacer, me llenó de alegría.

—Oye, tú estás echando a perder a ese sobrino que trajiste. Hasta el carro se lo lavas pa' que vaya a chulear por ahí.

—¿Tú sabes pa' qué yo estoy poniendo bonito este carro? Pa' venderlo, porque hoy se va de aquí. Está bueno ya. Descarao, hijoeputa.

—¿Y tú, por qué lo trajiste pa' acá?

—La culpable de esto es mi mujer, que me cayó, y me cayó, y me cayó: "Vamos a sacarlo de allí, viejo, que ese es el único sobrino que yo tengo." Porque él no es nada mío, él es sobrino de ella.

—Bueno, en ese caso, sobrino segundo tuyo.

—Si yo me llego a imaginar lo vago y lo descarao que es, se pudre en Cuba. Tú sabes lo que es, que a los tres días de estar aquí, lo llevé a mi negocio de fritas, pa' que se fuera ambientando. Lo puse allí a freír papas. Bueno, pues a las once de la mañana me dijo que quería venir pa' la casa porque estaba muy cansado.

—¡Qué barbaridad!

—Yo me imaginé que como había estado tanto tiempo sin trabajar allá en Cuba, estaba de verdad cansao. Y lo dejé. Dos días después, le hablé a un amigo mío que tiene un negocio de entregar pizzas a domicilio, pa' que lo metiera allí. Como él tenía el carro este que yo le había regalado, podía hacerlo perfectamente. Allí estuvo nada más que un día. Cuando le pregunté por qué se había ido, me dijo que él no sabía que aquí había que trabajar tanto. ¿Será hijoeputa?

—Lo que ha hecho Fidel con ese país ha sido del carajo. A los cubanos que siempre fueron trabajadores, luchadores, los ha convertido en mierdas, que no aspiran a nada.

—Pero ya me cansé. Hoy se va de todas maneras. Aunque mi mujer se me arrodille y me suplique que lo deje aquí en la casa, se tiene que ir. Y si ella no está de acuerdo, que se vaya con él. Pero aquí no puede estar ni un día más.

Vladimir, que se había acabado de levantar —ya eran como las doce del día— se acercó a su tío Tato y, poniéndole un brazo alrededor del cuello, le dijo: —Me lo estás dejando bonito.

—¿Tú crees? ¿Tú sabes pa' qué lo estoy dejando bonito? Pa' venderlo.

—¿Cómo pa' venderlo?

—Sí, a partir de hoy tienes que buscarte otro carro y otra casa.

—¿Me estás botando, tío?

—Exactamente.

—¿Y mi tía lo sabe?

—No, ve pa' allá adentro y díselo tú.

Vladimir salió rumbo a la casa y Tato se quedó rezongando:

—Por culpa de este maricón, Tula y yo casi nos divorciamos. Mira que me advirtieron, carajo: "To' eso que está saliendo de Cuba es mierda, no traigas a nadie pa' acá", pero yo no hice caso.

En eso, Tula le gritó desde la puerta de la casa: —Viejo, ven acá un momento, que queremos hablar contigo.

—Con él no tengo nada que hablar. Lo único que tiene que hacer es recoger todas sus cosas y largarse.

Y para que no lo siguieran jodiendo, me arrancó y salió disparao de allí.

El timbre del teléfono despertó a Tania.

—¿Hello?

—¿Te acostaste muy tarde? Ya son las doce del día.

—¿Las doce ya? Me alegro que me hayas llamado. Ayer esperé todo el día por ti. Me dijiste que me ibas a presentar a la periodista amiga tuya que es muy importante.

—Es que ella no estaba en Miami. Pero hoy sí podemos hacerlo. ¿Tú puedes hoy?

—Yo sí. Yo estoy lista desde ayer.

—O.K. Entonces voy a pasar a recogerte como a las siete.

—¿A dónde vamos?

—A cenar a un buen lugar por ahí. Ponte bonita.

Tico, que no parecía cubano por lo puntual que era, llegó a casa de Tania a las siete en punto de la noche. Hizo sonar el claxon, y ella salió inmediatamente. Lucía impresionante: tenía puesto un vestido azul transparente en varios lugares, con un escote casi al nivel del ombligo, que hizo exclamar a Tico:

—Coño, se te fue la mano.

—¿Tú crees?

—Cuando la vieja esa te vea…

—Ah, ¿es vieja ella?

—Bueno, no exactamente. Debe ser cuarentona. Lo que pasa es que al lado tuyo cualquier mujer luce vieja.

Tico había escogido un restaurante francés recién inaugurado en Coconut Grove. Cuando llegaron, ya Lucía los estaba esperando. Tenía puesto un traje de sastre negro, y en su cabeza una boina roja, ladeada, al estilo Che Guevara, a quien ella admiraba mucho. No era fea, y esa noche no aparentaba tener cuarenta años. Se había maquillado muy bien para la ocasión. Los esperó de pie junto a la mesa. Tico las presentó. Después, se dieron los dos besitos reglamentarios en las mejillas, la periodista le clavó sus ojos en el desafiante escote que traía, y después le hizo un recorrido por todo el cuerpo, deteniéndose en los lugares más transparentes.

Tico, quien desde algún tiempo había venido observando las inclinaciones izquierdistas, políticas y sexuales de la reportera, pensó: Tania va a tener problemas con esta tipa.

Cuando se sentaron, Lucía le dio órdenes al camarero para que sirviera el champán que estaba enfriándose en una cubeta elegantísima que había al lado de la mesa. Ella lo había ordenado cuando llegó. Total, el que pagaba era Tico. Un empleado se acercó a ellos, y en un tono bajito le dijo a Lucía:

—La llaman del periódico.

—Gracias.

Se levantó y siguió al que le había traído el recado.

Tico, que sabía lo que valía una botella de champán Cristal en aquel restaurante, casi no podía tomarlo del encabronamiento que tenía.

—Tú sabes como soy yo, que nunca escatimo, pero esta mujer es una hijaeputa. Esta cena me va a costar más de quinientos pesos.

—Me da mucha pena contigo, Tico.

—No, si esto no es culpa tuya.

—Es que tú te has portado tan bien conmigo, que no sé cómo pagarte todo lo que estás haciendo.

—Mira, en primer lugar, tú te lo mereces. Yo creo que tienes mucho talento, y alguien tiene que darte a conocer. Espero que después que triunfes, no te olvides de mí.

—Tico, ¿tú no eres mi representante?

—Nosotros no tenemos nada firmado todavía, Tania.

—Yo a ti te firmo lo que tú quieras.

La periodista interrumpió la conversación: —Perdónenme, pero es que yo soy jefa de plana, y hay una muchachita nueva que no sé de dónde la han sacado. Todo lo tiene que consultar conmigo. Pero bueno, ¿qué le vamos a hacer? Volvamos a lo nuestro.

Alzó su copa para hacer un brindis, pero Tania se anticipó:

—Quiero brindar por habernos conocido.

Bebieron e, inmediatamente, Lucía, mirando fijamente a Tania, chocó su copa con la de ella: —Por ti.

Tico, que se había puesto de pie para que alguien brindara con él, se quedó esperando, y después que las dos se sentaron, comentó:

—Perdónenme, pero que tirada a mierda me han dado.

Los tres se echaron a reír.

Gracias a Tania, Lucía no le disparó otra botella de champán a Tico.

—¿Qué les parece si despedimos la noche con otra botellita de Cristal?

Tania la atajó: —No, por lo que más tú quieras.

—Para mí tampoco. Yo soy muy mal bebedor. El champán es algo que nunca me ha gustado.

—Pues a mí, me encanta, pero si ustedes no me siguen…

Tico aprovechó el momento para pedir la cuenta, y evitar que su amiga le metiera más gastos a la invitación.

Los tres salieron juntos rumbo al parqueo.

—Ahora, en cuanto te deje en la casa, me voy a dormir, que mañana tengo que hacer infinidad de cosas.

—Yo estaba pensando ahora, Tania, que en lugar de ir a tu casa con Tico, debes irte conmigo a la mía. Yo quiero ver contigo los videos que te hicieron en el 23, para señalarte algunas de las cosas que no me gustaron. Son muy pocas, pero de todas maneras, quisiera indicártelas.

—En eso, yo debo haber cometido muchos errores, porque se hizo con mucha rapidez. Además, era la primera vez que me paraba delante de una cámara.

—Claro, pero es bueno que lo veamos juntas, para yo decirte.

—No, por mí está bien.

—Después yo te llevo para tu casa. Total, todavía es temprano. ¿Contigo no hay problema, no, Tico?

—Al contrario, me ahorras un viaje larguísimo.

—O.K. Entonces vamos a hacer eso.

Lucía vivía en Coconut Grove, en una casita vieja que ella había conseguido a través de un banco. La había remodelado, y por dentro lucía acogedora. Ella, que tenía buen gusto para decorar, le había dado un corte moderno y original a su interior.

—Adelante, aquí vivo yo.

—Oye pero, ¡qué bella es tu casa!

—Gracias, ponte cómoda. Yo vengo enseguida para acá.

Entró en una de las habitaciones interiores. Tania se sentó en una de las butacas de la sala, y siguió contemplando los adornos, sobre todo los cuadros, que casi todos eran regalos de pintores cubanos recién llegados. Lucía los entrevistaba, y después les aceptaba sus obsequios. Algunos valían la pena, otros eran una mierda, pero ella los aceptaba de todas maneras porque, además de no tener gusto ni conocimiento para saber cuál era bueno y cuál no, estaba tan acostumbrada a cepillar a sus entrevistados, que cogía hasta cajas de muertos.

Al cabo de un rato, salió a la sala con una bata de casa puesta.

—¡Qué bata más elegante!

—¿Te gusta? Me la regalaron la semana pasada.

—Está preciosa.

—Déjame apagar un poco las luces para poder ver bien el video.

Lo vieron varias veces. En cada ocasión Lucía le señalaba las cosas que ella consideraba positivas y negativas. Las interrupciones eran largas algunas veces, para hacerle saber a Tania los conocimientos que ella tenía del show business. De lo que no le hablaba a Tania era de sus fracasos en ese show business. Ella, entre otras cosas, había sido cantante, bailarina, actriz dramática, actriz cómica, guionista de cine, comentarista de televisión, y mil cosas más. Pero en nada pudo dar la talla. Cuando la aceptaron como crítica de teatro y de televisión de la sección de farándula de un periódico local, vio los cielos abiertos. Era a lo que aspiraba, después de tantos fracasos, para poder desquitarse. Con el tiempo, la hicieron jefa de plana. De ahí en adelante, se creyó más importante que la que reventó el tomate en las cuatro esquinas. Sin el apoyo de ella, nadie podía salir adelante en el mundo del espectáculo, en el sur de la

Florida. Por lo menos, eso era lo que la jefa de plana le hacía saber a cuantos la conocían. Y esa noche, le dio a entender a Tania, la recién llegada, el difícil negocio que ella dominaba.

—Con lo que tú posees, y lo que yo puedo ofrecerte, tienes que triunfar.

—Muchas gracias, Lucía.

—Por lo tanto, esto hay que celebrarlo. Y ahora sí que no me puedes decir que no.

Fue rumbo al refrigerador, sacó una botella de champán barato que había comprado en un especial del supermercado, y la abrió. Sirvió dos copas y brindó: —Por la nueva estrella de la televisión hispanohablante de los Estados Unidos.

—¡A mí, esto me da tanta pena!

Bebieron y siguieron hablando. Ya era casi la una de la mañana, cuando Tania le pidió que la llevara a su casa.

—¿Me vas a hacer vestirme de nuevo? Quédate aquí esta noche, y mañana temprano te llevo.

—Lucía, por favor, me gusta amanecer en mi casa.

—Tania, por favor, quédate aquí. Yo duermo en una cama amplísima. Ven para que la veas.

—Si me voy a quedar, prefiero este sofá, que está muy cómodo.

—O.K. Te voy a traer una batica. O mejor, ven conmigo y te cambias en mi cuarto.

—O.K.

La batica que le prestó Lucía era bastante sexy y casi transparente. Como Tania era más alta que ella, y mucho mejor hembra, con el culo solamente la llenaba. Le quedaba tan apretadita que, cuando se acostó en el sofá, tuvo que zafarse los botones de arriba para poder dormir cómoda. Dejó encendida la luz de la cocina, y entornó la puerta que daba a la sala para que no hubiera tanta claridad. No le costó mucho trabajo quedarse dormida; aquel día había sido largo, y estaba muy cansada. La frazada que le había dado Lucía la tiró sobre una silla que tenía cerca. Ella no soportaba el aire acondicionado, y prefirió dormir ligerita de ropa. Como siempre dormía boca arriba, los botones que se habían zafado, le permitieron al seno izquierdo salirse de la bata, y el pezón parecía ser el único que no se había quedado dormido en aquella casa: se veía alerta, despierto, provocador. Su dueña dormía profundamente cuando sintió una mano que le apretaba el seno y una boca que la besaba. Se despertó asustada, y vio a Lucía encima de ella. Agarrándole los brazos, le dijo bajito:

—No temas, que soy yo.

Tania puso los dos pies en el pecho de ella y el empujón que le dio fue tan grande, que Lucía cayó de culo contra la puerta de entrada de la casa.

—Hijaeputa, tortillera de mierda.

Sin haberse recuperado totalmente del golpe, hacía esfuerzos para tratar de calmarla, pero Tania no la dejaba.

—Desde que te conocí, me imaginé esto. Por eso no quería quedarme aquí.

La viejucona se incorporó.

—Déjame explicarte.

—No te me acerques, coño, que a taconazos te voy a desbaratar la cara.

—¿Es un pecado estar enamorada de ti? ¿Es un pecado ser lesbiana?

—Tú no eres lesbiana, tú eres una tortillera de mierda.

Fue corriendo al cuarto a cambiarse de ropa. Cuando regresó, Lucía, poniéndose de pie, se atrevió a hablar.

—Espérate, no te vayas, que te voy a llevar a tu casa.

—No se moleste señora. Yo con usted no voy a ninguna parte.

Cogió el teléfono y pidió un taxi.

—Por favor, dame la dirección exacta de aquí.

—Déjame llevarte, no seas majadera.

—Que me des la dirección de aquí, coño.

Se la dio, y cuando terminó de hablar, salió disparada hacia la calle.

—Lo voy a esperar allá afuera.

El portazo que dio fue tan fuerte que debió haber despertado a varios vecinos.

Carmelina y Lula casi siempre cenaban tarde. Las consultas, por lo regular, terminaban alrededor de las diez de la noche, pero desde hacía un mes habían disminuido.

—¿A qué tú le atribuyes que el negocio haya bajado tanto?

—A la época del año. Septiembre siempre ha sido un mes malo.

—Sí, es cuando los muchachos regresan a las escuelas y las familias tienen muchos gastos. Además, Miami cada día se llena más de gente que viene del norte del país para establecerse aquí, y no pueden estar gastando dinero en espiritistas.

—Es verdad. ¿Y cómo va lo de los quince?

—De lo mejor. El mes que viene tengo la primera fiesta. Mira, se me había olvidado que ese hombre me había dicho que lo llamara hoy. Déjame buscar el teléfono.

Cogió su cartera, que la tenía cerca, y sacó de ella una tarjetica.

—¿Cuánto le vas a cobrar?

—Le pedí treinta mil.

—¿Treinta mil pesos? ¡No jodas!

—Eh, ¿y tú qué crees? Aquí se han dado fiestas hasta de cien mil. La gente tiene plata.

—Pero coño, ¡gastarse ese dineral en celebrarle el cumpleaños a una hija!

—Es un gusto que se dan.

Ya le habían contestado, y con la mano le hizo señas a su tía para que guardara silencio.

—¿Es el señor Crescencio Muñoz? Soy Lula, la muchacha que habló con usted ayer para organizar la fiesta de su hija

Clarita.

Se acordó enseguida.

—Ah sí, estaba esperando que me llamaras. ¿Cuándo puedes venir por aquí?

—Cuando usted me diga.

—Mañana, a las siete de la noche.

—O.K. Yo quisiera que su esposa y Clarita estuvieran en la reunión.

—Sí, desde luego.

—Muy bien, entonces mañana, si Dios quiere, nos vemos. Y colgó.

—Yo quisiera que tú conocieras a Crescencio, tía. Es un guajiro macho que pesa como trescientas libras. Llegó aquí a Miami como refugiado, cuando los vuelos de la libertad, y empezó a sembrar viandas, por ahí por los Everglades. Hoy no se la deja arrancar por veinte o treinta millones de dólares.

—Ah, entonces puede pagar los treinta mil que le pediste.

—Claro que puede.

—¿Y vas a cerrar la consulta?

—Pa' mañana no tenemos a nadie. Además, estoy pensando en ponerme a trabajar contigo en eso de los cumpleaños. Yo no sabía que se gastaba tanto dinero en eso.

Al día siguiente, llegaron a casa de la futura homenajeada, a la hora convenida. La mujer de Crescencio, Rosita, les abrió la puerta. Era menudita, no pesaba ni cien libras con la ropa y los zapatos mojados. Tenía el cabello demasiado negro. A la que se lo tiñó, se le fue la mano. No era fea, y sonreía bonito. De pronto, daba la impresión que era ella la quinceañera.

—Adelante por favor, están en su casa.

La casa era enorme. La había construido Abelardo, un amigo de Cuba de Chencho, como le decían a Crescencio, que se había hecho constructor en Miami. También había llegado en los vuelos de la libertad. Empezó parando ladrillos para una constructora americana, y al año puso su propio negocio. También se había convertido en millonario. La esposa de él, Zoraida, se encargó de la decoración de la casa de su amigo, y lo que hizo fue una mierda. La primera vez que fue a Madrid, alguien la llevó al Museo del Prado y se gastó como dos mil dólares en reproducciones. "Las Meninas" ocupaban la pared principal de la sala. Metió una serigrafía de "La Inmaculada Concepción" de Murillo en la puerta que daba para la cocina, un lugar totalmente inadecuado. Y en el baño, si te sentabas a cagar, tenías frente a ti "Los Fusilamientos de la Moncloa".

Desde la sala, Rosita llamó a su esposo y a su hija: —Ya están aquí.

Se aparecieron los dos. Después de las presentaciones se quedaron de pie por un rato, hasta que Chencho le pidió a la visita que se sentara. Lo hicieron. Detrás de ellas, había una pintura religiosa de Zurbarán. El dueño de la casa, su mujer y su hija, ocuparon el sofá que estaba delante de las Meninas. Clarita, al igual que su padre, era una yegua, por lo grande y gorda. Solamente un muslo de ella era más grande y más pesado que Rosita.

—Bueno, hablemos de negocios. Yo acepté el presupuesto que me diste, pero quiero saber qué es lo que tienes planeado, dónde vamos a celebrar esos quince, cuántas personas podemos invitar, qué orquestas vas a contratar, etc.

—Con mucho gusto, señor Muñoz.

—Puedes tratarme de tú y llamarme Chencho, que es como me dice todo el mundo.

—Muy bien. En primer lugar, a mí no me gustaría dar la fiesta en un hotel. Ustedes tienen una casa muy amplia y muy bella, y aquí es donde debemos celebrar los quince de Clarita. Pero yo hago lo que ustedes quieran.

Crescencio consultó con la vista a su mujer y a su hija. Las dos contestaron que estaban de acuerdo con Lula.

Aquel día, Tato me había parqueado frente a su negocio de

fritas, que estaba en Coral Way. Yo tenía la capota baja, y eran como las once de la mañana; el sol había empezado a castigarme. En el espacio vacío que estaba al lado mío, metieron un Mercedes gris nuevecito. De él se bajaron dos hombres, uno tenía alrededor de veinte años y el otro más de cuarenta. Eran padre e hijo, se parecían muchísimo. El primero que reparó en mí fue el muchacho.

—Papi mira, lo que tú estás buscando.

Se refería a mí.

—Coño, ¡qué casualidad! Un Cadillac 59. ¿Te fijas en lo que yo te decía? Este es el carro más lindo que ha sacado la Cadillac. Mira qué clase de diseño.

Estuvieron contemplándome por dentro y por fuera durante un rato.

—Entra ahí y pregunta por el dueño.

El padre se quedó afuera, pasándome la mano de vez en cuando.

Eddy no tuvo que averiguar tanto. En cuanto entró a la fritería, Tato le preguntó:

—¿Buscas al dueño del Cadillac que está allá afuera?

—Sí, ¿es usted?

—Yo mismo, ¿te interesa?

—Yo creo que mi papá quiere comprarlo.

Tato salió con su delantal y su gorro puestos, y se acercó a mí. Se le paró enfrente a mi futuro comprador, diciéndole: —A mí me parece que a usted yo lo conozco.

—Puede ser. Yo vengo aquí de vez en cuando.

—No, de aquí no. De la televisión o de los periódicos.

Eduardo Enríquez, que así se llamaba el hombre, se postuló una vez para comisionado, llenó a Westchester de pasquines políticos, pero como había perdido, no tenía ningún interés en que Tato supiera de dónde lo conocía.

—¿Lo vende?

Tato, en lugar de contestarle, se le volvía a quedar mirando.

—¿De dónde lo conozco, coño?

Pero Eduardo no le prestaba atención; seguía contemplándome a mí.

—Ah, ya sé, de las pasadas elecciones. Si yo hasta voté por usted, coño. Ese que le ganó es una mierda. Pa' lo único que se ha metido en política es pa' tratar de robar. Usted debió haberle ganado, pero la política es del carajo.

—Deje eso. La próxima tendré mejor suerte.

—¿Así es que le gusta mi Cadillac? ¿Usted es coleccionista?

—Más o menos. ¿Cuánto quiere por él?

A poca distancia de ellos, Eddy conversaba con un tipo de bastante mala apariencia. Se notaba que se conocían. A su padre le llamó la atención, y se les quedó mirando. Dejó de prestarle atención a Tato. No le contestó cuando le dijo cuánto quería por mí.

—¿Le parece bien doscientos pesos?

La conversación de su hijo con aquel habitante le interesaba más que el carro. Tato, impaciente, le volvió a preguntar.

—¿Por doscientos pesos no le interesa?

—Sí, me interesa.

Sacó de su cartera dos billetes de cien y se los entregó.

—Endóseme la propiedad, que me lo voy a llevar ahora mismo.

Tato salió rumbo a su negocio y él se quedó esperando por su hijo, que al fin había terminado de hablar con el tipo. En cuanto llegó a su lado, le preguntó: —¿De dónde conoces tú a ese?

—Acabo de conocerlo ahora.

—Pues tal parecía que eran casi amigos.

—¿Lo compraste por fin?

—Sí, tienes que tener cuidado con quién te reúnes.

—Ah, deja eso ya, papá.

—¿Deja eso? Yo sé lo que te estoy diciendo. En esta ciudad hay que tener mucho cuidado.

Tato reapareció con la propiedad endosada y dos juegos de

llaves.

—Que lo disfrute. Además, quiero regalarle esto.

Le entregó una caja, conteniendo dos fritas acompañadas de papitas.

—Muchas gracias.

—Cuando vuelva a postularse, hable conmigo.

—Lo haré. Gracias de nuevo.

Le entregó uno de los juegos de llaves a Eddy.

—Llévaselo a Joaquín y espérame allí.

Eddy encendió mi motor y salimos rumbo al taller, que no estaba tan lejos.

Cuando llegamos, el dueño, que vivía al lado, le gritó a su mujer:

—Elena, ven pa' acá pa' que veas lo que consiguió Eduardo.

Su mujer salió, limpiándose las manos con un trapo.

—Coño, ¿el Cadillac 59 viene pa' acá?

En ese momento llegaba Eduardo.

—¿Qué les parece?

—¿Cuánto te costó?

—Doscientos pesos.

—Te lo regalaron.

—Hazle un chequeo completo. Quiero dejarlo como nuevo. Ponle todo lo que necesite. Después le cambiamos esa capota, y le damos una buena pintura.

—O.K.

—No escatimes.

El periódico de Romerillo había crecido. El despacho en el que trabajaba era amplísimo. Ese día les pidió a los que trabajaban que, en lugar de irse a almorzar, lo acompañaran a picar algo y a tomar un poquito de vino, pues iba a darles una noticia que quería que compartieran con él. Ya habían traído varias bandejas que contenían croquetas, bocaditos y tamales. Sentados a su lado en la oficina estaban: Olga, la viuda de

Felipe, su ex-amigo y socio, acompañada de sus hijos. Felipito, el mayor, que se parecía mucho a su padre, pero mucho más alto que él, fue quien se encargó de presentarle la familia a los que trabajaban en el periódico. Un muchacho joven, que trabajaba de mensajero, trató de coger una croqueta de una de las bandejas, pero Ñoña, la mujer de Chacho, se lo impidió. Le agarró la mano y se la apretó diciéndole:

—Suelta eso, todavía no se puede comer. Primero el director va a decir unas palabras.

Chacho pidió silencio y todos se callaron. Romerillo tomó la palabra.

—He querido reunirme con ustedes, para que sean los primeros que se enteren de algo muy importante que voy a hacer. Me voy a casar.

Todos aplaudieron y algunos hicieron comentarios en alta voz: "Ya era hora", "Al fin", etc. Nadie se imaginó quién era la compañera que el director había escogido. Cuando Romerillo se le acercó a Olga y la abrazó, se hizo un silencio del carajo. Los cubanos, casi todos, llevan un racista por dentro y no concebían que su jefe se casara con una negra. Después alguien empezó a aplaudir, y los demás lo siguieron. Los dos camareros empezaron a echar vino en los vasitos plásticos que habían traído, y cuando todos estaban llenos, Chacho alzó la voz:

—Porque sean tan felices como ellos se merecen.

Unos cuantos llegaron hasta donde estaba el futuro matrimonio y los hijos de ella para felicitarlos, pero la mayoría le partió pa' arriba a las bandejas y arrasó. Alguien, que había traído un tocadiscos, lo puso a funcionar con un bolero cantado por Beny Moré, y casi todos se pusieron a bailar. Estuvieron en eso como cuatro horas. Hubo que mandar a buscar más vino. Y por la tarde, no trabajó nadie. Menos mal que era sábado. Cuando todos se habían retirado, Romerillo y Chacho, su asistente principal, se quedaron hablando.

—¿Y cuándo te vas a casar?

—El sábado que viene. ¿Tú también eres de los que piensas que no debo casarme con una negra?

—No, a mí lo que realmente me preocupa es que ella es la viuda de quien fue tu mejor amigo.

—Eso lo pensé mucho, pero en una de las reuniones que tuvimos para decidirlo, Felipito dijo: "Si papá pudiera opinar, estaría de acuerdo en que se casara."

Ya habían en Miami tres emisoras de radio en español, pero la de Avelino Morejón era la que más se escuchaba. Su programa "Hablando de Cuba" era el número uno. Había tenido que ampliarlo a cuatro horas. Empezaba a las dos de la tarde, y terminaba a las seis.

—Hoy yo quisiera discutir, o más bien, señalar, las cosas negativas del régimen comunista de Cuba, y si hay alguien que crea que todos estos años de desgobierno han hecho algo positivo, que lo diga también. Para eso están abiertos nuestros micrófonos. Primera llamada. "Hablando de Cuba", está usted en el aire.

—Sí, buenas tardes. Yo quiero decir que ellos hablan mucho de la alfabetización y yo, que fui alfabetizadora, le puedo decir que en Cuba no se enseñó a leer ni a escribir a nadie. A los guajiros los enseñaban a dibujar sus nombres y apellidos, nada más.

—Otra llamada. "Hablando de Cuba", está usted en el aire.

—Oiga, Avelino, esa astróloga que usted ha metido en el programa es una mierda. La semana pasa' me dijo...

—Aquí estamos hablando de Cuba, no de astrología. Además, mida sus palabras. Hay cientos de miles de personas escuchando este programa, para que venga usted a decir obscenidades.

—Mierda no es una obscenidad, mierda es mierda. Quítela del programa.

—¡Qué barbaridad! Les ruego que me perdonen, pero

resulta prácticamente imposible impedir que gente mal educada y grosera haga estas cosas. Ese es el problema al que nos enfrentamos los que abrimos los micrófonos. Bueno, vamos a continuar. "Hablando de Cuba", está usted en el aire.

—Esa que llamó tiene razón. Su astróloga, Carlota, es una mierda.

—Otro chusma. Otra llamada. ¿Opina usted que el gobierno comunista de Cuba ha hecho algo positivo desde que está en el poder?

—Absolutamente nada, son unos descaraos.

Otra llamada, "Hablando de Cuba", está usted en el aire.

—La Perla de las Antillas,
así la llamó Colón,
Cuba era un vacilón,
no había pulgas ni ladillas.

—¿De dónde habrá sacado esos versos?

—Son míos. ¿No están buenos? ¿Quiere que le recite otro?

—No, no, está bien, con uno basta. Pasemos a otra llamada. Diga, está usted en el aire.

—Yo opino que Castro ha hecho mucho por Cuba. Le ha regalado casas y tierra al pueblo, les ha dado educación y hospitales gratis.

—Pero oiga, usted habla como si fuera comunista.

—Como si fuera, no, soy comunista y a mucha honra.

Lula y su tía llegaron a la casa de la familia Muñoz a las ocho y media de la mañana. Habían dormido muy poco. El día anterior, viernes, trabajaron en la decoración de la casa. La habían llenado de ramas de árboles y flores. Lula había convencido a Chencho y a Rosita para llevar a cabo una vieja idea que ella tenía. Los quince años se celebrarían en plena selva. Y ese día, temprano, tendrían que comenzar los ensayos para que todo quedara bien. El presupuesto había sido poco, porque Crescencio quería para bailar, a las tres mejores orquestas de Miami: Los Sobrinos del Juez, Clouds, y Hansel y Raul. Ahora costaría todo cuarenta y dos mil dólares. Pero al padre de la quinceañera no le importaba. Estaba vendiendo viandas como carajo. Lula y Carmelina despertaron a la familia cuando llegaron.

La fiesta de quince de Clarita era muy importante, y todos tenían que cooperar. Los de la escenografía, que estaban allí desde temprano, empezaron a clavetear enseguida. Los de las plantas y las flores estaban listos para colocarlas, pero tenían que esperar a que estuviera lista la escenografía. Los modistos ya tenían preparados los dos trajes que vestiría Clarita, la homenajeada. La labor realizada por ellos había sido muy difícil, pues la quinceañera era obesa. Uno de los trajes, el más costoso, se lo pondrían al final, para que bailara el vals con su padre. El otro, era más fácil. Constaba solamente de dos piezas: la de abajo era como una tanga, que por cierto, cuando se la probó, se le perdía entre las nalgas enormes que tenía. Las copas de las piezas que debían cubrirle las tetas, parecían dos carpas de circo, pero le quedaron a su medida. A Chencho tuvieron que hacerle una etiqueta, pues no encontraron una lo suficientemente grande que se pudiera alquilar. El taparrabos fue fácil hacérselo.

La fiesta comenzaría a las ocho de la noche. Como los cubanos siempre llegan tarde, las invitaciones ponían el comienzo a las siete. El ensayo general, con ropa y música, comenzaría a las dos de la tarde. Todo tenía que estar listo para esa hora. Clarita entraría a la sala sentada en un trono. Ese trono lo cargarían cuatro negros que había conseguido Lula. Eran grandes y fuertes. Los cuatro eran americanos. Cuando vieron lo gorda que era la homenajeada, exigieron que se les pagara doble, y el ensayo aparte. Los cuatro negros también vestían taparrabos. Antes de aparecer Clarita en su trono, Los Sobrinos del Juez, desde adentro, tocarían una fanfarria. Se oscurecería un poco el salón y empezarían a salir de todas partes flechas iluminadas, que lanzaban los enemigos de "la

Reina de la Selva". Inmediatamente se escucharía el grito de Tarzán. Este papel lo hacía Chencho, el dueño de la casa, a quien ocultarían en la rama de un árbol. Chencho, agarrado a una soga que tenía a su alcance, debía impulsarse y llegar hasta donde estaba su hija y secuestrarla, para evitar su muerte en manos de sus enemigos. La idea era fenomenal, aunque resultaba difícil realizarla, por el peso excesivo de los protagonistas. Pero si se ensayaba bien, podrían lograrlo. La participación de Chencho, no se pudo ensayar, por no estar terminada la escenografía. Pero lo demás quedó muy bien. El ensayo terminó como a las cinco. Todos estaban muy contentos, sobre todo el dueño de la casa. Muy entusiasmado fue hasta el carro de Lula y Carmelina para decirles algo, antes de que se fueran.

—Me ha gustado mucho lo que he visto. Si todo queda así por la noche, va a ser una fiesta de quince del carajo. Perdónenme la expresión, pero es lo que siento.

—Qué bueno que le haya gustado mi idea.

—Sí, la verdad que lo que se te ha ocurrido es muy original. Yo no pude ensayar la parte mía, pero a la noche no va a haber problemas. Pueden irse tranquilas.

Lula y Carmelina regresaron casi enseguida. A las siete ya estaban de vuelta. Las maquilladoras y la peinadora, así como los modistos, estaban dándole los últimos toques a los protagonistas. La que mejor lucía era la madre de la quinceañera: la habían puesto preciosa. La ropa que vestía Clarita era bonita y muy cara, pero su gordura lo echaba a perder todo. Parecía un camión adornado. Crescencio tomaba ron con Coca-Cola, y a las ocho menos veinte ya se había metido media botella. Lo habían encaramado en su árbol antes de que llegaran los primeros invitados, y allá arriba, como estaba solo, seguía bebiendo ron. Los Sobrinos del Juez empezaron a tocar el primer set a las ocho. Ya la casa estaba llena. Lula había escondido afuera a los cuatro negros con el trono, Clarita encaramada arriba. Dio órdenes que oscurecieran la sala y abrió las dos puertas de entrada. Los Sobrinos del Juez dejaron de tocar música bailable y ejecutaron una fanfarria. Todos empezaron a aplaudir cuando vieron a "la Reina de la Selva" en un trono, sujetado por cuatro negros. Cuando llegaron al centro del salón, empezaron a salir flechas iluminadas que atacaban a la gorda. Se escuchó de pronto el grito de Tarzán dado por Chencho, que ya tenía una borrachera del carajo. Un spotlight, desde abajo, lo iluminó. Volvió a dar otro grito, agarró la soga que tenía a su lado, y se lanzó en dirección al trono que traía a su hija. La descojonación que se formó fue indescriptible. La soga de Chencho, quien pesaba tanto, se zafó de arriba, y cayó de cabeza sobre su hija en el trono. El reguero de negros y gordos que se formó, junto con algunos de los invitados, fue de madre, y por poco se jodió la fiesta. Afortunadamente no hubo heridos. Chencho se incorporó inmediatamente, con su taparrabos puesto, y empezó a dar gritos:

—¡No ha pasado nada, que siga la fiesta!

Lula salió corriendo rumbo a la orquesta, y les pidió que empezaran a tocar de nuevo. Los invitados gozaron aquel rescate como carajo. Algunos creían que habían hecho eso a propósito, para hacer reír. Esa no fue la idea, pero los que estaban allí se divirtieron muchísimo. A Chencho, de la borrachera que había cogido, tuvieron que acostarlo a las nueve. Lula y su tía, que ya habían cobrado, se fueron.

En la tertulia de ese sábado en la Flor del Southwest, Romerillo quería hablar sobre el racismo aquí en los Estados Unidos y en Cuba. Los invitados eran más o menos los mismos, más un negrito cubano recién llegado, que consiguió trabajo enseguida en Radio Martí, y que daba conferencias de vez en cuando en algunas universidades. Los comunistas en Cuba lo habían enseñado a trepar, y lo hacía muy bien. Ya se había colado en la élite de la intelectualidad miamense. El se imaginó que por ser negro, y según él, filósofo, iba a robarse el show en la tertulia, pero se cogió el culo con la puerta, pues Romerillo había invitado también a un amigo suyo, que además de ser negro, era anti-comunista desde que Fidel se instaló en el poder. En dos ocasiones, estando en Cuba, le había preparado atentados al máximo líder. En los dos salió herido, y en el primero perdió a su hermano menor. A su padre lo habían llevado al paredón, y su mamá estaba cumpliendo una condena de veinte años. Era maestra, y se negó a adoctrinar a sus alumnos. Como siempre, Romerillo hizo la presentación de la tertulia.

—Hoy, ya muchos de ustedes lo saben, vamos a hablar de racismo. Racismo en Cuba, en los Estados Unidos y en todas partes. Le cedo la palabra al profesor Amaya, un gran conocedor de este tema.

—Muchas gracias. Yo quisiera comenzar hablando del racismo en Cuba, antes y después de Castro. Hace poco oí a alguien por radio (creo que era un recién llegado) decir que antes de llegar esa revolución al poder en Cuba, había mucho racismo y que Castro había eliminado eso. Evidentemente, ese señor que hablaba (lamento no poder acordarme de su nombre), o era un desconocedor total de ese problema, o lo habían infiltrado aquí los comunistas para que realizara esa labor, y tratara de dividirnos a los cubanos.

Alguien lo interrumpió: —Perdóneme profesor, pero para fortalecer su argumento, quiero dar el siguiente dato: en 1965, Edgar Hoover, el que creó el FBI, declaró que en aquellos momentos había, en el sur de la Florida, más de cinco mil infiltrados del régimen de Cuba. Imagínese ahora. Perdone la interrupción. Prosiga.

—Ese señor que se manifestó así en ese programa, tal parece que nunca oyó hablar de Juan Gualberto Gómez, o ignoraba que el primer presidente que tuvo el Senado de la República de Cuba era un negro que se llamó Morúa Delgado, y que por la Cámara de Representantes y el Senado desfilaron infinidad de negros y mulatos que nunca hablaron de racismo.

Desde atrás, uno gritó: —¿Y Batista, qué era, blanco? De lo único que le han hablado a estos negros verde olivo de ahora, es de la guerrita de 1912 y de lo racista que era José Miguel Gómez. Los infiltraron aquí para que lo repitan en todas partes, como cotorras.

—No quiero extenderme, porque hace falta que otros opinen y no disponemos de mucho tiempo.

—Si alguien aquí discrepa de lo que ha dicho el profesor, este es el momento.

El negrito verde olivo levantó la mano.

—Negar que en Cuba había racismo antes de la revolución, es algo que nadie cree.

Lázaro Reguera, el otro negro que estaba en la reunión, muy conocido de los exiliados por su lucha contra el castrismo, dijo sin levantarse de su silla: —Y negar que ese gobierno revolucionario que usted representa…

—No, yo no represento a ningún gobierno. Yo soy un hombre libre.

—Ahora. Cuando estaba en Cuba no lo era.

—Mire señor, yo a pesar de haber llegado hace poco tiempo, en ningún momento he dejado de combatir al régimen de Castro.

—Le están pagando muy bien para que lo haga. Tengo entendido que usted, desde que llegó, está cobrando un sueldo de Radio Martí.

Chacho desde atrás, gritó: —¡Y llegó hace nada más que tres meses! Yo tengo un amigo periodista que perdió su pierna en Playa Girón combatiendo al comunismo, que hizo su solicitud para trabajar en Radio Martí hace más de tres años, y todavía no le han contestado.

Bautista, el chef, metió la cuchareta.

—Al hijo mío le ha pasado igual.

Y apuntándole con el dedo al negrito recién llegado, le

preguntó:

—¿Cómo te llamas tú, chico?

—Eso no tiene importancia.

—¿Tú no escribes de vez en cuando en el *Herald*?

—Sí, pero déjeme contestarle al que dijo que yo representaba al gobierno cubano.

—Si no lo representas, haces muy bien el papel.

Romerillo intervino: —Señores, yo creo que no debemos continuar en esto, porque es lo de nunca acabar.

Esta vez, Lázaro se levantó: —Es que se cansa uno, chico. Este no es el primero que mandan de Cuba para crear divisionismo entre nosotros. Tengo entendido que hay uno por ahí, que tiene un grupo que le ha puesto "Free Black Cubans".

—Bueno señor, en este país cada uno tiene derecho a hacer lo que quiera.

—Sí, esa lección ustedes se la aprenden muy bien en cuanto llegan. Pero yo quisiera preguntarle: ¿cuántas veces en Cuba usted hizo lo que le daba la gana?

No lo dejaron contestar; cinco o seis gritaron a coro: —Ninguna.

—Bueno señores, si me han invitado para insultarme, yo me retiro.

Recogió su maletín y se fue.

Lázaro, el otro negro que tenía un gran sentido del humor, gritó:

—¡Que se vaya pa'l carajo! Uno menos. ¿Quién invitó a este aquí?

Era muy temprano cuando Tico llamó a Tania a su casa.

—Hello.

—¿Te desperté?

—No, yo siempre hablo así por las mañanas. Claro que me despertaste.

—Pero no lo hice por gusto. Tienes que estar en el Canal 23 antes de las diez de la mañana.

—¿Qué es lo que pasa?

—Van a hacer un casting para una novela. Yo voy a estar allí a las nueve y media. Ponte bien guapa y lleva tu resumé.

—¿Cómo me visto?

—Elegante, sexy.

—O.K. Antes de las diez estoy allí.

Tico llegó al Canal antes que ella. Eran las nueve y cinco y ya, entre mujeres y hombres que pretendían actuar en la novela, habían más de cuarenta. Cuando Tania llegó, hubo más de uno que dijo bajito: —Coño.

Tico, que le había reservado una silla, salió a su encuentro.

—¿Todavía no han empezado?

—No, no son las diez.

—¿Y esto quién lo va a hacer?

—Una compañía de casting, son mejicanos.

—Entonces, me chivé.

—No me digas, que la mejor que hay aquí no te llega ni a la chancleta.

—Sí, pero soy cubana.

Una vieja alta, fea, con unos espejuelos en la mano, se sentó a una mesa que estaba situada frente a los que estaban allí. No había tenido tiempo de teñirse, tenía en la cabeza muchos más pelos canosos que rubios. Empezó a hojear las carpetas que un yucateco, que venía con ella, había traído. Revisó primero el que estaba arriba y lo puso a un lado. Su secretario, el chiquitico, lo tomó, miró el nombre del aspirante a quien pertenecía, y dijo en voz alta:

—Arnaldo Bereta.

Un hombre de unos cincuenta años, se puso de pie.

—Servidor.

—Venga mañana, a las dos de la tarde.

La vieja siguió hojeando el contenido de las carpetas que tenía delante. La mayoría se los pasaba al secretario, para que le diera una nueva cita. Se quedó ella con tres que pertenecían a hombres y siete a mujeres. Llamó al primero: —Tony Bermúdez.

Un muchacho joven, muy bien parecido, se identificó. Hasta ese momento lucía muy hombre, pero cuando empezó a caminar rumbo a la mesa, se le salió la mariconería.

—Venga conmigo.

Y lo llevó a otro salón donde le harían la prueba.

Una de las actrices que esperaba, le dijo a la que tenía al lado, contemplando al muchacho: —¡Qué desperdicio!

—¿Tú lo conoces?

—De otro casting que fui, pero nunca he hablado con él.

Tico, que todavía estaba allí, se despidió de Tania.

—Mira, esto va para largo. Después que te entrevisten, llámame al celular. Yo me voy, porque tengo muchas cosas que hacer. Buena suerte.

La entrevista con el mariconcito no duró mucho. La cara reflejaba el poco éxito que había tenido. Siguieron llamando aspirantes. Tania fue casi la última. Cuando entró a la oficina donde estaban los del casting, los impresionó muy bien. Habían tres allí, una mujer y dos hombres. Los tres mejicanos. La mujer era joven y tenía aspecto de universitaria. Estaba muy bien arregladita y maquillada con sencillez. Era la que primero revisaba los resumés de los que aspiraban a actuar en la novela que estaban preparando. El más joven de los hombres, también lucía muy capacitado. El otro, que evidentemente era el que lo decidía todo, era gordo y barrigón. Recientemente se había sembrado pelo en su cuero cabelludo. El trasplante debió haberle costado muy barato, porque la siembra que le habían hecho, lo daba a entender. Se parecía a la muñequita española Mariquita Pérez. Vestía un traje con camisa sport. La chaqueta la mantenía abierta, desde luego, y dos de los botones de la camisa estaban al reventarse. Fumaba puros constantemente, haciéndole la vida imposible a los que tenía a su alrededor, pero como era el jefe, había que soportarlo. Sentaron a Tania frente a ellos, y la muchacha empezó a interrogarla. Tania, que había llenado aquel resumé de mentiras, falló en algunas respuestas, pero cada vez que lo hacía, el gordo intervenía:

—Eso no tiene que ver.

Cesaron los interrogatorios, y la sometieron a una prueba de actuación. El mejicano joven le dio un libreto.

—Interprete al personaje que se llama Leonor, yo haré de galán.

—¿Puedo repasarlo un poco?

—Tómese el tiempo que usted quiera.

Se fue hasta un rincón de la oficina y ensayó en voz baja el papel que le había asignado el del casting. Mientras tanto, el gordo y la muchacha hablaban de ella. El gordo, a quien Tania le había caído tan bien, se derretía en elogios:

—Tiene un tipo fantástico.

—Pero no tiene experiencia ninguna.

—Eso no tiene importancia. Hoy en día, cualquiera actúa.

A pesar de que estaba un poco nerviosa, cuando le hicieron la prueba de actuación, la impresión que les dejó a los del casting fue buena. Cuando terminó, la muchacha le pidió que esperara en el otro salón, hasta que terminaran. Un rato después, la volvieron a llamar. Esta vez fue el gordo quien se encargó de hacerle algunas preguntas.

—¿Tú vives aquí en Miami?

—Sí señor.

—No tienes que tratarme con tanto respeto. Mi nombre es Raimundo y puedes tutearme.

—Muy bien señor. Ay, perdóneme.

—No importa. ¿Tú puedes viajar?

—Sí, a cualquier parte.

—Bueno, puedes retirarte. Vamos a seguir hablando de ti durante un rato más, y ya te llamaremos.

En cuanto salió de allí, se comunicó con Tico.

—Oye, creo que me fue muy bien.

—Cuéntame.

—Les causé muy buena impresión.

—¿Qué te dijeron?

—Por ahora nada, quedaron en llamarme.

—O.K. Luego te llamo para que me cuentes.

Uno de los negros que cargó a Clarita en su trono el día de los quince, se presentó en casa de Crescencio tres días después. La propia Clarita le abrió la puerta.

—Yes?

—Don't you know who I am?

Lo reconoció enseguida. Incluso, se acordó de su nombre.

—Of course. How can I help you, Andy?

Crescencio desde adentro, gritó: —¿Quién es, Clarita?

—Uno de los que cargó mi trono en la fiesta.

—¿Qué quiere?

—Ahora te digo.

Unos minutos después, fue hasta donde estaba su padre.

—Viene a reclamar.

—¿A reclamar qué?

—Dice que el otro día, cuando se cayó el trono, se le metió un clavo en un pie, y quiere compensación. O si no, nos lleva a la corte.

—Dile que vaya a reclamar a casa del carajo.

—¿Cómo le voy a decir eso, papá?

—En inglés.

—No lo tires a relajo.

—Bueno, dale la dirección y el teléfono de Lula y su tía, y dile que es a ellas a quien tiene que reclamarles. Eso no tiene nada que ver conmigo. Que ellas fueron las que lo contrataron.

—Eso está mejor.

La verdad es que ese tipo, el propietario del taller a donde me llevó Eduardo, mi último dueño, sabe. Me ha dejado como nuevo. Ahora sí que puedo darme importancia. El hijo de Eduardo, Eddy, se ha enamorao de mí, y en lugar de andar en su BMW, sale conmigo a todas partes. Casi siempre está metido en South Beach, y la gente con la que alterna no me gusta nada. No quiero pensar mal, pero me parece que está cogiendo cocaína. Si yo pudiera hablar, se lo diría a su padre. Si sigue así, este muchacho se va a joder.

Pero no hizo falta que el Cadillac hablara. Aquel viernes, antes de cerrar las oficinas, la secretaria de Eduardo le comunicó a su hijo que no se fuera, que su padre quería reunirse con él. Cuando se marchó el último empleado, Eddy fue a verlo.

—Me dijo Johanna que querías reunirte conmigo.

—Sí, siéntate ahí.

Lo estuvo observando durante unos minutos. Eddy, sin que se lo hubieran dicho, se imaginó enseguida lo que pasaba.

—Estuve chequeando la cuenta que tienes en el banco.

—¿Pasa algo?

—Estás comprando mucha cocaína.

—¿De dónde tú sacas eso?

—Déjate de mariconerías conmigo, que te voy a zafar la cabeza de un piñazo.

—Papa, ¿te has vuelto loco?

—Tengo todas las pruebas, se la estás comprando al hijoeputa aquel que estaba hablando contigo el día que compré el Cadillac. Sé cómo se llama, tengo su record criminal, lo tengo todo. A partir de hoy, con todo lo grande que estás, vas a ir conmigo para la casa después del trabajo todos los días, y no vas a salir a ninguna parte hasta que yo te diga. Acuérdate que yo no soy americano. Yo soy cubano, y en mi casa mando yo. Y si no me obedeces, te vas pa'l carajo y no puedes regresar más. Estoy avergonzado de ti, coño. Yo creía que eras más inteligente, pero no vales la pena, eres una mierda.

Eran como las diez de la mañana cuando sonó el timbre de la puerta de la casa de Lula.

Carmelina preguntó: —¿Quién es?

—My name is Andy. I was one of the guys that carried Clarita the other night.

Carmelina, que no entendía el inglés, llamó a su sobrina.

—Lula, ven pa' acá, que allá afuera hay un americano que yo no sé lo que quiere, lo único que entendí de lo que dijo fue Clarita.

Lula vino enseguida.

—Yes?

—I'm Andy, one of the guys that worked for you last Saturday. Remember?

—Yes, I remember, but what do you want?

—I want to talk to you.

Sin abrirle la puerta, volvió a preguntarle: —About what? I'm busy now.

—It wouldn't take long. I just want to let you know that I was injured over there, when that thing fell.

Le abrió la puerta. El pie izquierdo del negro, estaba totalmente cubierto por gasas y esparadrapo, caminaba ayudado por una muleta debajo del sobaco izquierdo.

—What happened?

—I told you. I had an accident that night with a nail.

Carmelina, que estaba loca por saber lo que estaba pasando, se metió en la conversación: —¿Qué es lo que pasa, chica?

—Dice que el sábado se hirió con un clavo, cuando se cayó el trono.

—¿Y qué quiere?

—Todavía no me ha dicho, me imagino que dinero.

—Déjame eso a mí. Yu wan mony?

—Yes.

—Pues vete a buscarlo a casa del carajo.

—Tía, déjame a mí hablar con él.

—Este negro es un descarao.

Andy no sabía de lo que estaban hablando.

—What did she say?

—Don't worry.

—Don wory no. Dile lo que yo te dije que se vaya pa'l carajo.

—Tía, así no vamos a resolver este problema. Déjame a mí hablar con él. How much do you want?

—One thousand.

Carmelina saltó: —¿Uan zausan no es mil?

—Sí.

—Dile lo que yo te dije, que se vaya a buscar los mil pesos a casa del carajo.

—What did she say?

—Never mind what she said.

Carmelina no se podía contener.

—Déjame resolver esto a mí, chica.

—Yo voy allá adentro a buscar algo. Espérame aquí, y no hables con él hasta que yo llegue.

Salió disparada rumbo a su cuarto, y regresó con un cassette en la mano. Se paró frente a él.

—¿Tú ves esto que tengo aquí en la mano? Aquí está grabada una conversación que tuviste con uno de tus compañeros, mientras fumaban mariguana en el cuarto de la casa donde se estaban cambiando. Aquí está el nombre del que te la vendió, dónde se la compraste, cuánto pagaste por ella, todo. Si te atreves a hacer una denuncia, te voy a meter en la cárcel, ¿me oíste?

Lula no sabía qué hacer, estaba asombrada. Ignoraba todo aquello que estaba diciendo su tía. ¿De dónde había sacado ese cassette?

—Tía, ¿de dónde sacaste eso?

—Never main. Tradúcele lo que le dije.

La sobrina no sabía qué hacer.

—Chica, ¿tú le tienes miedo al negro maricón este?

—Yo, no.

—Entonces dile en inglés lo que yo le dije.

Andy estaba medio apendejado y se le notaba. Haciendo un gran esfuerzo, Lula le tradujo lo que le había dicho su tía. El casi no la dejó terminar.

—In that case, I think I'd better go.

Dio media vuelta y salió para la calle, sin apoyarse en la muleta.

Lula cerró la puerta, y se le quedó mirando a Carmelina.

—Hay que ver que tú eres del carajo. ¿De dónde sacaste todo eso?

—Yo no hablo inglés, pero esa tarde durante el ensayo, ellos estaban fumando mariguana en el cuartico donde se cambiaron, y yo los oí hablando. Lo demás, lo inventé. Si te dejo a ti, él es el que nos mete en la cárcel a nosotras.

Cuando Tania llegó a su casa esa tarde, tenía tres mensajes en la grabadora. Los tres los había dejado la misma persona, y decían más o menos lo mismo, que llamara al señor Raimundo Catalá al Hotel Marriot, habitación 2211. Llamó y él mismo contestó.

—¿Bueno?

—Con el señor Catalá, por favor.

—Es el que habla.

—Es Tania, señor Catalá.

—Mira Tania, yo embarco rumbo a Los Angeles, a las siete de la noche, y son las cuatro. ¿Tú crees que podríamos vernos en el aeropuerto a las cinco?

—Yo creo que sí. Dígame dónde.

—Por allí, por American Airlines. O mejor, en el bar que está en el último piso del hotel.

—Allí estaré a las cinco.

Colgó, e inmediatamente llamó a Tico.

—¿Tú sabes quién acaba de llamarme? Raimundo Catalá.

—¿Quién es ese?

—Nada menos que el productor de la novela. Me citó en el aeropuerto porque él se va a las siete, y quiere entrevistarse conmigo antes de irse. ¿Qué te parece?

—Me parece que está interesado. A lo mejor, muy interesado.

—Eso no es malo.

—Algunas veces, no.

—¿Qué estás pensando, Tico?

—Ten mucho cuidao, porque a lo mejor lo que quiere es otra cosa.

—Tú me hablas como si yo tuviera quince años. Yo estoy muy vieja ya, Tico.

—Es que yo conozco a la gente que se dedica a eso.

—No te preocupes, que yo sé defenderme. Si no te conociera bien, diría que estás celoso.

—A lo mejor.

—'Táte tranquilo.

Cuando llegó al bar del hotel del aeropuerto, ya el gordo la estaba esperando. Antes de ella sentarse, él la besó en la mejilla. Tania solamente puso la cara para que él lo pudiera hacer, pero no lo besó porque estaba muy sudado, a pesar de que el aire acondicionado estaba bastante bajo.

—¿Quieres un Martini?

—No, quisiera una Perrier con limón.

—Tania, ¿cuál es tu apellido?

—Quiñones. Me he casado dos veces, pero conservo el apellido de mi padre.

—Has hecho bien. Bueno, a lo que iba. ¿Te gustaría ser la protagonista de mi novela?

Se quedó muda, no sabía qué contestar.

—¿Te ha sorprendido mi proposición?

—Imagínese.

—Tú encajas perfectamente en ese personaje. Si me dices que sí, la semana que viene te espero en Méjico para empezar a trabajar en todo.

Le entregó una tarjeta que contenía los teléfonos y las direcciones de él y su personal.

—Ponte de acuerdo con la gente mía de Miami mañana mismo. Yo les di instrucciones, ellos lo prepararán todo y te dirán qué día puedes viajar.

—Muy bien, haré como usted diga.

Esa misma noche se reunió con Tico.

—¿Y no te habló de sueldo ni nada?

—No, solamente me dijo lo que te acabo de contar.

—Pero eso no puede ser así. Dame la tarjeta esa que te dio. Soy yo quien debe llamar a esa gente.

—Tico, por lo más que tú quieras, ten cuidado.

—¿Cuidado de qué, chica? Vamos a hacer lo que se hace en estos casos. Es conmigo con quien hay que hablar. Tú, tranquila. Yo sé cómo se manejan estas cosas.

Al día siguiente fue a las oficinas del gordo en Miami. Le entregó una tarjeta suya a la recepcionista.

—Yo represento a Tania Quiñones y quisiera hablar con la persona responsable de las contrataciones.

La muchacha habló brevemente con alguien.

—Me comunican que de eso solamente se encarga el señor Raimundo Catalá, en Méjico. Si usted quiere, puedo llamarlo para conseguirle una cita.

—No, gracias, yo tengo sus teléfonos.

Cuando se reunió de nuevo con Tania para decirle lo que había que hacer, esta no lo aprobó.

—Déjame serte franca. Yo creo que por ahora, tú no debes intervenir.

—¿Quieres ir a Méjico sola?

—Sí, no creo que este es el momento para hablarle de contratos.

—¿Ah, no? ¿Y te vas a ir a Méjico a empezar a prepararlo

todo como te dijo él sin ni siquiera saber lo que vas a ganar?

—Es que no quiero que esto se caiga.

—Mira Tania, si en este negocio —en este y en todos los negocios— no te das importancia, no te consideran.

—Yo opino que debemos esperar a que se encariñe un poco más con su personaje.

—¿Con su personaje o contigo?

—¡Qué inteligente eres! Déjame ir sola. Será mejor así.

Cuando Romerillo vio la primera plana de *La Voz del Exilio* esa noche, cogió tremendo encabronamiento.

—¿A quién carajo se le ocurrió esto?

La cara del Mago de la Salsa ocupaba casi la primera página completa. El cintillo decía: "Al fin cantará en Miami el Mago de la Salsa".

Volvió a gritar: —¡Tráiganme al comemierda que hizo esto!

Ñoña se apareció en su oficina.

—Fue el balserito ese que empezó la semana pasada. Chacho cree que él es muy bueno en cosas de farándula, y le encomendó que lo hiciera.

—¿Dónde está Chacho?

—Fue a desayunar, viene enseguida para acá.

—¿De dónde sacó tu marido a ese balsero? Aquí hay que tener mucho cuidado, llámamelo acá.

—Ya te dije que se fue a desayunar.

—A Chacho no, al balsero, quiero conocerlo.

En esos momentos entró Chacho con un cartuchito lleno de pasteles en la mano.

—¿Qué pasó?

—¿De dónde sacaste tú al que hizo esto del Mago de la Salsa?

—¿No te gustó?

—¿Cómo coño me va a gustar, Chacho? En primer lugar,

esa palabrita salsa, la tengo atravesa' desde hace mucho tiempo. Y en segundo lugar, ese llamado Mago es una mierda a quien no se le puede dar tanta importancia.

—Pues a todos los demás que han venido antes, el público a ido a verlos y han pagao.

—Sí. Los pocos que han ido son balseros, igual que ellos.

—¿Y los artistas viejos que traen a cada rato?

—A nadie les interesan. Chacho, no jodas más.

—¿Tú no sientes nostalgia cuando los ves?

—¿Me estás hablando en serio? Esos artistas se pusieron viejos, pujándole gracias a Fidel Castro durante cuarenta años. Ahora, que se jodan. ¿Que están viejos? Regálale una caja de supositorios pa'l estreñimiento y otra de pañales, pa' que no se meen en la calle, pero que vayan a cantar a casa del carajo. Tráeme al balsero farandulero ese que hizo este reportaje, que necesito hablar con él.

—No vayas a maltratarlo, que es buen muchacho.

—Tráemelo.

Unos minutos después entró el balserito a la oficina del director.

—Siéntate. ¿Cómo tú te llamas?

—Anastacio. Pero siempre me han dicho Nato.

—¿Qué tiempo hace que llegaste?

—Dos meses.

—Al Mago ese de la Salsa, tú lo conoces de Cuba, ¿verdad?

—Sí, allá era muy famoso. Por eso le hice el reportaje.

—A ti nadie te pidió que hicieras eso.

—Bueno, yo conozco de Cuba al promotor que lo trajo.

—Me lo imaginé. Mira Nato, este periódico no está hecho para los balseros. Lo hacemos para los cubanos que no se han resignado a tener una patria esclava, balseros o no.

—Perdóneme señor, yo no sabía que eso iba a traer tantos problemas.

—Déjale eso a los redactores pro-fidelistas que se han infiltrado al *Nuevo Herald* y al Canal 23. Aquí somos antifidelistas y anti-salseros. ¿Tú no sabes que la salsa es música cubana que le hicieron arreglos nuevos y le cambiaron el nombre? Es música que nos robaron.

—No, yo no lo sabía.

—Pues ya lo sabes. Puedes retirarte. Dile al señor Bru que venga acá.

Se quedó hablando bajito.

—Hay que averiguar de donde sacan el dinero esos promotores que están trayendo a toda esa gente.

Chacho llegó.

—¿Qué quieres ahora?

—¿Cuántos ejemplares de esos del salsero han tirado?

—Las pruebas nada más.

—O.K. Recoge todas esas pruebas y haz otra primera plana.

—¿Que haga otra primera plana? No va a haber tiempo.

—Hay que hacerlo. Nuestro periódico no puede salir a la calle con una mierda como esa en la primera página. Mándate a correr.

—Pero Romerillo, lo más probable es que no podamos salir esta noche.

—No saldremos. Así por lo menos, no saldremos. Inventa.

Yamil, el fotógrafo, almorzaba en un restaurancito que había a media cuadra de su estudio. Siempre se sentaba en una de las mesas que atendía Zulema, una mulata dominicana jovencita que era tremenda hembra. Yamil, de vez en cuando, le hacía un disparo, pero ella no le prestaba atención.

—¿Cómo tú, con esa cara y ese cuerpo que tienes, no estás en televisión?

—Eso es muy difícil, señor.

—Difícil si no conoces a nadie allí.

—¿Usted conoce a alguien?

—¿Que si conozco a alguien? Mejor pregúntame a quién no conozco.

—¿Usted qué hace?

—¿Tú no sabes que ese estudio que hay en la esquina es el mío? Yo soy fotógrafo.

—¿No me diga?

—Cuando quieras, ve por allá, que te voy a hacer un juego de fotos, que el que las vea, te contrata.

Sacó una tarjeta y se la dio.

—Llámame cuando quieras pa' hacer una cita.

—El único día que yo puedo es el lunes, que estoy libre.

—Bueno, te espero el lunes. Lleva todo tipo de vestuario, sobre todo ropa interior. Tú debes lucir muy bien en ropa interior.

—Oh, ¿pero tengo que retratarme en ropa interior?

—Debes hacerlo. Uno tiene que venderse, mija.

—¿A qué hora voy?

—¿Te viene bien a las cuatro de la tarde?

—O.K. El lunes a las cuatro estoy allí.

—Trata de ir sola. No lleves a nadie porque se ponen a opinar y eso, y no me dejan trabajar tranquilo.

Ese día, tal y como lo acordaron, Zulema llegó al estudio a las cuatro de la tarde.

—No me imaginé que fueras tan puntual.

—Siempre lo he sido.

—O.K. ¿Trajiste la ropa que te dije?

—Sí, toda.

—Ven conmigo para llevarte al camerino. Allí puedes retocarte el maquillaje y cambiarte de ropa.

La llevó hasta el cuartico que él tenía preparado con los agujeros. Ella empezó a desnudarse, y él a hacerse la paja correspondiente. Transcurrieron como quince minutos. Ella desde adentro le avisó.

—Ya estoy lista para la primera foto, señor Yamil.

—Ven para acá.

Zulema salió del cuartico con un vestido de noche muy bonito.

—¿Qué le parece?

—Luces preciosa. Ven, pon el brazo izquierdo sobre esta columna y mira para la cámara.

Le tomó varias fotos en esa posición.

—Muy bien, cámbiate. Ponte la ropa interior.

Zulema salió rumbo al cuartico. Al poco rato, Yamil, a quien la mulatica tenía enfermo, le preguntó desde afuera, temblándole la voz de lo excitado que estaba.

—¿Ya estás en panties?

—Sí.

—Se me ha ocurrido una idea. Con tu permiso, voy a entrar.

Se le apareció allí a Zulema con una almohadita en la mano.

—Mira, esto hay que hacerlo pa' impresionar. A ti no te hace falta porque lo tienes bastante grande, pero la almohadita siempre ayuda.

Sin permiso de ella, le metió la mano en el bloomer para colocarle la almohadita sobre el pipi. De pronto, se abrió la puerta del cuartico. El primer batazo se lo dieron por la espalda y cayó al suelo. Zulema empezó a gritar. El hombre no dejaba de darle palos a Yamil por los brazos, por las piernas, por la cabeza. Ya Yamil no se quejaba, estaba inconsciente.

Zulema seguía dando gritos: —Lo vas a matar, Rafa. Lo vas a matar.

—Eso es lo que se merece este hijoeputa. Te lo advertí, pero no me hiciste caso porque querías ser artista de televisión. Tiró el bate de béisbol lleno de manchas de sangre en el suelo.

—Acaba de vestirte, y vámonos de aquí.

Una hora después, Yamil recobró el conocimiento y pudo acercarse al teléfono. Llamó a su mujer a su casa.

—Estela.

—Aló.

—Soy yo, Estela.

Ella gritó más alto: —¡Aló!

—Soy yo, chica.

Al fin lo reconoció.

—¿Qué te pasa que estás hablando así?

—Me asaltaron, ven pa' acá y llama al 911.

Ese día, en el noticiero de las seis de la tarde dieron la noticia:

—Dos desconocidos, armados de bates de pelota, asaltaron esta tarde al conocido fotógrafo cubano Yamil Amón en su estudio. Aparentemente, algo les hizo abandonar el lugar de los hechos. No pudieron llevarse nada. Dos cámaras aparecieron tiradas en el suelo. Una dentro del estudio y otra en la acera. Yamil fue trasladado al Hospital Jackson Memorial donde se encuentra en estado grave.

La emisora de Avelino seguía en primer lugar entre los hispanohablantes de Miami. Ahora, de seis a siete de la tarde, transmitía un programa que se titulaba "Anuncios Clasificados". El era el anfitrión. Como siempre, no le daba chance a nadie, a pesar de que él no era nada original. Este nuevo programa era igual al anterior. Un micrófono abierto más.

—"Anuncios Clasificados", ¿qué es lo que vende o quiere comprar?

Una mujer fue la primera en salir al aire.

—Buenas tardes, yo vendo un televisor en blanco y negro, y la mesita que va con él.

—¿Cuánto quiere por las dos cosas?

—Veinticinco pesos.

—¿Y el televisor funciona?

—Claro.

—Entonces está barato. Diga su número de teléfono.

Casi todos los que llamaban, vendían algo viejo. Cosas que no valían la pena.

—"Anuncios Clasificados", está usted en el aire.

—¿Usted sabe de alguien que venda un tibor?

—Hasta ahora no ha llamado nadie vendiendo tibores. ¿Le hace falta uno?

—Sí. ¿Usted sabe para qué?

—Dígame.

—Para llenarlo de mierda, esperarlo a usted cuando salga de la estación, y tirárselo por la cabeza.

—Usted, además de ser grosero, me tiene muy mala voluntad.

—Es que usted se merece eso. A esa estación deberían traer a alguien que tenga dos dedos de frente, para que saque del aire toda esa mierda que usted está haciendo y haga una programación que valga la pena. Una programación que no nos haga a los cubanos sentirnos avergonzados.

Y colgó.

—¿Lo oyeron? Colgó. Así se portan los cobardes. Vamos a otra llamada. Está usted en el aire.

—Ese que llamó tiene razón, yo pienso igual que él.

—Otro cobarde, colgó también. No me dejan contestarles. Vamos a otra llamada. "Anuncios Clasificados", está usted en el aire.

—Oiga, yo soy travesti, y estoy vendiendo toda mi ropa. Si a alguien le interesa, que me llame ahí a la emisora. Yo no quiero dar mi teléfono, porque luego me molestan mucho. Ah, se me olvidó decir que los zapatos los regalo.

—Muy bien, ¿y cuánto quiere por todo eso?

—Si el que la viene a comprar me cae bien, le doy un buen precio y le ayudo a montar una rutina. Yo sé mucho de eso. Tengo cuarenta años de experiencia. Me retiro porque no me queda más remedio. Estoy muy vieja ya.

El Nuevo Herald, que ya era tan importante como su padre, *The Miami Herald*, realizaría ese día una reunión entre los más importantes del periódico, para discutir ciertos cambios que eran necesarios hacer. Dos cubanos que figuraban entre los fundadores del diario, fueron los primeros en llegar al salón de conferencias donde se celebraría el mitin. Uno de ellos, cronista de deportes y el otro, redactor de noticias.

—¿Pa' qué tú crees que sea esto?

—Pa' reemplazar a algunos más de nosotros por latinoamericanos, o por cubanitos recién llegados.

—Si fuera pa' eso, ¿pa' qué nos citaron a ti y a mí?

—De entrada no van a decirnos que nos vayamos pa'l carajo. Hoy a lo mejor, nos hablan de los cambios que hay que hacer en las distintas secciones. Nos dirán, por ejemplo, que no son sólo los cubanos los subscriptores, que la población hispanohablante de Miami es muy heterogénea, y que hay que ocuparse de todo el mundo. Que en los deportes hay que prestarle tanta atención al fútbol europeo como al americano, que en las páginas de espectáculos tienen que aparecer figuras centro y suramericanas, que no son conocidas aquí. Que en esos países hay mujeres con cuerpos espectaculares que tenemos que mostrarles a los lectores.

—¿Y qué explicación le das a tantos periodistas jóvenes, acabados de llegar de Cuba que se nos han infiltrado aquí?

—Coño, ¿van a seguir toda la vida con esto lleno de viejos? Además, ellos son los que conocen bien a toda esta mierda que están contratando, para presentarla en los Estados Unidos.

—¿A ti no te parece que aquí se le dio demasiada importancia a la presentación de los Van Van?

—Claro, pero no sólo fue *El Nuevo Herald*, en las estaciones de radio fue del carajo.

—¿Y la televisión?

—No, ahí estamos más jodíos. Hay que tragarse todo el material mejicano que nos disparan. Hace poco la cogieron con Gloria Trevi. Esa lo único que sabe es encuerarse y todos los días la tenían en los noticieros.

—Porque es mejicana.

—Y a los mejicanos, en las dos cadenas, los complacen más que a nadie. Hasta en los anuncios nos lo disparan.

—¿Qué le vamos a hacer?

—Si seguimos así, vamos a tener que irnos de Miami.

—¡Qué ganas tengo de que Cuba sea libre, coño!

A Eloy Castaño no le hizo ninguna gracia que su hijo, Eloicito, se cambiara el apellido. A Carmen, su mujer, tampoco le había gustado, pero ella trataba de convencer a su marido de que lo que el niño había hecho era necesario: la eñe de Castaño era un problema. No se les podía pedir el voto a los hispanos, diciéndoles que votaran por Castaño y a los americanos que lo hicieran por Castano.

—A mí, esto de su postulación no me hacía ninguna gracia. El debe quedarse trabajando conmigo en la agencia.

—Por Dios, Eloy. ¿Qué futuro tiene ese muchacho allí?

—Eso nadie lo sabe. A lo mejor dentro de unos años podrá tener su propio negocio. El es muy buen vendedor. En eso de la política yo le tengo miedo.

—¿Por qué?

—La mayoría de los que se meten en política, lo hacen pa' robar. Cada vez que yo veo a un político cubano retratao por ladrón en la primera página de los periódicos, cojo un encabronamiento. Lo desprestigian a uno.

—Pero no todos son ladrones. Hay muchos que son honrados.

—Muy pocos.

—¿Y Eloicito no puede ser uno de ellos? En esta casa sólo ha visto buenos ejemplos.

—Sí, pero lo malo se pega. Un niño te oye decir mil veces haya, y un día llega alguien a la casa y dice haiga, y de ahí en adelante siempre dice haiga en lugar de haya.

—Déjalo, por favor. Peor estaría en la agencia.

—¿Peor? ¿Qué tienes tú en contra de ese negocio?

—Yo, nada, pero la reputación que tienen los vendedores de automóviles no es nada buena. Todos tienen fama de ladrones.

—¿Me estás llamando ladrón a mí?

—No. Te estoy diciendo lo que piensa la gente de ustedes. Acuérdate que en este país, cuando quieren llamarle ladrón a un político, lo comparan con un vendedor de automóviles.

—Desgraciadamente es así. Pero yo toda mi vida me he dedicado a eso, y nunca le he robado un centavo a nadie.

—Bueno, estábamos hablando de la postulación de Eloicito.

—Que ahora se llama Eloy Bras. ¿De dónde habrá sacado ese apellido? Parece francés. A lo mejor yo soy muy antiguo, pero antes ningún hijo le hacía eso a su padre.

—No seas tan dramático, Eloy.

—Bastante tengo con que mi hija ahora se llame Carmen Davidson, porque tiene que usar el apellido de su marido, que es americano. Pero que este comemierda, sin que ninguna ley lo obligue, se quite el apellido de su padre porque los americanos no pronuncian la eñe...

—En política hay que utilizar todos los recursos que uno tenga.

—A mí me parece que te gusta la jodedera esa. Si sale electo y algún día cae preso, no te quejes.

—¡Qué poco estimas y consideras a tu hijo!

—Ahora me doy cuenta que me conviene que se haya cambiado el apellido, porque si hace algo malo yo puedo decir: "No, él es de apellido Bras. Mi apellido es Castaño".

—Estás respirando por la herida.

Seis meses después se celebraron las elecciones, y Eloicito, a pesar de que su padre ni siquiera permitió que pusieran un afiche de él en su casa, salió electo.

La fiesta que Olga le organizó a su hijo mayor, quedó muy

buena. Romerillo, que lo quería mucho, se hizo cargo de los gastos. Felipe hijo se casaba con una muchacha hija de judíos, nacida en Cuba. Se habían conocido en la Universidad de Miami. Ya él era abogado, y a ella le faltaba muy poco tiempo para graduarse de doctora en psicología. A pesar de estar casi siempre juntos, no habían hecho el amor todavía. Ella quería llegar virgen al matrimonio. La foto de ambos salió publicada en la página social del *Diario Las Américas*, y al día siguiente a Avelino Morejón se le ocurrió abrir los micrófonos, para que los oyentes opinaran sobre los matrimonios de distintas razas, desde luego, sin mencionarlos a ellos.

—Mire señor Morejón, yo veo eso como una cosa muy natural. Hay mucha gente hipócrita, antigua o racista que se opone. Eso, yo creo que es una estupidez. Si hay amor, no importa que sean de diferentes razas, o que pertenezcan a religiones distintas.

—Muchas gracias. Otra llamada. ¿Qué opina usted?

—Yo tengo cuatro hijas, y si alguna se me casa con un negro, la boto de la casa.

—Contésteme una pregunta, señor.

El hombre colgó. Avelino no pudo hablar con él.

—De todas maneras, le voy a hacer la pregunta porque me imagino que estará todavía escuchando el programa. Es la siguiente: ¿usted prefiere que una hija suya se case con un blanco chusma, drogadicto y delincuente, a que lo haga con un negro honesto y decente? Bueno, vamos a darle entrada a otra llamada. Está usted en el aire, deme su opinión.

—Yo soy católica. Una hija mía se casó con un judío y cambió de religión. Eso nunca se lo he perdonado.

—Muy bien, otra llamada. ¿Qué opina usted?

—La mejor liga que hay es la de blanco con negra, o negro con blanca. Pregúntele a los españoles, que ellos fueron los que inventaron las mulatas.

—Otra llamada. Está usted en el aire.

—Yo no soy racista, pero no me gustaría que una hija mía

se casara con un negro.

—¿Y con un judío?

—No, con un judío es distinto. Casi todos tienen plata. Esa es una mafia del carajo.

—¿Y si el negro que quiera a su hija tuviera plata?

—A lo mejor le doy permiso. Pero si es americano, no. Los negros americanos son más pesaos que la madre que los parió.

Tico quiso almorzar con Tania antes de que embarcara para Méjico.

—¿Qué tiempo vas a estar allá?

—No sé, me imagino que no menos de una semana.

—Acuérdate de no hablar de dinero con ellos. Déjame eso a mí.

—Cuando me propongan el tema les diré que de eso no sé una palabra, que hablen contigo.

—Mañana, después que te reúnas con el tipo, me llamas.

—No, yo llego allá el miércoles por la noche. Mañana me voy para Los Angeles, quiero pasar un par de días con mi mamá, que no la veo desde hace mucho tiempo. De allí, sigo para Méjico.

—¿Ya tienes la cita hecha con el productor?

—Sí, yo hablé con él. El miércoles va a esperarme al aeropuerto y de ahí, vamos a cenar para hablar de negocios.

—Ese tipo te está marcando la baraja.

—¿Qué quieres decir con eso?

—Te está acomodando.

—¿Por qué piensas así, Tico?

—A los restaurantes no se va a hablar de negocios.

—Si entre tú y yo hubiera algo, yo iba a pensar que estás celoso del gordo ese.

—Es que yo conozco ese ambiente, por eso te estoy abriendo los ojos.

—No te preocupes, eso yo sé manejarlo. Cuando regrese,

me vas a felicitar. No sabré de negocios, pero de lo otro sí sé mucho. Tú tranquilo.

Raimundo Catalá repartió unos cuantos dólares entre tres empleados del aeropuerto, y por poco le sacan a Tania cargada, desde la escalerilla del avión, hasta la limosina que él había alquilado.

—Oiga, yo nunca había salido tan rápido de un aeropuerto.

—Ese fue un servicio extra que te ofreció Producciones Catalá. ¿Qué tal hiciste el viaje?

—Todo muy bien.

—Pasaremos primero por el hotel, dejamos tu equipaje y nos vamos a cenar.

La cena fue en el mejor restaurante de la Zona Rosa. Un mariachi la amenizó. Y después, una orquesta de violines empezó a tocar música bailable. Catalá, ceremoniosamente, le pidió una pieza. Ella, que tenía una experiencia del carajo, tomó muy poco vino durante la comida y, del champán que sirvieron después, sólo saboreó media copa. El, todo lo contrario. Durante la cena, de vez en cuando trató de hacer dúo con el cantante del mariachi. A los de las mesas vecinas, les molestaban los gritos desafinados que daba el gordo que tenían al lado. A los del mariachi, al contrario, les gustaba que lo hiciera. Cada vez que abría la boca para desafinar, también abría el bolsillo para hacerlos felices a ellos.

El productor, además de no saber bailar, como estaba en tragos, le pisaba los zapatos a su compañera, y algunas veces se enredaba con el vestido de su futura estrella. Hasta el momento, toda la música que habían tocado los de los violines, era rapidita. Y ella, feliz porque el gordo no podía pegársele mucho. Cuando él pidió un bolerito lento, ella pensó: Me jodí, ahora va a empezar a apretarme. Y efectivamente, así lo hizo: en cuanto empezó el bolero, Catalá trató de pegársele, pero no podía lograrlo. Entre su barriga que se lo impedía y Tania que echaba el culo para atrás, el gordo no podía acercarse mucho. De vez en cuando, para que el disgusto no fuera completo, ella le daba un tetazo, pero nada más. El pasó cerca del director y le dio un billete de veinte dólares para que siguiera tocando aquellas melodías lentas, cada vez más lentas. Para complacer al gordo que bailaba cerca de la tarima, "La Marcha Fúnebre" de Beethoven hubiera sonado rápida, al lado de aquellos boleros. Al cabo de un rato, entre los pisotones y la insistencia de Catalá por pegársele, obligaron a Tania a pedir un descanso.

—¿Por qué no nos sentamos un rato? Yo no bailo casi nunca, y ya no soporto estos zapatos.

El la complació y se fueron a la mesa. El hombre estaba esperando. En cuanto se sentaron, empezó a buscar el muslo de ella, para meterle el de él debajo. Ella, que era una cabrona, le dejaba hacer lo que él quería, pero después se separaba. Cuando salieron de allí, él la tenía que se le partía. Cuando llegaron al hotel, claro, él quería continuar la fiesta, pero Tania, que sabía muchísimo más que su acompañante, le dijo al oído:

—No subas, que van a tener una mala impresión de mí.

—Un ratito no más, déjame acompañarte hasta el cuarto.

Ella le agarró la mejilla izquierda entre sus dedos, como si él hubiese sido un bebé.

—Estese tranquilo. Ya habrá tiempo.

—Me tienes loco. A mí ninguna mujer me ha excitado tanto.

—Cálmate, vete a dormir.

—Al fin me tuteaste.

—Ya te conozco lo suficiente.

—¡Qué bueno! ¿A qué hora te recojo mañana?

—A la que tú quieras.

—Descansa, duerme la mañana. Yo vendré a eso de las once.

—Estaré lista a esa hora.

Cuando se despidieron y él le fue a besar la mejilla, Tania le agarró la cabeza con las dos manos y le dio un ligero beso en la boca. El, embullado, trató de agarrarla para darle un beso más importante, pero ella, que sabía que eso vendría, le agarró los brazos y lo calmó, diciéndole bajito al oído:

—Dame tiempo, todo llegará, pero dame tiempo.

—O.K., mi reina.

Y entró a la limosina de lo más contento.

Ella, en cuanto entró a la habitación, cogió el teléfono y llamó a Tico a Miami.

—Oye, como me dijiste que después que terminara mi primera reunión con él te llamara, lo estoy haciendo. Yo sé que es un poco tarde, pero quería que supieras que esto va muy bien. Lo tengo loco.

—¿Qué me quieres decir con eso?

—Voy a hacer de él lo que me dé la gana.

—Yo creía que ibas a hablar con él de tus condiciones de trabajo.

—Todavía no, ya llegará ese momento.

—Bueno, no se qué decirte.

—Por lo menos, deséame buena suerte. Pensé que ibas a dar un brinco, cuando te contara lo de mi primera entrevista, pero me has contestado con tremendo desgano. Estás en el suelo.

—Me acabas de despertar, chica.

—O.K., perdóname. Ya sabrás de mí.

Colgó el teléfono y dijo encabronada: —Si sé eso no lo llamo, coño.

Desde que Eduardo tuvo aquella bronca con su hijo Eddy, no me han sacao de aquí. Semanalmente me dan una lavadita y me arrancan el motor, pero nada más. A lo mejor hoy se arreglan las cosas entre padre e hijo. Eddy tiene delirio conmigo: estuvo aquí esta mañana pasándome la mano, y le oí murmurar: "Vamos a ver si la vieja ha podido convencerlo." Parece que él habló con su mamá para que intercediera.

El Cadillac tenía razón: cuando Eddy subió al comedor, sus padres, evidentemente, habían estado hablando de él. Eduardo le señaló una silla.

—Siéntate, que tenemos que hablar contigo.

El obedeció, y se sentó al lado de su mamá.

—Espero que todo esto que te ha pasado, te haya servido de experiencia.

—Claro que sí, papá.

—Los errores que se cometen ayudan mucho. Siempre y cuando no se cometan otra vez.

Eddy se quedó callado. Su mamá rompió el silencio.

—Bueno viejo, ahora dale la buena noticia.

—No tan rápido. Estas cosas hay que hablarlas. Te dije una vez que esta era una ciudad muy peligrosa, que había que tener buenas amistades, y alternar con gente que tuvieran tu mismo nivel social y económico. Por eso te pasó lo que te pasó. A partir de hoy, como antes, podrás hacer lo que dé la gana, ir a los lugares que te gusten. Quiero que tengas la misma libertad que antes, para saber si aprendiste algo.

María, que estaba a punto de llorar, se levantó, agarró a Eddy y se abrazó a él.

—Está bueno ya, viejo. No regañes más a mi niño.

Y llevándolo hasta donde estaba su padre, casi los obligó a abrazarse.

—Así me gusta verlos.

Eduardo, sin muchos deseos, había abrazado a su hijo. Después lo apretó fuertemente y le dijo al oído: —Te quiero mucho.

Cuando Eddy llegó a mí y me arrancó, noté en su cara la felicidad. Fue a recoger a Lily, su amiga preferida. Ella, que había estado al tanto de lo que le había pasado, estaba contentísima de volver a verlo.

Desde la acera, le gritó: —Al fin.

Mientras él la besaba, ella no me quitaba los ojos de encima.

—Eh, ¿y ese carro tan bello?

Lily me cayó bien enseguida.

—Es un Cadillac 59. ¿Te gusta?

—Me encanta.

Eran como las cinco de la tarde cuando Vladimir, el balsero llamó a casa de su tía Elena.

—Tía, ¿qué pasa?

—¿Quién habla?

—¿Ya no me conoces? Es que hace tanto tiempo…

—No puede ser. ¿Vladimir?

—El mismo que viste y calza.

—¿Dónde tú estabas metido, muchacho?

—Trabajando mucho, tía.

—¿Pero una llamadita cuesta mucho trabajo?

—Es que quería darles la sorpresa. ¿Qué van a hacer esta noche? ¿Tío Tato está?

—No, debe estar al llegar.

—Quiero invitarlos a comer en un buen restaurante esta noche.

—¿Y eso?

—Ya les contaré, espérenme como a las siete.

—Ven un poquito más tarde, porque esta noche ponen el capítulo final de la novela que estoy viendo, y no me lo quiero perder.

—O.K. Si por alguna razón no pueden salir, llámame al celular, anótalo.

Cuando Tato llegó, Elena le contó la conversación con su sobrino.

—Quiere invitarnos a un restaurante esta noche.

—Ojalá no se haya metido en lo que yo pienso.

—Bueno, ¿vamos a salir con él o no?

—Depende de lo que esté haciendo. Deja que llegue. Yo le tengo un miedo del carajo.

Cuando Vladimir llegó, todavía no se había terminado la novela de su tía. Tato le abrió la puerta.

—Dame un abrazo, tío, coño.

Venía de lo más elegante. Tenía puesto un traje italiano, de una tela y un corte finísimos.

—¿Qué te parece este trajecito? Lo compré para la comida de esta noche.

En eso llegó Elena.

—Oiga, ¡qué elegancia!

—No, y miren el caballo que tengo parqueado allá afuera.

Los dos dijeron casi al mismo tiempo: —Qué clase de carro. ¿Es nuevo, no?

—¿Qué tú crees?

—¿Qué habrás estado haciendo tú, Vladimir?

—No empieces a pensar mal, bríndame una cerveza pa' contártelo todo.

Y salieron rumbo al comedor. Tato le gritó a su mujer, que estaba otra vez frente al televisor, viendo el final de su novela.

—¡Elenaaa!

Elena apagó el televisor, porque la novela había terminado. Trajo las dos cervezas a la mesa, y cuando parecía que se iba a retirar, Vladimir la llamó:

—No, no te vayas, porque la primera persona que quiero que se entere de lo que he hecho en tan poco tiempo, eres tú.

—No, yo no me voy. Estoy buscando un vasito para tomar también un poquito de cerveza.

Se sentó con ellos. Y Vladimir, con una sonrisa que le cogía toda la cara, empezó a hablar:

—No voy a contarles los trabajos que pasé los primeros días. Me fui de aquí con aquellos veinte pesos que me diste, tía, y me metí en casa de un amigo mío, balsero también, que ya llevaba aquí como un año. Le conté que tú me habías botado de aquí, tío Tato, y me dio una mano. Me dejó dormir allí hasta que yo consiguiera algo. La primera noche no pude ni dormir, pensando. Y se me ocurrió una idea que la puse en práctica enseguida. Esa noche, yo había visto en el noticiero de la televisión a una mujer que se había quedado viuda, y se quejaba de los trabajos que estaba pasando ahora, que no tenía marido, que cada vez que se rompía algo en su casa, le costaba mucha plata arreglarlo, porque ella no sabía hacer nada de eso, que los que venían a hacer esas reparaciones cobraban muy caro. Entonces se me ocurrió hacer una compañía para reparar cualquier cosa que se rompiera en una casa. Si hacían una iguala conmigo, no les cobraba por el trabajo cada vez que iba. Y me comprometí a ir cuantas veces me necesitaran. Los clientes na' más que tenían que pagar las piezas. Y empecé a conseguir igualas. Todos los días, recortaba de los periódicos las esquelas de hombres que se habían muerto, o sea, de mujeres que se habían quedado viudas. Como a las tres o cuatro semanas, seguro que se había roto algo en la casa. Yo las visitaba, y les proponía que hicieran una iguala con mi compañía, pagando solamente diez pesos al mes. Empecé haciendo los trabajos yo solo. Enseguida tuve que conseguir un par de ayudantes. Ya tengo veinte hombres trabajando para mí, y no les voy a decir lo que estoy ganando mensualmente, porque se van a asustar.

—¡Qué buena noticia me has dado! Y yo que creía que no servías pa' na'.

—¡Qué equivocá te diste! Es que pa' todos ustedes los que llegaron primero, los balseros somos una mierda.

—Casi todos son una mierda.

—Al principio, porque nos criamos bajo el comunismo. Pero cuando llevamos un tiempo aquí, cambiamos. No se te olvide que todos somos cubanos.

—Bueno, no discutan más eso. ¿A dónde nos vas a llevar a comer?

—A uno de los mejores restaurantes de Miami.

—Oye Vladimir, ¿y cómo te las arreglas con las viudas americanas?

—Ellas me entienden. Además, cada día hablo mejor el

inglés.

Ahora concurrían más hombres y mujeres a las tertulias de Romerillo en la Flor del Southwest. El, que se sentía muy satisfecho por lo que había gustado su idea, anunció el tema de esa tarde.

—Hoy hablaremos sobre la envidia. Acabo de leer un libro que se titula: *La envidia igualitaria*, cuyo autor es Fernández de la Mora, uno que fue ministro de Franco, y se lo recomiendo a todos ustedes. Dice él en este libro, entre otras cosas, que el español es el ser más envidioso que existe en la tierra. Que Ortega le llamaba a Madrid "Envidiópolis". Traten de leerlo, que es interesantísimo. Yo, personalmente, creo que cada país de Hispanoamérica heredó algo de España, y nosotros los cubanos, heredamos la envidia.

Uno de los del grupo, se levantó para opinar.

—Eso es cierto. Por eso Fidel ha estado en el poder tanto tiempo. El, que es muy envidioso, la domina muy bien y se la inculca al pueblo.

Otro le gritó: —¡A algunos!

—Claro, siempre hay excepciones, pero los cubanos son muy envidiosos. ¿Qué me dicen de Miami? Madrid se quedó chiquita comparada con esta ciudad. Aquí te envidian hasta la salud. Si te sale algo mal, no se lo puedes contar a nadie, porque se alegran. Y si te sale bien tampoco, porque te envidian.

Romerillo tomó la palabra. Se dirigió al profesor de universitario.

—¿Qué opina usted sobre esto, profesor?

—Bueno, el hombre es envidioso desde que el mundo es mundo.

Una vieja flaca, con una peluca descolorida, quiso intervenir.

—Caín mató a Abel por envidia, ¿verdad profesor?

—Sí, ese puede haber sido el hecho más importante de envidia que ocurrió.

—Yo a los envidiosos les tengo lástima.

Un tipo grosero, que estaba cerca de ella, discrepó: —Pues yo no. ¿Me envidias? Cágate en tu madre.

—Señor, no es necesario expresarse así.

Romerillo se levantó.

—Chico, en dos ocasiones anteriores te he llamado la atención por la forma en que hablas aquí. No te lo voy a advertir más. Levántate y vete.

—¿Y quién eres tú pa' botarme de aquí?

—Yo no, todos nosotros queremos que te vayas. ¿Verdad señores?

—Pues no me voy na', coño. Todavía hay que seguir hablando de la envidia. Aquí no se ha dicho, por ejemplo, la envidia que le tienen a los americanos esos que apoyan a Castro. Y hay veces que envidian al propio Castro, porque no pueden decirle a los yanquis las cosas que ese delincuente les dice. Y ellos se las soportan. Yo acabo de formar una organización...

Romerillo, a quien el tipo le caía muy mal, lo interrumpió:

—¿Otra organización? Deja eso, chico, ya hablaste bastante. Alguien planteó lo de la envidia en Miami hace un rato. Vamos a seguir hablando de eso. ¿Qué les parecen a ustedes esos que llaman a las estaciones de radio o envían cartas al *Nuevo Herald* para hablar mal de los cubanos?

El chusma volvió a tomar la palabra.

—Esos son latinoamericanos que llegaron aquí ayer y les jode que tengamos alcaldes, representantes, senadores y hombres y mujeres importantes, no sólo en Miami, sino en todo el país.

—Mire señor, yo soy colombiano y eso nunca me ha molestado. Al contrario, los admiro y los aplaudo por haber logrado esas cosas. A ustedes se les debe que ahora en esta ciudad, casi no hace falta hablar inglés.

—Y yo, que soy nicaragüense, digo lo mismo.

—Yo no le doy importancia a esas cosas. Lo que sí me molesta, es que algunos cubanos recién llegados le hagan el juego al comunismo, criticándonos a nosotros. ¿Qué te hace pensar que no son infiltrados del gobierno de Cuba?

Una loca, que durante todo ese tiempo estuvo callada, levantó la mano, pidiendo permiso para decir algo. Como no le hicieron caso, se levantó y habló. Casi gritó para que la oyeran.

—¡Señores, por favor! ¿Por qué no dejan ese tema y hablan de algo que es mucho más importante, que es, la autorización del Estado de la Florida para que dos personas del mismo sexo puedan casarse?

—Ese tema no interesa.

—No le interesará a usted, que además de ser machista, es muy anticuado, pero yo estoy seguro que la mayoría está en disposición de discutirlo.

Romerillo, tratando de evitar que le cayeran arriba al pobre maricón, interrumpió.

—Mejor dejamos eso para la próxima tertulia.

—Por eso es que no tenemos derecho a nada, porque lo nuestro lo postergan.

Uno desde atrás gritó: —Váyase con su mariconería a otra parte.

Y otro: —Lo mejor que puedes hacer es irte.

La loca, que venía acompañada de una americana, se levantó, la tomó por un brazo y le dijo: —They are nothing but a bunch of machistas. Let's get out of here.

Catalá se reunió esa tarde en su oficina con el personal que trabajaría en la producción de su próxima novela, "Cada amanecer, lloro". Todos, después de haber estado trabajando con decenas de actrices para seleccionar a la protagonista, colocaron a Tania Quiñones en el número uno. En caso de no aceptar ella los términos económicos, tenían dos muchachas más que podrían interpretar el personaje. Le pusieron a Catalá los videos que les habían grabado a las tres. El estuvo de acuerdo con ellos, en que la mejor era Tania.

—Muy bien. ¿Todo está listo para comenzar a grabar el día catorce, como habíamos quedado?

El director dio la respuesta: —Inclusive, podemos empezar antes, si usted lo desea.

—No, esa fecha está bien. Localicen a Tania y díganle que venga a verme.

Todos se retiraron. Al poco rato, Tania, que no se había movido de los estudios, entró a la oficina del gordo.

—Aquí estoy.

—Tengo una noticia muy buena que darte. Tú serás la protagonista.

Dio un salto de alegría y fue hasta donde estaba él, lo abrazó y lo besó.

—¿Cuándo empezamos?

—El día catorce. No tienes mucho tiempo.

—Yo tengo que ir primero a Miami.

—Sí, pero dentro de unos días, porque tenemos que trabajar enseguida en el vestuario tuyo. Voy a llamar a alguien para que te lleve a reunirte ahora mismo con los modistos.

Abrió la gaveta de su escritorio y sacó un sobre. Extrajo los papeles que contenía, y se los mostró a ella.

—Te he hecho un contrato por dos años. Léelo, para ver si estás de acuerdo con todos los términos.

Tania abrió el sobre apresuradamente y empezó a leer. Segundos después, alejó el contrato de sus ojos y se le quedó mirando a él.

—No puedo creerlo. ¿Doscientos cincuenta mil dólares al año?

—Eso es lo que debe ganar la protagonista de una novela mía.

—Ay, Dios mío, no sé qué decir.

No podía ocultar la emoción tan grande que sentía.

—Esto hay que celebrarlo.

—Claro que vamos a celebrarlo. Cuando llegues al hotel, después que salgas de los modistos, me llamas para ponernos de acuerdo.

Ella volvió a acercarse a él. Esta vez, el beso que le dio fue en la boca.

—¡Qué lindo eres! ¿A qué hora me vas a recoger?

—Como a las nueve, pero te llamaré antes.

En cuanto llegó al hotel, llamó a Tico a Miami.

—Hello.

—Si estás de pie, siéntate.

—¿Buenas noticias?

—No tienes idea, soy la protagonista de "Cada amanecer, lloro".

—Yo sabía que te lo ibas a ganar.

—¿Y sabes cuánto me van a pagar? Doscientos cincuenta mil dólares.

—No puede ser.

—De los cuales, mi representante, que eres tú, recibirá veinticinco mil.

—Me has dejado frío.

—Mañana te llamo para decirte cuándo regreso. ¿Tú cómo estás?

—Mal, ya te contaré cuando nos veamos.

—Pero dime, ¿te ha pasado algo?

—Ya te contaré, no te preocupes.

No quiso decirle por teléfono lo que le había sucedido. Ese mismo día, dos hombres del FBI lo despertaron a las seis de la mañana, y se lo llevaron preso. Tico, que hacía cualquier tipo de negocio, estaba mezclado en una negociación de lavado de dinero. La acusación era grave. Por la fianza que le pusieron, se podía juzgar la magnitud del problema: ciento cincuenta mil dólares. Estaba en la calle provisionalmente, pero en cualquier momento, o sea, cuando se celebrara el juicio, podía caer envuelto en llamas. Tenían muchas pruebas en contra de él.

Después que colgó, Tania se quedó preocupada. Ella quería a Tico y pensó lo peor. Catalá llamó a las ocho en punto.

—¿Dónde estás?

—A dos cuadras del hotel.

—Cuando llegues, sube, porque todavía no he terminado de vestirme.

Tania, que era una jodedora, recibió al gordo en su habitación vistiendo una bata que era casi transparente. Tenía enfriando una botella de champán para brindar por la firma del contrato cuando él llegara. Le dio la botella a Catalá para que la descorchara y, fingiendo que estaba buscando algo, se paseaba por delante del gordo para que pudiera contemplarla bien. El estaba de lo más excitado, la botella casi temblaba en las manos. No acababa de sacarle el corcho, hasta que ella se le acercó.

—Dámela, que yo lo voy a hacer.

El, en lugar de dársela, la volvió a meter en la cubeta y empezó a besarla y a quitarle la bata. Ella dejó que lo hiciera y se lo llevó rumbo a la cama. Ya le había dado a la habitación una iluminación adecuada. La respiración del gordo no podía ser más escandalosa. Temblaba de emoción.

—Tranquilo, déjame quitarte la ropa.

Cuando terminó de desnudarlo, él no podía aguantar más. Trató de agarrarla para tirarla en la cama.

—Coge tu tiempo. No te precipites, acuéstate.

Pero él no podía, empezó a besarla desesperadamente. Se tiró en la cama con ella, y todo fue muy rápido. Se le encaramó encima y enseguida se vino.

—Te dije que no te desesperaras, que tuvieras calma.

—Perdóname. Esto nunca en mi vida me había pasado. Perdóname.

Y se echó a llorar.

—Es que me gustas tanto que no pude contenerme. Esto

nunca me había pasado.

Y seguía llorando.

—Está bueno ya, cálmate.

—No puedo, me has vuelto loco. Nunca me he encontrado con una mujer como tú.

Se había sentado en la cama, pero Tania volvió a acostarlo y a acariciarlo. Intentó de todo, pero inútilmente. Hacía falta un milagro para poder levantarle aquello de nuevo. Al cabo de un rato, el gordo, sin decir una palabra, se levantó y se metió en el baño. Después salió y empezó a recoger su ropa que estaba regada por el suelo, para vestirse. Todo eso lo hizo sin abrir la boca. Tania lo llevó hasta la sala de la suite, lo sentó junto a la mesita donde estaba el champán, y le sirvió una copa. Se paró frente a él, todavía desnuda, y con la copa en la mano hizo un brindis:

—Quiero darle las gracias a Dios por haberte conocido.

Catalá todavía no podía hablar, chocó la copa con ella y bebió un sorbo.

—Espérame aquí, que voy a vestirme.

Entró al cuarto y al poco rato salió elegantemente vestida.

—¿Vamos a cenar, no?

—Sí, desde luego.

Ya ella se sentía dueña de la situación. El volvió a repetir, esta vez sin llorar, lo que le dijo en la cama:

—Perdóname. Eso nunca me había ocurrido.

—No hables más de eso.

—Es que tú no pudiste disfrutar nada.

—¿Qué importa? Ya habrá una segunda oportunidad.

Esa noche él se mantuvo sobrio. Casi toda la botella de vino que le sirvieron en la cena, se la tomó ella. La venida rápida que había tenido el gordo lo jodió. Ahora ella podía hacer con él lo que quisiera. Cuando se despidieron esa noche, Tania, después de besarlo, le dijo: —Ya te quiero un poquito.

La fotografía de Eloicito, el hijo de Eloy y Carmen Castaño, apareció ese día en la primera plana del *Nuevo Herald*. El pie de grabado decía: "El comisionado Eloy Bras, implicado en un fraude". Las llamadas a la casa de los padres del comisionado habían sido muchas. Unos, lo habían hecho porque lo sentían, y otros, la mayoría que se alegraba, para joder.

—¿Te acuerdas de lo que te dije aquel día?

—Sí, me acuerdo. No me lo repitas más.

—¿Y te acuerdas de lo que dijiste tú? Que a él esto no le podía pasar, porque toda su vida no había visto más que buenos ejemplos.

—No te anticipes, porque todavía no se le ha probado nada.

En eso sonó el timbre del teléfono.

—No contestes, coño, que eso es para hablar de lo mismo.

Ella no le hizo caso.

—¿Aló? Sí, dime mijo.

Eloy enseguida le dijo, por señas, que no quería hablar con él.

—No, él salió… Sí, cuéntame.

Lo escuchó durante un rato. Cuando colgó, le contó a Eloy la conversación con su hijo.

—Lo que yo te decía, todavía no se le ha podido probar nada.

—Pero se lo probarán.

—¡Qué pesimista eres!

—¿Pesimista? ¿Y si no es culpable, por qué le han metido doscientos mil dólares de fianza? No seas comemierda, chica. Está metío hasta aquí, mira.

Y se agarró el cuello con una mano.

—Me dijo que pusiera el programa de Avelino Morejón, que ahí lo iban a entrevistar.

—Ponlo. Vamos a ver lo que dice.

En esos momentos, ya Avelino estaba dirigiéndose a sus oyentes.

—El *Herald*, como siempre, en contra de los cubanos. Hoy publican en primera plana una fotografía en la que aparece el comisionado Eloy Bras, acusado de fraude. El comisionado Eloy Bras, a quien posiblemente muchos de ustedes no conocen, es el hijo de Eloy Castaño, amigo mío de la infancia. Yo vi crecer a Eloicito, y les aseguro que él no pudo cometer ese delito. Pero el odio que nos tiene el *Herald* no lo puede ocultar. Si Eloicito, en vez de ser hijo de un cubano, hubiera sido americano, no hubieran publicado esa fotografía. Pero bueno, no se puede hacer nada porque ellos son los que tienen la sartén por el mango. Vamos a abrir nuestros micrófonos, para que ustedes nos digan qué opinan de este caso. Primera llamada, está usted en el aire.

—Yo opino igual que usted. El *Miami Herald* siempre ha estado en contra de nosotros. Eso que han hecho es una infamia.

—Muchas gracias. Segunda llamada. Está usted en el aire.

—Yo conozco a Eloicito y a su familia, y también les aseguro que lo están acusando injustamente.

—Otra llamada. Está usted en el aire.

—No estoy de acuerdo con ese que llamó antes. Yo nunca había votado aquí en Miami, pero un día, me tocaron a la puerta y era él, pidiéndome el voto. Me dio la impresión de que era un muchacho honrado y me equivoqué. Fui engañada por su presencia. Creo que es culpable.

—Otra llamada. Está usted en el aire.

—Esa señora no sabe lo que dice. Ese muchachito es incapaz de hacer eso de que lo acusan. Yo voté por él y no estoy arrepentida.

—Otra llamada.

—Esa vieja está equivocada. Asegura que no es culpable. ¿Y por qué entonces le pusieron doscientos mil dólares de fianza? Perdóneme Avelino, pero el tal Eloicito es un ladrón de mierda, igual que los demás que lo han hecho anteriormente, que nos hacen a los cubanos sentirnos avergonzados.

—Muchas gracias. Otra llamada.

—Desgraciadamente, ese señor que acaba de llamar tiene toda la razón. Se meten en la política para eso, para hacer trampas y cometer fraudes. Todos son unos ladrones.

—Otra llamada. Está usted en el aire.

—Todos no, señor. ¿Me va usted a decir, que Ileana, Lincoln, Menéndez y muchísimos más, son ladrones? Yo, como cubano, estoy orgulloso de ellos, pero yo no estoy de acuerdo con usted cuando dice que ese muchacho es inocente.

—Yo no he dicho eso.

—Perdóneme Avelino, pero sí lo dijo.

—Bueno, no vamos a discutir eso. Vamos a unos mensajes comerciales. Después pueden seguir opinando.

Cuando volvió a abrir los micrófonos, la mayoría de las mujeres lo defendían, y los hombres lo acusaban.

Eloy, cuando terminó el programa, le preguntó a Carmen:

—¿Te das cuenta ahora de lo que te dije aquel día?

—No sé por qué dices eso, porque la mayoría de las llamadas lo defendían.

—Las únicas que lo defendían eran las viejas tontas esas que eligen a cualquiera. Yo siempre me he preguntado: ¿Para qué quieren ser comisionados, si solamente le pagan cinco mil pesos al año?

A mí, el viaje de Eddy a Cuba no me sorprendió. Con sus amigos, que eran más o menos de su misma edad, siempre estaba hablando de eso, de ir a Cuba a conocer sus raíces, como él decía. A mí, me resultaba imposible convencerlo de que no debía ir, porque los carros no hablan, pero su padre, Eduardo, no pensaba igual. El opinaba todo lo contrario. Y aquella noche, cuando yo los llevaba para el aeropuerto, le oí decir a su hijo:

—Yo creo que haces muy bien en ir. Ya yo te he dicho muchas veces lo que era ese país antes de llegar esa gente al poder. Ahora podrás ver en lo que lo han convertido. Pero ve a todas partes. Sale a la calle y habla con el pueblo. No dejes que ellos te guíen y te lleven a donde les conviene.

—Viejo, ¿tú crees que yo soy tonto? La única manera que yo tengo de conocer Cuba es yendo a donde yo quiera. Aquí se habla mucho de esas restricciones, pero yo quiero convencerme de que lo que dicen es cierto.

Estuvo solamente seis días en Cuba, a pesar de que tenía permiso para estar allí dos semanas. En cuanto salió del aeropuerto, empezó a hablar de lo mal que le había ido.

—¿Por qué viniste tan pronto?

—Decidí hacerlo el día que me quitaron la cámara y la grabadora, pero de todas maneras, yo iba a acortar el viaje. Aquello es un desastre. La gente en la calle, parece que son de otro planeta. Horrible. Lo que yo les cuente, es poco.

—¿Había muchos turistas?

—El Riviera, que fue donde yo me hospedé, estaba lleno de españoles. Yo hablé con algunos. Todos van a lo mismo. Daba vergüenza verlos con sus jineteras por los pasillos del hotel.

—Figúrate, se pasan en Cuba el tiempo que quieran, gastando una mierda. En un buen hotel, comiendo bien, y pagándoles una porquería a las mujeres que se acuestan con ellos.

—Pero yo vi a algunos que no iban a buscar jineteras, sino jineteros.

Carmelina estaba sola en la casa aquel día. Cuando tocaron a la puerta y preguntó, le contestaron: —The Internal Revenue Service.

—I don espik inglich.

Entonces, le hablaron en español: —Yo hablo español, señora. Necesito a Carmelina Tavares. Soy del Internal Revenue.

Le abrió la puerta.

—Adelante, por favor. Dígame qué desea.

—¿Usted es Carmelina Tavares?

—Sí, señor, para servirle.

—¿Puedo sentarme?

—Desde luego, está usted en su casa.

Era un hombre joven, vestía muy sobriamente y, a pesar del calor que hacía ese día, traía una corbata puesta. Sacó unos papeles del maletín, y empezó a revisarlos.

—Usted empezó a operar este negocio el 14 de julio del año pasado, ¿no?

—¿Qué negocio?

—No sé cómo se dice en español Fortune Teller, que le adivina cosas a la gente.

—¿Que adivino cosas? No sé de qué me habla.

—Ya me acordé de la palabra: espiritista.

—¿Espiritista? ¿Quién le dijo eso?

—Señora, desde hace más de un año estamos acumulando datos sobre usted. Yo puedo demostrarle que es verdad todo lo que le estoy diciendo. No siga negándolo. Usted ha estado trabajando fuera de la ley, y no ha pagado impuestos. Puedo decirle hasta algunos de los nombres de las personas que se han consultado aquí.

Carmelina no sabía qué hacer. La habían cogido de atrás pa' alante.

—De acuerdo con esta relación de clientes que usted ha tenido, pagando un promedio de quince dólares, le debe al Internal Revenue Service de impuestos, $4.225,18.

—No tengo ese dinero.

—Yo podría gestionar que pagara lo que debe a plazos, si es que usted decide pagar. De lo contrario, iremos a los tribunales de justicia.

—¿Puedo pedirle un favor?

—Cómo no.

—¿Puede darme su teléfono, para yo llamarlo y hacer una cita con usted y decirle lo que he decidido? Porque en estos momentos estoy muy nerviosa. Mire como estoy.

Estaba temblando.

—La voy a complacer, señora.

Sacó una tarjeta del maletín, y se la entregó.

—Aquí tiene mi teléfono. Pero no demore mucho en llamarme.

Cuando salieron se cruzaron con Lula, que en esos momentos regresaba a la casa.

—¿Y ese hombre, quién es?

—El de los impuestos.

—¿Del Internal Revenue?

—Eso mismo. Me han dado un susto del carajo. Déjame ir al baño a cagar.

Y se fue rumbo al servicio.

Lula le gritó: —¿Pero a qué han venido?

—Después te cuento, mientras tanto, hazme un poco de tilo.

Estuvo cagando largo rato. Cuando regresó, se tomó su cocimiento y, después de una pausa, empezó a contarle a su sobrina lo que le había pasado.

—Lo tienen todo pa' joderme. Hasta los nombres de algunos de los que se han consultado conmigo. Les debo cuatro mil y pico pesos, que se los puedo pagar a plazos. Pero tengo que pagárselos.

—¿Te dijo que los podías pagar a plazos?

—Sí, me dio su tarjeta para que lo llamara y arreglara todo.

—Hay que buscar esos cuatro mil y pico de pesos de donde sea.

—Pero si me dijo que podía pagarlo a plazos.

—Tú no sabes los intereses que cobran esa gente. Si los pagas a plazos se te convierten en veinte mil.

—¿Y de dónde carajo vamos a sacar ese dinero?

—Llillo me los presta.

—Estás loca, ¿pa' que empiece a caerte atrás otra vez?

—Y entonces, ¿con quién los conseguimos?

Carmelina recostó su cabeza al espaldar del butacón donde estaba sentada, y le indicó con la mano que la dejara pensar. Después de una pausa, le preguntó a Lula: —¿A ti no te parece muy extraño que ese hombre que me visitó haya sabido tantas cosas de aquí? Fíjate, que me dijo que podía darme hasta algunos de los nombres de las personas que se habían consultado conmigo. Sabía hasta el día que nosotros empezamos con las consultas.

—Es verdad.

—¿No te imaginas quién pudo haberle dado toda esa información?

Lula dio un salto.

—Felisa, nuestra vecina.

—Efectivamente Lula, esa hijaeputa es la que nos ha echao pa' alante. Y ella va a ser la que va a pagar esa multa. Ahora mismo voy a ir a verla.

—Su marido está en la casa.

—Entonces, ve allí y dile que queremos invitarla a un café, y tráela para acá.

—¿Qué le vas a decir?

—Tú verás, tráemela pa' acá.

Lula le hizo caso, salió rumbo a la casa de Felisa.

Felisa, que ignoraba lo que le iba a pasar, llegó muy sonriente a donde estaba Carmelina.

—¿Qué tal?

—Mal.

—¿Y eso por qué?

—Porque tú eres una hijaeputa.

—Lula, ¿qué es lo que le pasa a tu tía?

—Déjame primero decirte lo que me pasa y después, lo que te va a pasar a ti. Desde que te vi por primera vez, me caíste mal. Pensé que eras mala, pero no tan mala.

—¿Qué le pasa a usted, se ha vuelto loca?

—No, la que se va a volver loca cuando te diga lo que pienso hacer contigo, vas a ser tú. Todos esos impuestos que vinieron a cobrarme los vas a pagar tú. Si no, vas a ir pa' la cárcel junto con tu marido.

Se volvió hacia Lula y le preguntó: —¿Pa' quién trabaja ese que me vino a ver?

—Pa'l Internal Revenue.

—Tú me denunciaste al Internal ese, pero yo le voy a meter a tu marido en la casa al Internal y al FBI. Lo voy a acusar de lavar dinero. Tengo todas las pruebas y las fotografías.

—Usted no puede hacer eso.

—¿Que no? Les voy a quemar el culo a los dos. A ti y a él. Se van a podrir en la cárcel los dos, a menos que le paguen al gobierno el dinero que me vinieron a cobrar, por culpa tuya.

Felisa se le quedó mirando fijamente a Carmelina.

—Mi marido no puede enterarse de esto.

—No, los que no pueden enterarse son los americanos.

Sacó del bolsillo de su bata un papelito que tenía guardado, y se lo entregó.

—Mira, ahí está escrita la cantidad que quieren ellos. Si mañana a esta hora, tú no me has traído esa cifra, voy al FBI.

Después de ver la cifra que estaba en el papelito, dijo, tratando de llorar: —¿De dónde voy a sacar yo ese dinero?

—No sé. Búscalo.

Al día siguiente, Carmelina llamó al hombre del Internal Revenue para entregarle $4.225,18.

Los directores de las principales emisoras AM que transmitían en español en Miami, en vista de que a Fidel esta vez le quedaba poco, acordaron ponerse en cadena aquel sábado y transmitir, desde el Dade County Auditorium, la reunión que iban a celebrar todas las organizaciones anticastristas del exilio para ponerse de acuerdo, unirse y elaborar un plan para ponerlo en práctica al regresar a Cuba. Como el escenario del teatro no era lo suficientemente grande para que pudieran sentarse allí todos los dirigentes de las agrupaciones del exilio, muchos tuvieron que ocupar las primeras cinco filas. En total, más de doscientos hombres y mujeres asistieron, para representar a sus agrupaciones. El teatro se abarrotó, y se quedaron sin entrar cientos de cubanos.

La algarabía cesó cuando comenzaron a oírse las primeras notas del himno nacional cubano. El dirigente designado para presidir el acto, explicó cuál era el motivo principal de la reunión y cuando terminó de leer los nombres de los dirigentes de las agrupaciones que estaban allí, y que serían quienes discutirían el plan, dio comienzo al acto, después de haberse demorado treinta minutos en la lectura de la lista.

—Voy a dar comienzo a este congreso histórico, con una pregunta: ¿Qué es lo primero que hay que hacer al regresar a Cuba?

Uno del público, gritó: —Ahorcar por lo menos a cien mil comunistas.

El público asistente empezó a aplaudir y a gritar: —¡Viva Cuba libre!

No había manera de hacerlos callar. Al fin, después de haberles pedido silencio el que presidió como cien veces, se fueron callando poco a poco.

—Así no podremos continuar. Solamente pueden opinar los hombres y mujeres que representan a las agrupaciones anti-castristas del exilio. Hay que darse cuenta que los ojos y oídos de nuestros enemigos están aquí, para tratar de evitar que de este congreso salga la unidad de todos los exiliados.

Un cerrado aplauso lo respaldó.

A pesar de que la participación de los que hablaran estaba limitada a diez minutos, nadie hacía caso. Agarraban el micrófono, y no lo querían soltar. Se habló mucha mierda. Aquello había empezado a las diez de la mañana, y eran las siete de la noche y no se había podido llegar a un acuerdo. Ya a esa hora, el teatro estaba medio vacío. Casi todos se habían ido, haciendo comentarios:

—Eso es lo jodío de los cubanos, que nunca nos ponemos de acuerdo.

—Aquí lo que pasa es que todo el mundo quiere ser protagonista.

—Por ser como somos, es que Fidel ha podido estar tanto tiempo en el poder.

—Yo no pienso regresar, total, ¿pa' qué?

A mí, las navidades aquí en Los Estados Unidos nunca me han gustado. Menos mal que para comprar los regalos utilizaron los otros carros de la casa. A la mamá de Eddy no le gustaba salir a la calle conmigo. Dice ella, y tiene razón, que los convertibles son para la gente joven. Utilizó el Mercedes para hacer sus compras, por lo que me alegro. He pasado aquí cuarenta navidades, casi siempre con distintos dueños, y oyéndoles todos los años decir lo mismo: "Estas Navidades, las vamos a pasar en Cuba." Yo, que nunca he sido optimista, creo que la libertad de nuestra patria no demora. Porque aunque nací en Detroit, mi patria es Cuba. Viví muy poco tiempo allí, pero empecé a quererla enseguida. Aquí en Miami, he oído a muchos decir: "No nos vamos a llevar con los que están allá, Fidel los ha envilecido." "No tienen nada que ver conmigo." Yo, a lo único que aspiro es a regresar. No me importan los de aquí, ni los de allá. Lo que me importa es Cuba. Me jode mucho no poder hablar para poder decirlo, pero, ¿qué le vamos a hacer? Los carros no hablan. Estoy viejo y algo achacoso, pero me importa un carajo. Lo que quiero es regresar a mi patria cuando sea libre. Y cuando mis cuatro gomas rueden por las calles de La Habana, seré el Cadillac más feliz del mundo.

CPSIA information can be obtained
at www.ICGtesting.com
Printed in the USA
LVOW10s1612250817
546379LV00001B/24/P